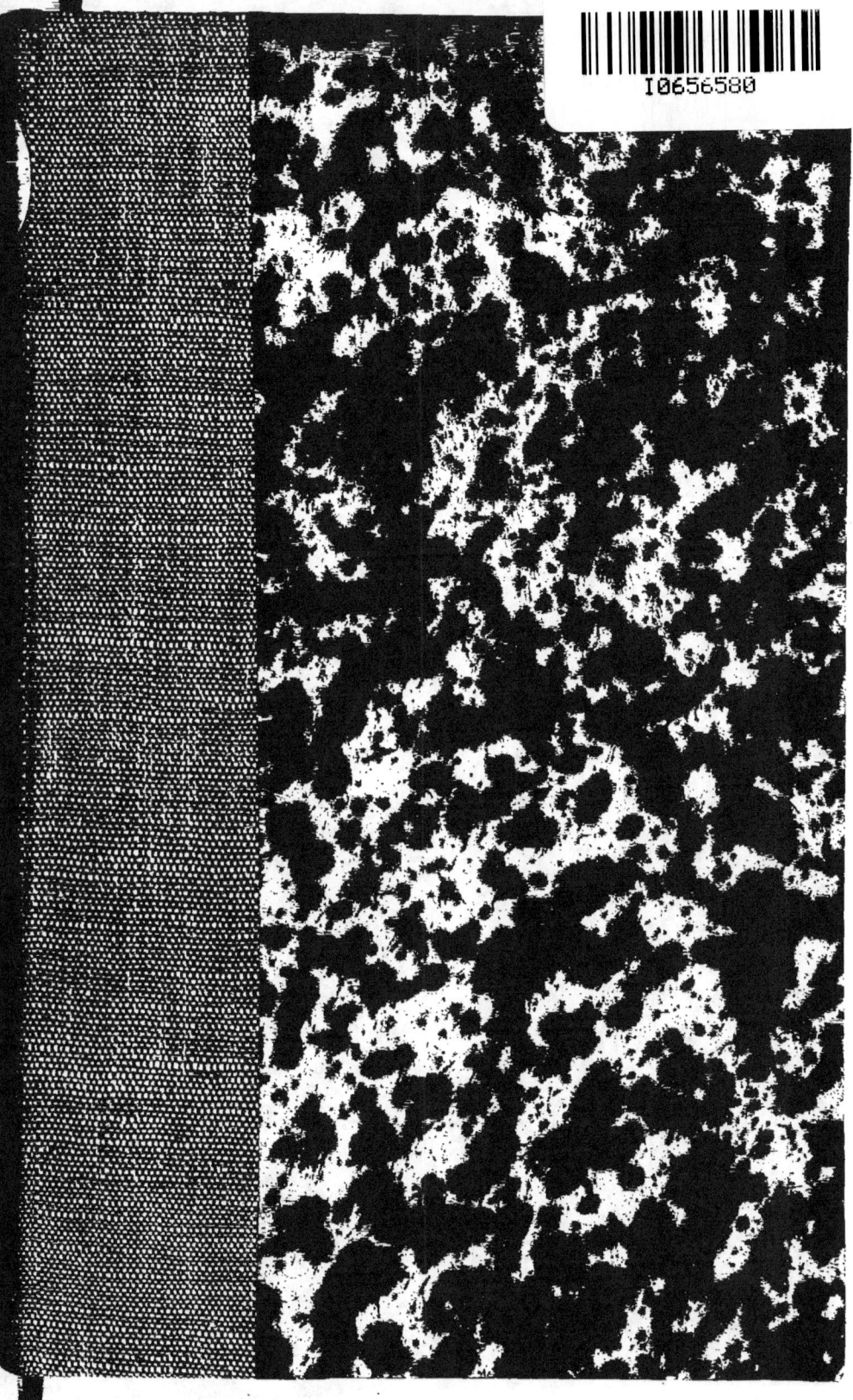

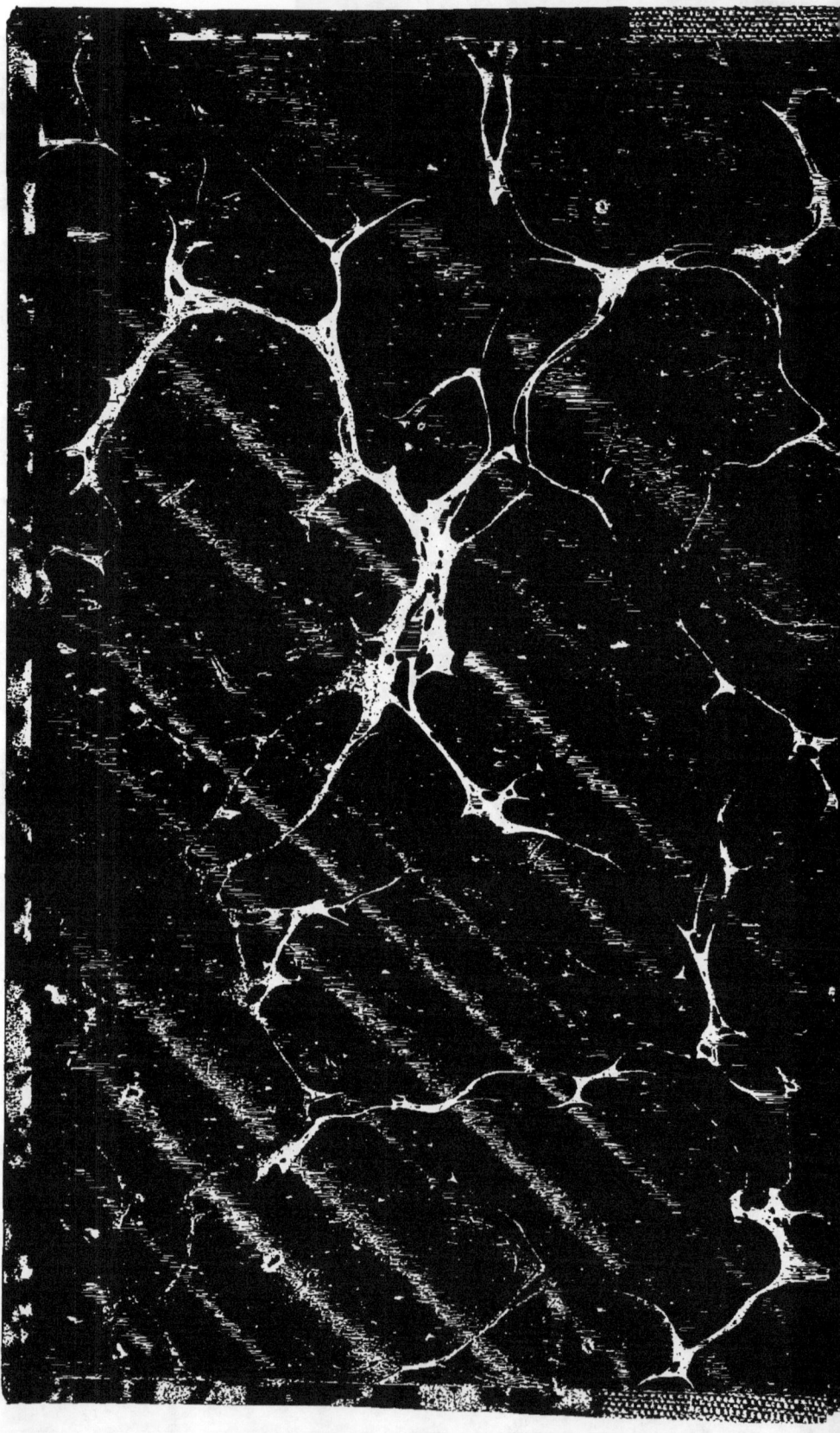

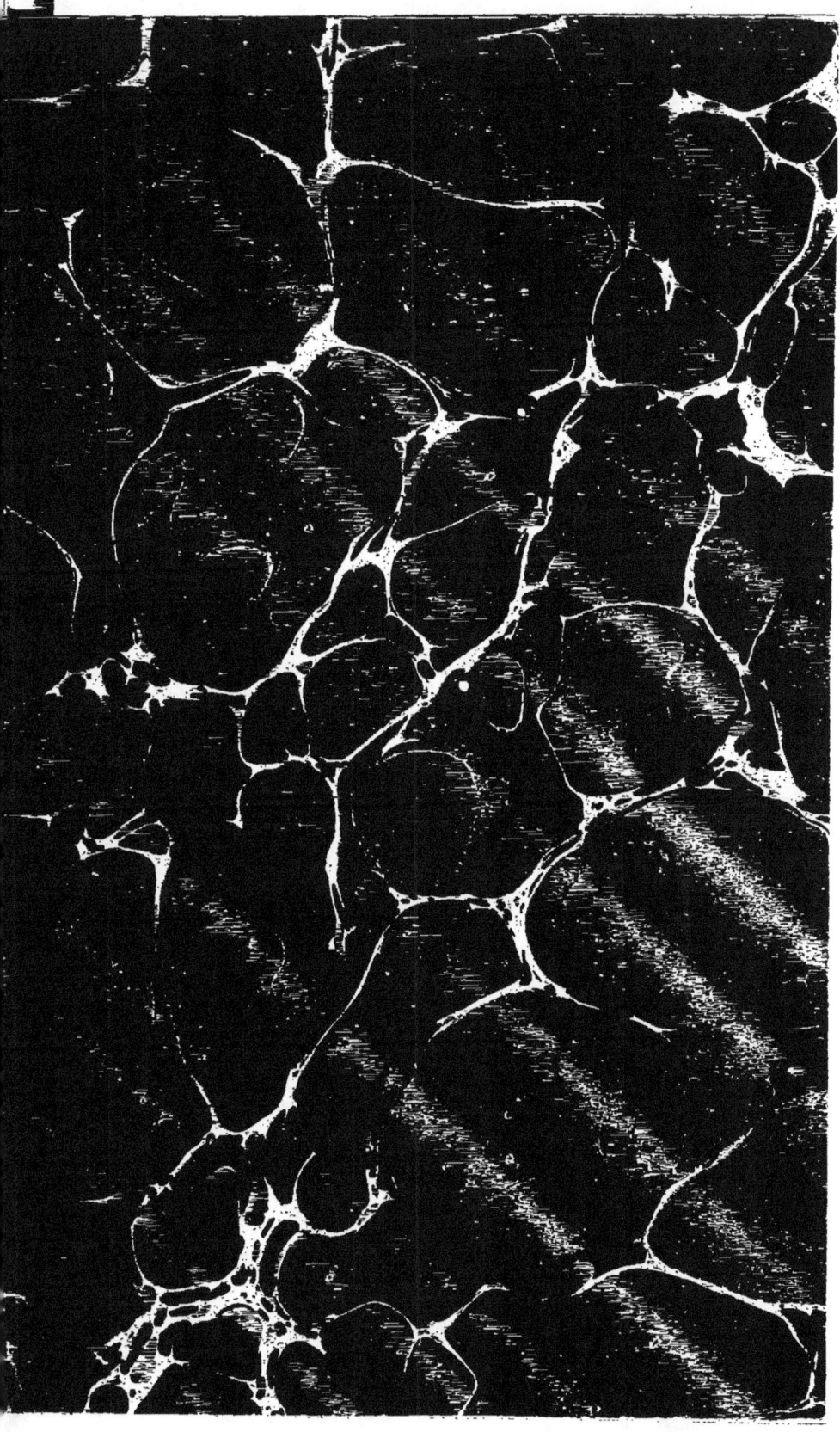

LES ROBINSONS DE PARIS

1643

OUVRAGES DU MÊME AUTEUR

Angers, imp. Burdin et Cᵉ, rue Saint-Laud, 62.

LES

ROBINSONS DE PARIS

PAR

RAOUL DE NAVERY

PARIS

BLÉRIOT FRÈRES, LIBRAIRES-ÉDITEURS

55, QUAI DES GRANDS-AUGUSTINS, 55

—

1879

LES ROBINSONS DE PARIS

PREMIÈRE PARTIE

Les Oisillons hors du nid.

I

JEAN, ROBERT ET CRI-CRI

La maison de la mère Jeanne était la plus humble du village, et l'on n'aurait pu trouver aux alentours une misère aussi grande que celle de la pauvre veuve. Par son âge, elle touchait encore à la jeunesse, mais de nombreux chagrins l'avaient prématurément vieillie, et Dieu sait combien Jeanne comptait déjà d'épreuves. Née dans une famille de journaliers honnêtes, elle apprit le travail avant de connaître les jeux de l'enfance. Toute petite, elle ramassait, sur les épines des buissons, la laine abandonnée par les brebis ; elle glanait dans les champs quand les moissonneuses achevaient de nouer les javelles ; elle cherchait pour sa chèvre les traînées de foin laissées dans les chemins creux par les charrettes remplies d'herbes nouvellement coupées. Lorsque la saison avançait, elle cueil-

1

lait pour les vendre les prunelles violettes, les fruits rouges et jaunes du cormier, les châtaignes tombées des arbres, tout ce que la main de la Providence répand aux pieds des indigents.

A mesure qu'elle grandissait, elle gagnait quelques écheveaux de lin ou de chanvre, en aidant les fermières à les rouir dans les mares ; elle récoltait des pommes de terre pour ses voisins et en rapportait au logis une petite provision.

Lorsque Jeanne compta dix-huit ans, c'était une fille robuste, alerte, au teint bruni par le soleil. Elle ne possédait point de beauté, mais un caractère égal, une bonne humeur souriante, et cette douceur avec les faibles et les petits qui est l'indice d'un bon cœur.

Un honnête homme, la voyant si sage et si laborieuse, la demanda en mariage.

Jeanne se trouvait seule au monde : elle accepta d'être la femme de Maclou, et s'installa avec lui dans une maison modeste. Pendant cinq ans Jeanne fut la plus heureuse des épouses et des mères. Trois enfants lui avaient été envoyés : Robert, Jean et le dernier que ses frères appelaient en riant Cri-cri, parce qu'il chantait toujours comme les grillons de l'âtre.

Robert annonça vite qu'il était un garçon intelligent, brave et bon. Jean un peu mélancolique gardait la touchante douceur de sa mère. Quant à Cri-cri, le moins robuste de tous, il promettait un esprit inventif et de grandes dispositions pour les arts mécaniques. Il n'avait pas trois ans qu'il savait déjà faire un sifflet avec un morceau de tige de blé vert, des bonshommes en moelle de sureau, et des moulins à vent à l'aide d'une noix, d'une ficelle et d'une pomme verte.

Le mari de Jeanne gagnait de bonnes journées, et la

petite famille vivait dans l'aisance. Jeanne ne contractait jamais de dettes, ses enfants portaient des habits simples, mais propres.

La courageuse femme se levait à l'aube pour blanchir le linge de la famille. Tandis qu'elle suivait la route poudreuse, portant aux champs le repas de son mari, elle tricotait des bas pour les petits, car jamais les enfants de Jeanne ne marchaient les pieds nus dans des sabots garnis de paille, comme la plupart de leurs camarades. Il fallait voir en été Jean, Robert et Cri-cri, pimpants sous une blouse de toile bleue, ou en hiver chaudement habillés de futaine, s'en aller faire la récolte du bois. Chacun d'eux ramassait un fagot qui s'entassait en provision sous le hangar.

Dans la maison de Jeanne, Maclou, le brave mari, trouvait, toujours en revenant du travail, sa soupe chaude et son dîner cuit à point. Le bonheur, fruit de l'affection, de l'entente et de l'ordre uni à la prévoyance, régnait dans le jeune ménage.

Malheureusement Maclou tomba malade; les économies de Jeanne passèrent en remèdes ; la gêne succéda au bien-être, et la pauvre femme en fut réduite à implorer le secours de ses voisins. Chacun lui vint en aide ; mais les paysans ne disposent pas de grandes ressources; Jeanne épuisa bientôt la bonne volonté de ses amis. Maclou, loin de guérir, tomba en langueur, et, deux ans après son premier accès de fièvre, il expira dans les bras de sa femme, en bénissant ses petits enfants.

II

LA VEUVE

Jeanne ne perdit pas courage ; elle étouffa ses regrets, se résigna chrétiennement au coup douloureux qui la frappait, et songea à trouver le moyen de faire vivre sa petite famille.

Les meubles vendus pour payer le loyer, Jeanne quitta la maison où elle avait vécu heureuse, et se contenta d'une cabane en pisé recouverte de paille.

Elle s'y installa avec Jean, Robert et Cri-cri.

Malgré leur âge, les enfants comprenaient qu'ils venaient de faire une perte irréparable. Robert surtout, quand il voyait pleurer sa mère à la dérobée, se jetait dans ses bras, et lui disait entre deux baisers : « Tu penses à celui que nous avons perdu ! » Alors, la veuve serrait son fils sur sa poitrine pour le remercier de s'associer à sa douleur.

Hélas ! la peine qu'elle ressentait à n'avoir plus à ses côtés le compagnon de sa vie, n'était pas la seule. La jeune veuve devait vivre du produit de son métier de fileuse. Les enfants allaient bien comme autrefois moissonner dans les champs, le long des sentiers : mais ce qu'ils rapportaient augmentait peu les profits du pauvre ménage, et Jeanne comprit bientôt avec épouvante qu'elle se verrait forcée d'envoyer ses enfants demander l'aumône de ferme en ferme.

Cette prévision l'attrista profondément. Travailler relève celui qui exerce un état quel qu'il soit ; mendier au contraire est un abaissement. C'est pour cette raison que ceux qui font la charité doivent y mettre une grande délicatesse : le malheureux qui implore redoute toujours le refus et l'affront.

Dieu seul compta les larmes versées par la pauvre Jeanne, tandis qu'elle songeait à cette alternative, ou de voir ses enfants dépérir à force de souffrir du froid et de la faim, ou de les envoyer de porte en porte chercher du pain qu'ils n'auraient point gagné par leur labeur.

Du reste, les trois enfants, comme si déjà un sentiment de dignité leur eût interdit toute démarche de ce genre, préféraient souffrir que d'aller mendier. Jeanne les voyait souvent assis près du foyer, pâles, amaigris, regardant cuire avec une impatience douloureuse les misérables pommes de terre insuffisantes pour satisfaire leur appétit.

Enfin le malheur de Jeanne devint complet ; la pauvre créature, clouée dans son lit par d'intolérables douleurs, comprit qu'il ne lui restait plus beaucoup de temps à vivre. Elle regrettait si cruellement son cher Maclou qu'elle se fût réjouie à la pensée d'aller le rejoindre, si l'idée de laisser ses enfants seuls au monde ne l'eût épouvantée.

La façon terrible dont les chers petits avaient été frappés par la mort de leur père faisait redouter à Jeanne de les rendre témoins de sa propre agonie.

Dans sa générosité maternelle, elle résolut de leur épargner ce spectacle navrant, et de devancer volontairement l'heure d'une séparation prochaine.

Les mères sont capables de tous les sacrifices, quand il s'agit d'épargner un chagrin à leurs enfants, et Jeanne était la meilleure des mères.

Pourtant, avant de rien décider, elle souhaita consulter un homme en qui elle avait une entière confiance, et, appelant Robert, elle lui dit :

— Cours au presbytère, mon enfant, et prie le curé de venir me voir.

— Mon Dieu ! demanda Robert avec inquiétude, seriez-vous plus malade ?

— Non, mon chéri, au contraire, je respire mieux ce matin.

Jeanne ne mentait pas ; depuis qu'elle avait pris une résolution généreuse, elle sentait son cœur allégé d'un grand poids.

L'enfant embrassa tendrement sa mère, et, sans perdre une minute, se dirigea vers le presbytère.

III

LE PIGEON

Robert traversa le jardin rempli de roses que l'on effeuillait chaque année devant le reposoir de la Fête-Dieu, et d'espaliers dont le digne prêtre soignait les fruits avec d'autant plus de zèle qu'il les réservait pour les malades du bourg.

L'abbé Trumelle disait son bréviaire, tout en marchant dans les allées sablées du gravier de la rivière, et, détail touchant, une nuée d'oiseaux, pigeons, moineaux, mésanges, hirondelles, suivaient ses traces, volaient au-dessus de sa tête, agitaient autour de lui leurs ailes avec des cris de joie.

Robert imita les oiseaux ; il marcha à la suite du vieux pasteur absorbé par la lecture des psaumes, jusqu'à ce que celui-ci, étant arrivé à l'extrémité de l'allée, se retournât et aperçût en face de lui le petit garçon, qui, les yeux rouges, la voix tremblante, tournant entre ses doigts son chapeau de paille, n'osait plus ni s'avancer ni parler.

— Que souhaites-tu, mon cher enfant ? demanda le vieillard.

— Monsieur, répondit Robert, ma mère serait bien reconnaissante si vous pouviez la venir voir... Mais vous êtes occupé, vous ne pouvez peut-être pas ?

— Je n'ai rien de plus pressé que de visiter mes paroissiens, mon petit Robert. Ta mère souffre-t-elle davantage ?

— Vous le savez, elle ne se plaint jamais, monsieur le curé ; mais depuis hier elle garde le lit : vous savez combien elle est vaillante, il faut croire qu'elle souffre beaucoup.

— Oui, oui, c'est une brave et digne femme, tu dois l'honorer et la chérir... Après Dieu, tu ne peux rien aimer davantage... Rentre chez toi, mon enfant, je te rejoindrai dans une heure.

— Merci, monsieur le curé, dit Robert avec l'expression de la gratitude.

Il salua le vieux prêtre et marcha avec précaution dans l'allée, tremblant à l'idée de blesser un des oiseaux qui s'y pressaient. Il avait grande envie d'adresser une question au vieillard, mais il n'osait pas, et il se contentait de regarder, d'admirer le petit bataillon emplumé qui s'ébattait sur le sable et sur les plates-bandes.

— A quoi penses-tu ? demanda M. Trumelle qui remarquait la préoccupation de Robert.

— Je me demande comment il se fait que ces friquets, si sauvages d'habitude, soient devenus si familiers ? les mésanges vous suivent au vol, et vous avez privé une nuée de pigeons...

— Je les aime, répondit simplement le vieux curé,

— Ah ! vous aimez aussi les bêtes ?

— Oui, mon enfant, et, en le faisant, je crois accomplir la loi du Seigneur, qui les créa pour l'utilité et l'agrément de l'homme. Celui qui martyrise le plus faible insecte, prive un oiseau de sa couvée, ou maltraite l'animal domestique qui l'aide à gagner sa vie, commet un crime dont il sera puni, sinon par la loi, du moins par les suites qu'entraînent les habitudes de brutalité et de cruauté. Quiconque agit en méchant à l'égard des êtres faibles, irresponsables, s'endurcira le cœur et deviendra mauvais. Toutes ces jolies bêtes emplumées savent que je garde pour elles des miettes de pain et des caresses... Tu le vois, elles m'en témoignent leur reconnaissance à leur manière. Le Seigneur qui a dit : *Laissez venir à moi les petits enfants*, veut que ceux-ci laissent à leur tour venir à eux les petits oiseaux... Si tu me promettais d'en avoir bien soin, je te donnerais un de ces beaux pigeons au cou bronzé qui roucoulent d'une façon si douce. Il est bon que l'enfance, qui a besoin d'être protégée, s'accoutume à protéger à son tour.

— Il est beau, ce pigeon ! dit Bobert avec une expression de naïve convoitise. Je l'aimerai tout de suite...

L'abbé Trumelle appela le pigeon, qui s'enleva de terre et vint se poser sur son bras. Après l'avoir caressé, le vieux curé lui dit en lissant les plumes du doigt :

— Je te donne un nouveau maître, ou plutôt un nouvel ami...

Le pigeon secoua ses ailes, tourna ses grands yeux d'or vers l'enfant, puis, paraissant comprendre le regard du curé, il tournoya autour de Robert et finit par se percher sur son épaule.

— A bientôt, mon enfant ! dit l'abbé Trumelle.

Robert salua avec respect et quitta le jardin, tandis que le vieillard achevait sa sainte lecture.

Quand Robert parut dans la cabane, Jeanne eut un sourire de contentement ; Jean et Cri-cri s'émerveillèrent de la beauté de l'oiseau, et Robert le leur confia après mille recommandations. Pendant que les deux petits jouaient avec le pigeon, Robert s'occupa du déjeuner; il commençait ses fonctions de chef de famille.

1.

IV

LE TESTAMENT D'UN CŒUR BRISÉ

Une demi-heure après la rentrée de Robert, l'abbé Trumelle parut dans la maisonnette de Jeanne. Un rayon de soleil jouait en ce moment sur le front de ses deux plus jeunes enfants. L'aîné rangeait le ménage, tout en surveillant le pigeon, qui avait reçu après mûre délibération le nom de Bijou. En reconnaissant le saint vieillard, le front de Jeanne se rasséréna.

Robert présenta la meilleure chaise de la maison à l'abbé Trumelle ; puis Jeanne, attirant Robert sur son cœur, lui dit en l'embrassant :

— J'ai besoin de causer avec monsieur le curé, emmène tes frères.

Robert fit un signe d'obéissance, et sortit avec Jean. Cri-cri portait Bijou perché sur son poing.

La malade prit la parole :

— Monsieur le pasteur, dit-elle, je vous ai fait demander pour implorer de vous un conseil... Je dois achever le testament de mon cœur avant de me préparer à la mort... et, je le sens bien, la mort est proche... Si je n'avais trois enfants, confiante dans la miséricorde du Seigneur qui est le père de tous les souffrants, j'irais vers lui sans crainte et sans regret ; mais je laisse des orphelins ; je ne veux pas qu'ils assistent à mes derniers moments. Quand leur père expira, je les cachai dans mes bras, afin qu'ils n'eussent point le douloureux spectacle de son agonie... Cette fois, personne ne serait là pour leur enlever l'effroi d'un tel spectacle... J'ai résolu de le leur épargner... Je ne suis pas absolument seule au monde... Il me reste un frère, demeurant à Paris, rue des Moineaux, 17... Je le crois à son aise... Les préoccupations de son commerce lui ont fait oublier sa pauvre sœur, restée journalière au village... mais je ne doute pas qu'il ne réponde à l'appel que j'ai résolu de faire à sa tendresse fraternelle... Son caractère est bien un peu brusque et fantasque ; il tient à l'argent, si difficile à gagner, même à Paris... mais, s'il reste un peu égoïste, il n'est pourtant pas un méchant cœur... Je recommanderai à mes enfants de se montrer respectueux, obéissants envers leur oncle Magloire, et Magloire acceptera le legs de sa sœur mourante... On a beau avoir vécu seul, occupé de sa fortune, oublieux des autres : la voix du sang finit par parler haut dans le fond du cœur... Autrefois Magloire n'avait pas approuvé mon mariage avec Maclou : il reprochait à cet honnête homme de n'être pas assez riche ; une légère froideur se glissa dans nos relations... Ce n'est point la faute des enfants, et Magloire ne leur en gardera pas rancune... En confiant les orphelins à mon frère, je leur donne un protecteur et je leur épargne un violent désespoir... Si je laisse mes enfants au village, il se passera bien du temps avant qu'ils soient en état de gagner leur vie ; vingt métiers leur seront offerts à la ville, métiers intelligents et lucratifs... Mon frère les guidera dans le choix de celui qu'ils devront exercer... Avant de rien décider cependant, avant de rien résoudre, j'ai voulu, monsieur le curé, vous consulter sur mon idée...

— Si j'écoutais l'amitié que je porte à vos enfants,

Jeanne, je vous dirais de les laisser au village... Mais leur oncle est seul, riche : mieux vaut les rapprocher d'un parent qui ne manquera pas de leur être utile... Quant à les faire quitter le pays avant que le Seigneur ait disposé de vous, c'est un héroïque sacrifice ; je l'approuve, car le Seigneur vous l'inspire...

Jeanne pria l'abbé Trumelle de lui écrire une lettre pour son frère.

Le curé, à qui ses paroissiens ignorants demandaient souvent à l'improviste un service semblable, tira de sa ceinture son bréviaire renfermant une feuille de papier, et de sa poche, une plume et une écritoire de corne. Alors, sous la dictée de Jeanne, il écrivit une lettre touchante, par laquelle la paysanne suppliait son frère d'accueillir avec bonté les orphelins qu'on confiait à sa garde.

Elle ajouta plus loin une autre page adressée à Robert et à ses frères, remettant par ce testament suprême ses deux plus jeunes enfants aux soins de Robert. Elle terminait en les suppliant de s'aimer, comme elle les avait aimés, de se protéger mutuellement, de garder son souvenir et de prier pour elle. « Plus tard, disait-elle en « terminant, vous comprendrez quel sacrifice a fait pour « vous ma tendresse. »

La voix de la pauvre mère faiblit en prononçant ces derniers mots. Quand sa lettre fut finie, la malade prit la plume, et traça d'une main tremblante une croix inégale au bas de ce testament d'un cœur brisé.

Le curé ajouta rapidement deux lignes, cacheta la lettre, écrivit sur l'adresse : *Magloire Reboux*, *épicier*, 17, *rue des Moineaux*, Paris ; puis, ayant béni Jeanne, il rappela ses enfants.

V

TROIS BREBIS TONDUES

Robert vint se placer debout près du lit de sa mère, qui lui dit en passant la main dans ses cheveux noirs :

— Ecoute-moi comme si, au lieu d'être un enfant, tu étais un homme chargé de pourvoir aux besoins de tes frères... J'ai décidé que vous me quitteriez tous les trois pour un temps, et que vous iriez chez votre oncle... Il vous enseignera le commerce ou il vous mettera en apprentissage, de telle sorte que vous pourrez plus tard exercer un bon métier... Paris est bien grand, mes chers petits, c'est quasiment une ruche immense, avec des maisons plus serrées que les alvéoles d'un palais d'avettes, et des dessous plus curieux que les galeries d'une taupinière... On assure qu'il s'y trouve grand nombre de fainéants et de mauvais sujets, mais on peut bien se conduire partout avec le respect de soi et la foi en Dieu...

— Mère, dit Robert en fondant en larmes, pourquoi veux-tu nous renvoyer de la maison ?

— Cette séparation est nécessaire, mon cher enfant... Je suis malade ; vous approchez de l'âge où l'on doit se mettre un état au bout des doigts... Non-seulement tu te résigneras, si tu m'aimes, mais tu m'aideras à consoler tes frères... Promets-tu de m'obéir ?

— *Tes père et mère honoreras*, dit doucement Robert en
regardant l'abbé Trumelle ; si ma mère touve que l'heure
est venue de mettre en pratique le précepte que vous
m'avez enseigné, monsieur le curé, je lui prouverai mon
respect par ma soumission.

— Bien, mon enfant ! dit le vieux prêtre.

Robert ajouta timidement :

— Où irons-nous ?

— Chez ton oncle, répondit Jeanne.

— A Paris ! s'écria Jean avec un étonnement mêlé de
stupeur. Il semblait aux deux petits que, pour aller
jusqu'à Paris, il fallait traverser des forêts remplies de
loups au poil rouge et aux prunelles de feu, braver des
dangers sans nombre, et courir le risque d'être jeté pêle-
mêle dans la grande hotte au fond de laquelle le géant
Croque-Mitaine entasse les petits enfants qui ne ferment
pas les yeux assez vite le soir, maraudent dans les vergers
voisins, et commettent toutes sortes de méfaits.

Robert ne croyait plus au géant Croque-Mitaine ni à
l'homme au sable, mais il était sûr qu'il existait des loups,
parce qu'un jour son père lui avait montré, au sortir
du bois, une grande bête efflanquée, au poil hérissé, aux
oreilles pointues, aux dents longues, espacées, aiguës,
et que ce loup avait enlevé un des agneaux du berger
Janron.

Aller à Paris, pour Robert et ses frères, c'était affronter
des périls d'autant plus grands qu'ils restaient moins
définis, et s'offrir, pauvres brebis tondues, à tous les vents
froids de l'hiver.

Une secrète terreur s'empara de l'âme des trois enfants.
Ils se rapprochèrent du lit de Jeanne ; tandis que Jean
tremblait d'émotion contenue, des larmes montaient aux
yeux de Cri-cri, et Robert contemplait sa mère avec une

attention inquiète. Il crut saisir dans son regard une prière mêlée d'angoisse, et, comprenant qu'il était de son devoir d'entrer tout de suite dans son rôle de chef de famille, il pressa la main de sa mère sur ses lèvres et lui demanda d'une voix courageuse :

— Quand devons-nous partir ?

— Demain, répondit Jeanne.

Le curé prit deux grosses pièces de cinq francs et les glissa dans la main de Robert, en lui disant avec bonté :

— Voilà pour le voyage.

Vers le milieu de la journée, Jean, Robert et Cri-cri allèrent dans les maisons du voisinage où ils comptaient des amis. Chaque fermière leur donna quelques sous de son épargne. On remplit leur bissac de pain, de lard, de pommes rouges, de noix de la dernière gaulée ; puis on les embrassa, en leur souhaitant tout le bonheur que Dieu réserve aux enfants honnêtes et laborieux.

Quand ils rentrèrent dans la cabane, ils trouvèrent Jeanne assise sur son lit :

— Robert, dit-elle, récite la prière du soir avec tes frères, aide-les à se déshabiller, borde leurs lits comme j'avais coutume de le faire moi-même, et ce que tu vas faire sous mes yeux, continue-le chaque jour à Paris pour l'amour de moi.

Quand ses frères dormirent, Robert s'approcha du lit de Jeanne.

— Agenouille-toi, lui dit-elle, je veux te bénir pour ce monde et pour l'autre...

Robert sentit à la fois tomber sur son front une larme et une caresse.

Le lendemain matin, il se leva avant le jour, rangea le ménage, éveilla Jean et Cri-cri, et quand tous trois eurent pris en commun leur dernier repas, Jeanne remit à

Robert la lettre écrite sous sa dictée par l'abbé Trumelle, et lui dit :

— Porte cette lettre à ton oncle, et ne m'oublie jamais, jamais...

— Quand reviendrons-nous ? demanda l'enfant.

— Je t'écrirai, répondit Jeanne.

Une étreinte, un baiser, des sanglots contenus avec peine, et ce fut tout...

Les trois enfants quittèrent la cabane de Jeanne, traversèrent le village, envoyant des signes d'adieu aux voisins debout sur leurs portes, et une heure après, les trois brebis tondues, à qui Dieu dans sa providence devait mesurer le vent et l'orage, se trouvèrent sur la route de Paris.

VI

LE MONDE EST GRAND

Jamais les trois frères n'avaient quitté leur village ; ils ne connaissaient du monde que l'espace compris entre quatre clochers distants de deux lieues environ. Leur imagination ne leur représentait pas ce que c'est qu'une ville. En dehors des grands bois, d'une petite rivière si peu profonde qu'en été ils la passaient à gué, des champs de froment, des vergers remplis de pommiers et de poiriers, ils n'avaient rien vu.

Tant qu'ils se trouvèrent dans la limite de leur village, ils ne s'effrayèrent pas de la distance. Sur la route ils rencontraient des gardeurs de chèvres qui avaient été leurs compagnons de jeux, des paysans qui répondaient à leur bonjour amical, de grands chiens de ferme qui bondissaient joyeusement vers eux. C'était toujours la campagne, avec ses travaux, ses bruits, son mouvement ; tout gardait pour eux un charme, un langage. Ils reconnaissaient chaque borne de champ, chaque échalier, les fourrés des bois taillis, les nids de corneilles dans les hauts peupliers, et les touffes de gui de chêne qui servaient aux enfants pour faire de la glu.

Mais quand ils eurent dépassé le grand Calvaire, ils se trouvèrent sur une terre nouvelle : la campagne changea d'aspect ; plate et unie, elle ne leur rappela rien des collines ondulant mollement vers les vallées où se cachait la cabane de Jeanne. Aucune voix bienveillante ne leur souhaitait la bienvenue sur le seuil des maisons ; les fermières ne tendaient plus pour apaiser leur soif l'écuelle remplie d'un lait frais et mousseux.

Plus d'une fois même on regarda les trois enfants avec une sorte de méfiance, et un garde-champêtre leur demanda leur passe-port.

— Nous sommes les enfants de Jeanne la fileuse, répondirent-ils.

Mais cette affirmation naïve ne pouvait suffire au représentant de l'autorité rurale.

— Vos papiers ! répéta le garde champêtre.

— Pourquoi faire ? demanda Robert ; nous les emportons à Paris, nos papiers.

— Oui-dà ! vous allez à Paris comme cela, tout seuls, sans avoir peur des gendarmes ?

— Pourquoi en aurions-nous peur ? objecta Robert ; nous n'avons jamais fait de mal !

— C'est possible ! montrez-moi toujours vos papiers.

Robert tira d'un petit sac de toile la lettre écrite par le curé sous la dictée de la pauvre Jeanne, puis les actes de naissance de ses frères, et un certificat du maire attestant qu'ils étaient d'honnêtes enfants allant rejoindre un parent à Paris.

— Ça suffit ! dit le garde champêtre ; que le bon Dieu vous conduise !

Les enfants poursuivirent leur route, et vers quatre heures du soir ils arrivèrent en face d'une auberge d'assez méchante mine.

Tous trois se sentirent fatigués.

Ils s'assirent sur le tronc renversé d'un arbre, à côté

d'un ruisseau dont les bords foisonnaient de cresson. Robert ouvrit le bissac rempli de provisions, coupa un morceau de pain pour chacun de ses frères, puis une tranche de lard, et, cueillant des brins de cresson au bord de l'eau, tous trois dînèrent en parlant de leur mère qu'ils seraient longtemps sans revoir, et du pays qui leur semblait déjà si loin.

— Est-ce que nous ne ressemblons pas aux enfants du bûcheron dans le conte du Petit-Poucet? demanda Cricri.

— Non, dit Robert; le bûcheron et sa femme manquaient de courage pour travailler et nourrir leur famille. Les frères de Poucet étaient eux-mêmes désobéissants, paresseux, et il faudrait bien vous garder de les prendre pour modèles. Poucet, ce malin qui a toujours un expédient dans son sac à malice, vole les couronnes des filles de l'ogresse... Notre mère ne nous abandonne pas: elle se sacrifie pour nous... Quant à moi, je ne sais si je rencontrerai dans ma vie beaucoup de gens pareils à l'ogre du conte, mais je sais bien que je ne me vengerai jamais de ceux qui me feront du mal.

Au moment où Robert achevait ces mots, Bijou, qui recueillait les miettes de pain tombées à ses pieds, battit des ailes comme pour applaudir aux honnêtes paroles de son ami.

Les trois enfants, ayant terminé leur frugal repas, allaient se remettre en route, quand ils s'arrêtèrent surpris en voyant se diriger vers l'auberge une énorme voiture traînée par deux chevaux.

Du fond de cette voiture s'entendaient des cris effrayants d'animaux, qui n'avaient jamais frappé les oreilles des enfants de Jeanne.

Epouvantés et curieux tout ensemble, Robert et ses

frères s'approchèrent de la voiture peinte en jaune, et bientôt, la porte du fond s'ouvrant, ils furent très-étonnés de voir qu'elle était aménagée comme une maison.

Des couchettes se dressaient de chaque côté, une table était posée au milieu; au-dessus d'un fourneau, des ustensiles de cuisine tintaient le long de la cloison.

De cette voiture descendirent un homme barbu, à longs cheveux, à grandes moustaches, vêtu d'un habit vert recouvert de paillettes de cuivre, une femme en jupe rose courte et fanée, puis une fillette de douze ans maigre et pâle, enfin un petit garçon presque décharné, dont les grands yeux bleus exprimaient l'effroi persistant d'un être pour qui la moindre chose devient menace et danger.

Au premier regard, ce petit être inspira aux trois frères un intérêt mêlé de pitié; et Robert, Jean et Cri-cri, curieux de connaître, s'il était possible, les mystères renfermés dans la carriole jaune, restèrent dans un coin de la cour, tandis que l'homme à l'habit vert dételait les chevaux.

VII

LES SALTIMBANQUES.

— Hé! l'aubergiste, cria l'homme, peut-on manger dans votre gargotte?

— D'abord, répondit maître Luc, propriétaire de l'auberge, mon immeuble n'est pas une gargotte; ensuite, lisez l'enseigne, et vous verrez que je loge à pied et à cheval... Seulement, faut vous en prévenir d'avance... Crédit est mort.

— Qu'est-ce que c'était que Crédit? demanda Cri-cri à Robert.

— Un être dangereux, probablement.

— Ah! Crédit est mort! répéta l'homme à l'habit vert avec une grimace; mais la Charité le remplace, car je vois également sur votre enseigne: *Ici on donne à boire et à manger*.

— Voyez-vous, reprit le père Luc, pas de finasseries: le picotin d'avoine tant... la soupe tant... le cidre tant... que faut-il vous servir?

— Du foin pour le cheval, et ce que vous avez de meilleur pour moi, la femme et la fillette.

— Et le petit que vous oubliez?

— Il ne soupera pas, il a refusé de travailler.

Un hurlement sauvage, un grognement sourd, des cris discordants sortirent en ce moment de la voiture.

— Et les bêtes! s'écria la femme en jupe rose, nous allions oublier les bêtes.

L'homme à l'habit vert se tourna vers le père Luc :

— Avez-vous une chèvre morte, un cheval malade ou poussif à me vendre, pour le loup, la hyène et l'ours...?

Robert et ses frères se serrèrent l'un contre l'autre.

Luc se contenta de répondre :

— J'ai votre affaire... un mouton, mort ce matin de la clavelée; il fera un excellent souper pour vos carnassiers.

Tandis que la femme de Luc préparait le repas, l'aubergiste apporta les membres saignants du mouton et les jeta sur le sol.

— Mulot, dit le saltimbanque, sers le dîner de Bouton-de-Rose, Frisette et Nini.

Les dents de l'enfant, que l'homme à l'habit vert appelait Mulot, claquèrent d'épouvante. Il secoua la tête en signe de refus. Le saltimbanque s'avança furieux et, d'un coup de pied, il lança l'enfant sur le pavé.

Robert courut le relever, et vit avec effroi que la figure du pauvre petit était couverte de sang.

Le misérable bourreau poussa un juron formidable, mais il craignait, sans doute, que sa brutalité n'eût des suites graves, car, au lieu d'exiger de Mulot qu'il servît le souper des bêtes, le saltimbanque prit les quartiers de mouton et les porta dans la voiture, sans plus se soucier de sa victime que d'un chien galeux.

Il sortit de la charrette au moment où Luc criait d'une voix formidable :

— Le cidre s'échauffe et la soupe froidit.

L'homme à l'habit vert entra dans la salle d'auberge, et une minute après, les rires de la fillette et les éclats de voix du saltimbanque et de sa femme apprirent aux trois enfants de Jeanne qu'ils faisaient honneur au repas de l'aubergiste.

Pendant ce temps les bêtes enfermées dans la charrette hurlaient, miaulaient et grognaient, tandis que le perroquet répétait sur tous les tons :

— Jacquot n'a pas déjeuné ! Vive la France ! Du rôti ! du rôti !

Et que la pie, chargée de dire la bonne aventure dans les foires et les marchés, disait d'une voix de fausset :

— Qui veut savoir sa destinée pour deux sous ?

Robert avait conduit Mulot sur le tronc d'arbre où, un moment auparavant, il s'était assis pour dîner avec ses frères. Doué d'un sang-froid au-dessus de son âge, et comprenant bien qu'il devait maîtriser ses émotions de terreur ou de dégoût afin de rendre service, Robert lava la blessure du petit garçon avec l'eau de la source, posa dessus quelques feuilles fraîches, ouvrit son paquet, en tira un de ses mouchoirs qu'il déchira, et banda le front de Mulot.

— Vous êtes bon ! lui dit celui-ci.

— On doit toujours être bon, répondit Robert.

— Pourtant Mucidor est mauvais.

— Qui ça, Mucidor ? Ton père ? demanda Cri-cri.

— Ce n'est pas son père ! répliqua vivement Robert ; son père ne le traiterait pas de la sorte.

— Non, dit Mulot, c'est le maître. Il veut me faire croire que je suis son fils, mais je me souviens bien de mon vrai père : il m'aimait, il m'embrassait, il travaillait pour me nourrir... Comme il couvrait des maisons, il passait toute la journée sur les toits... Il est tombé... je ne l'ai plus revu... Ma mère est morte... Mucidor m'a ramassé sur la grande route et il m'a gardé...

— Il te bat ?

— Tous les jours.

— Tu ne sembles pas méchant, cependant...

— Non, mais je désobéis.

— Pourquoi désobéis-tu ?

— J'ai peur des bêtes, répondit Mulot en baissant la voix ; si vous saviez comme elles sont effrayantes... Frisette surtout, la hyène, avec ses dents pointues, son poil qui se hérisse sur son dos... Le maître me force à entrer dans sa cage, à lui donner à manger, à jouer avec elle comme avec un chat... et j'ai peur, ah ! j'ai peur !

— Pauvre petit ! fit Robert avec compassion.

— Et ce n'est pas tout, reprit Mulot ; avec Bouton-de-Rose, l'ours brun, c'est autre chose ! Il faut que je mette ma tête dans sa gueule, et d'un coup de dent il pourrait me broyer le crâne.

— Et si tu ne faisais aucun de ces horribles exercices...

— On me laisserait mourir de faim.

— Tu souperas ce soir, du moins, dit Robert ; et, ouvrant son bissac, il étala de nouveau ses provisions.

Cri-cri puisa de l'eau dans le gobelet, et Jean cueillit le cresson, tandis que Robert coupait les tranches de pain et de lard dans lesquelles Mulot mordit bientôt avec avidité.

— Pourquoi êtes-vous si bons pour moi ? demanda le petit saltimbanque ; vous ne me connaissez pas...

— Tu es malheureux, nous te devons protection ; c'est la loi de la charité, et notre mère nous a recommandé de n'y jamais manquer.

— Où demeurez-vous ? demanda Mulot.

— Notre mère nous envoie chez mon oncle, à Paris.

— Et vous y allez tout seuls.

— Oh ! je suis presque un homme ! répondit Robert ; et puis nous avons des papiers.

— Le maître parle bien souvent d'aller à Paris, je serais bien heureux de vous y retrouver.

— Moi aussi ! répondit Cri-cri en embrassant Mulot.

Une seconde après, le saltimbanque Mucidor sortit en titubant de l'auberge.

— A la niche ! cria-t-il à Mulot.

L'enfant se leva tout tremblant.

Apprenez-moi vos noms, dit-il aux enfants de Jeanne, afin que je me rappelle mieux encore ceux qui m'ont consolé et nourri.

— Cri-cri ! dit le plus jeune, la sauterelle des blés, le grillon des cendres, la petite bête du bon Dieu.

— Jean, ajouta le cadet d'une voix plus grave.

— Et moi Robert, fit l'aîné... Adieu, pauvre petit... Si nous sommes heureux, nous songerons à toi, pour regretter que tu ne partages pas notre bonheur, et quand nous souffrirons, afin de nous encourager à la patience par cette pensée qu'il est encore des enfants plus malheureux que nous.

— A la niche ! à la niche ! hurla Mucidor, en faisant claquer une lanière de cuir.

Mulot escalada le marchepied de la carriole, et un moment après, les grognements de Bouton-de-Rose, les glapissements de Frissette et les sanglots de Mulot se confondirent.

2

VIII

L'HOTELLERIE DE LA BELLE-ÉTOILE

Robert et ses frères, vivement émus, quittèrent le voisinage de l'auberge et de la ménagerie ambulante et recommencèrent à marcher. Le temps était beau, la route superbe, une petite brise leur apportait la bonne odeur des foins nouvellement coupés. Ils marchaient en se tenant par la main, comme si la fatigue s'oubliait mieux en se partageant.

Le spectacle dont ils venaient d'être témoins les avait rendus silencieux. Cri-cri se sentait près de pleurer. Robert songeait, avec un sentiment profond de reconnaissance envers Dieu, qu'il avait cette joie et cette bénédiction de posséder une mère chrétienne, dont chaque parole avait été un enseignement religieux ou moral. Elle leur avait prodigué le pain gagné par son travail avec ses plus tendres caresses. Il comparait sa vie à celle de cet orphelin battu par un maître implacable, qui l'obligeait à risquer sa vie entre une hyène féroce et un ours redoutable, et le fils de Jeanne remerciait la divine Providence de la part qu'elle lui réservait.

Si courageux que fussent les pauvres enfants, la fatigue ne tarda pas à se faire sentir. Ils marchaient depuis le matin, la nuit descendait, il fallait songer au repos.

— Je suis las, dit Cri-cri d'une voix dolente.

— Et bien, répondit Robert, entrons dans l'auberge.

— Je ne vois point de maisons ! ajouta Cri-cri.

— Et l'hôtellerie de la [Belle-Étoile? demanda Robert, est-ce que tu l'oublies? Tiens, vois-tu au milieu de ce champ de gros meulons de |foin? nous allons dormir là plus à l'aise que des princes en campagne... Comme nous aurons chaud! et comme cela sentira bon !

Il prit la main de Jean, enleva Cri-cri qui passa un bras autour du cou de chacun de ses frères, et tous trois se dirigèrent vers la meule de foin.

Cri-cri sauta à terre ; Robert creusa trois lits dans l'herbe fauchée, rangea le bissac de provisions, puis, rapprochant près de lui les deux petits confiés à sa garde, il leur dit doucement:

— Nous allons prier, prier sous la voûte du ciel bleu parsemée d'étoiles brillantes comme les regards des anges.

Ensuite, rassemblant dans ses mains les doigts de Jean et de Cri-cri, il récita lentement et avec respect la belle prière commençant par ces paroles: *Notre père qui êtes aux cieux...*

Quand elle fut achevée, Robert enfonça douillettement Cri-cri dans son lit de trèfle, ramena sur lui une couverture de luzerne rose, en fit autant pour Jean, s'inquiéta de Bijou qui dormait déjà la tête sous l'aile, et se coula dans le troisième lit qu'il avait préparé.

— Hein! dit-il, quand il fut roulé dans sa couche, avais-je tort de vous dire que l'on était bien et à bon marché dans l'hôtellerie de la Belle-Étoile?

— Non certes répondit Jean.

— Moi, ajouta Cri-cri, je regrette de ne pas avoir Mulot près de moi, il serait bien mieux qu'avec cet affreux Mucidor... Grand frère, tu disais ce matin qu'il n'existait pas d'ogres, mais le saltimbanque est aussi cruel que le géant qui voulait manger Poucet et ses frères.

— Il n'y a pas d'ogres, répéta Robert, mais il existe de méchants hommes.

— On peut les tuer comme des chiens enragés ?

— Non, Cri-cri, il faut leur conseiller d'agir autrement.

— Tu rendrais service à Mucidor, si tu le pouvais ?

— Oui.

— Cependant il ne se montrerait pas reconnaissant !

— On fait le bien pour Dieu, pour soi, et non dans l'espoir de recueillir de la reconnaissance.

Les yeux de Cri-cri se fermèrent,

— Bonsoir, frèrot.

Jean l'imita bientôt. Robert seul resta longtemps éveillé. Il songeait à la mission qu'il devait remplir, à la difficulté de la tâche. Il se demandait combien de temps il marcherait de la sorte, avant d'arriver à Paris. Sa responsabilité de chef de famille lui apparaissait dans toute son étendue. Robert supplia son père de veiller sur les trois pauvre brebis tondues, qu'allaient menacer l'orage et les loups, et il s'endormit en regardant les étoiles scintillantes.

IX

MARTIN L'AVEUGLE.

Quand Robert ouvrit les yeux, le jour se levait ; le pigeon secouait, en les dilatant, ses ailes aux reflets changeants ; Jean et Cri-cri achevaient leurs derniers rêves.

— Debout ! dit Robert en les éveillant par un baiser ; la route est longue, et le soleil fait honte aux paresseux.

Après une toilette matinale, dont l'eau de la fontaine fit tous les frais, les enfants se mirent en route. Ils allaient allégrement dans les chemins ombragés, admirant les buissons fleuris, s'égayant du chant des oiseaux, s'emplissant le cœur de tous les bons sentiments que nous communique l'étude de la grande œuvre de Dieu.

Ils voyaient déjà poindre la flèche aiguë d'un clocher, quand, en passant devant un fossé, un cri lamentable leur causa une douloureuse inquiétude. Robert tourna vainement les yeux autour de lui, et pour la seconde fois un appel déchirant frappa ses oreilles. Presque au même moment, un homme couvert de haillons apparut sur le talus du fossé voisin.

— Qui que vous soyez, dit-il, venez en aide à un pauvre aveugle !

Ces mots éveillèrent dans le cœur des trois enfants la généreuse pitié du jeune âge ; Robert courut au vieillard

2.

et lui aida à gagner la route ; puis Cri-cri lui demanda avec une curiosité ingénue.

— Vous êtes aveugle, et vous n'avez pas de chien?

— On me l'a volé... s'écria le malheureux d'une voix sourde.

— Volé ! qui cela ? reprit Jean.

— Des enfants,.. répondit l'aveugle, comme s'il avait honte pour ces jeunes êtres du crime qu'ils avaient commis.

— Oh ! fit Robert, pardonnez-leur. Ils n'ont sans doute pas compris la gravité de leur faute.

— De quel côté sont allés ces enfants ? ajouta Jean.

— Ils habitent le village voisin, sans aucun doute. Je sais bien que le pauvre Brisque n'est pas beau... Brisque c'est mon chien. Il a de grands poils tordus comme des câbles et qui traînent jusqu'à terre... Il est poussiéreux en été, crotté en hiver... Qu'est-ce que cela me fait, à moi ! il est si bon, si doux, si intelligent, si docile !.. Il m'accompagne depuis sept ans, c'est-à-dire depuis que je suis aveugle... Nous couchions ensemble dans les granges, et je partageais avec lui le pain que je reçois de la charité...

— Vous êtes seul au monde ? demanda Robert.

— Tout seul. Ma femme est morte... et mon enfant...

— Votre enfant est mort aussi ? ajouta Jean.

— Je ne sais pas, répondit l'aveugle, dont les joues se mouillèrent de grosses larmes ; on me l'a pris !...

— On vous l'a pris !

— Oui, une bande de bohémiens, de saltimbanques se trouvait dans le pays un jour de foire. Dans la même journée deux enfants disparurent : mon petit Paul, et Marcelle, la fille d'une de mes voisines.

— Vous n'avez jamais pu retrouver ses traces ?

— Jamais. Un mois après la goutte sereine me fit per-

dre mes pauvres yeux. Brisque me restait seul pour compagnon, pour guide. Il semblait me comprendre, quand
je lui parlais du petit Paul qu'il avait porté sur son dos.
Il me léchait les mains et il aboyait pour me répondre
qu'il s'associait à ma peine. Et sa pitié allégeait mes
regrets...

— Ecoutez, dit Robert ; nous allons au village, venez
avec nous ; peut-être aurons-nous des nouvelles de Brisque.

— Prenez ma main en attendant, ajouta Cri-cri, et si cela
vous console, parlez-moi du petit Paul.

— Vous êtes des enfants secourables et bons, répondit
l'aveugle, Dieu vous bénira... vous aimez les pauvres.

Cri-cri prit l'aveugle par la main, et marcha avec une
sorte de fierté !

Le bien accompli communique au cœur un légitime
orgueil.

Robert regardait avec attendrissement Cri-cri et l'aveugle, à qui Jean demanda :

— Voulez-vous nous apprendre votre nom ? Quand
nous serons à Paris, chez notre oncle, nous lui raconterons tout ce qui nous est arrivé en voyage : la rencontre
de Mulot et de Mucidor, la perte de Brisque, votre malheur...

— Je me nomme Martin, dit le pauvre homme.

Un moment après, les trois frères et leur compagnon
entraient dans le village. Comme ils traversaient une
ruelle remplie de fumier et de purin, dans lequel barbo-
taient des canards, une clameur soudaine, dominée par
un cri plaintif, s'éleva du milieu de la place voisine.

Martin devint pâle et tremblant.

— Mon chien ! on assassine mon chien !

— Restez là, dit Robert à ses frères

Et s'élançant du côté d'où partaient les cris, le brave
enfant se trouva bientôt en face d'un cruel spectacle.

X

LA VIE DES BÊTES

Un malheureux caniche, couvert de sang et de boue, effrayé par les cris d'enfants cruels, les oreilles déchirées, le poil arraché par touffes, et traînant à sa queue un énorme poêlon, bondissait au milieu d'un cercle de bourreaux, les regardant de son grand œil bleu mouillé de pleurs et poussant des hurlements plaintifs. On eût dit qu'un sentiment autre que celui de la douleur causée par ses propres blessures, lui arrachait des plaintes presque humaines. A défaut de la parole qui lui manquait, il avait dans l'expression de ses yeux, dans l'appel de ses aboiements, une angoisse intraduisible.

Les enfants riaient, criaient, l'entouraient d'un cercle infranchissable. A chaque bond que faisait pour s'échapper le malheureux chien, le lourd poêlon attaché à sa queue retombait sur le sol avec un bruit de ferraille, et le caniche, convaincu enfin de l'inutilité de ses efforts, se coucha sur le sol, comme s'il attendait le coup de grâce.

En ce moment des coudes robustes écartèrent les enfants du village, et Robert se trouva subitement au premier rang des curieux. Aussitôt, se penchant vers le chien, il coupa avec son couteau les cordes retenant le poêlon.

— De quoi se mêle-t-il, celui-là? demandèrent les plus méchants de la bande.

— Je vous empêche de commettre une mauvaise action.

— En nous amusant avec un chien?

— Vous appelez cela vous amuser! mais vous torturez, vous tuez cette misérable bête!

— Qu'est-ce que cela te fait? demanda l'aîné des garnements.

— Beaucoup, répliqua résolûment Robert; vous avez volé ce chien à un pauvre aveugle, et j'entends le lui rendre...

— Toi?

— Moi!

— Et de quel droit?

— Du droit que l'on a de venir en aide à celui qui souffre.

— Tu n'es pas du village, répondit le grand Mathurin, et nous ne te permettrons pas de te mêler de nos affaires.

— Il n'y a ni villages ni bourgs qui tiennent, repartit Robert; nous sommes deux enfants en face l'un de l'autre... tu fais le mal, et j'ai résolu de t'en empêcher.

— Faudrait voir çà! fit Mathurin.

— Çà sera d'autant moins long, ajouta Robert, que tu es lâche!

— Moi, lâche! cria Mathurin; répète voir...

— Je dis lâche! dit Robert et je ne retire pas le mot... On est toujours lâche quand on s'attaque à plus faible que soi... Si ce mot te blesse, prouve-moi que je me suis trompé, en me rendant Brisque; je le ramènerai à son maître...

— Te l'abandonner! non pas; te le vendre.

— Combien?

— Le chien appartiendra à celui qui *tombera* l'autre.

Robert resta un moment silencieux.

— Tu recules ? demanda Mathurin d'un air railleur.

— Je n'aime point les batailles, dit gravement le fils de Jeanne, et il me répugne d'agir comme un tapageur ; mais la vie de Brisque est à ce prix, mets bas ta veste, et que le bon Dieu me soit en aide.

Mathurin fut bientôt en bras de chemise ; Robert releva ses manches jusqu'à l'épaule : les deux lutteurs se saisirent, et chacun d'eux essaya de renverser son adversaire.

Mathurin était un robuste garçon de quatorze ans. Robert en comptait douze à peine ; sa taille paraissait chétive, mais la pensée de rendre service décuplait ses forces. Soutenu par l'idée de rapporter le caniche à Martin, il opposa à Mathurin une résistance à laquelle celui-ci était loin de s'attendre. Robert, plus souple, se montrait plus adroit ; il profitait des fautes de Mathurin.

Le grand garçon, aveuglé par la colère, s'exposait à des revanches terribles. Robert commençait à se fatiguer, et déjà ceux qui pariaient pour lui doutaient de sa fortune, quand un aboiement de Brisque ranima son energie ; d'un mouvement brusque il enlaça la jambe de Mathurin qui tomba lourdement sur le dos, tandis que le fils de Jeanne lui appuyait un genou sur la poitrine. Un cri de rage s'échappa de la bouche de Mathurin, et, entraîné par sa méchanceté, il mordit cruellement Robert.

— Traître ! fit celui-ci ; je pourrais me venger, car ce que tu viens de faire n'est pas de franc jeu... Je me contente de répéter devant tous tes camarades, en leur montrant ma main déchirée : Tu es un lâche ! lâche d'avoir volé le guide d'un aveugle ! lâche d'avoir martyrisé une bête inoffensive ! lâche de ne pas être resté dans les conditions de la bataille !

Puis se tournant vers les autres enfants, et secouant ses doigts sanglants :

— L'approuvez-vous ? demanda-t-il.

— Non ! non ! répondirent vingt voix.

— Cela me suffit, dit Robert ; il peut se relever. J'ai gagné le chien, et je l'emmène.

Robert se releva, laissant libre Mathurin rouge de honte, furieux de sa défaite, et plus encore de la façon dont ses camarades l'avaient renié.

Les enfants ont naturellement le cœur droit. Ils peuvent un moment se laisser entraîner à mal faire, mais dès qu'on leur montre la vérité, la droiture, ils se rangent tout de suite du côté du bien. Cela est si vrai que la bande des petits bourreaux entoura Robert, lui aidant à laver sous le robinet de la fontaine la boue et le sang qui souillaient le caniche.

Quand l'animal, soulagé par ces premiers soins et revenu de ses terreurs, grâce aux caresses de Robert, tourna vers l'enfant ses yeux remplis de gratitude, le fils de Jeanne le saisit dans ses bras et reprit sa course vers l'entrée du village, où Martin anxieux l'attendait avec Jean et Cri-cri.

XI

UNE TROUVAILLE.

Du plus loin qu'il aperçut Martin et ses frères, Robert
leur cria :

— Victoire ! victoire !

Brisque, s'élançant de ses bras, bondit vers l'aveugle,
le couvrant de caresses, lui léchant les mains, tournant
autour de lui avec une joie folle, tandis que Martin, vivement ému, essayait de l'apaiser en répétant :

— Paix donc ! Brisque, mon bon chien ! Eh bien, oui,
nous voilà ensemble ! remercie le brave enfant qui t'a
sauvé !

Brisque alla de l'un à l'autre. Robert avait une large
part de caresses ; le chien léchait sa main blessée, il
aboyait d'une façon plaintive.

— Tu souffres beaucoup ? lui demanda Jean.

— Bah ! fit Robert, les vieux soldats sont fiers de leurs
cicatrices... Un enfant fait ce qu'il peut... les marques
de la morsure de Mathurin me rappelleront le vieil aveugle et le bon caniche.

Après avoir déjeuné en commun, les voyageurs se séparèrent ; les trois frères prirent la route de Paris, et
Martin un sentier de traverse.

Pendant la première lieue, les enfants s'entretinrent
des incidents de leur voyage. Après avoir franchi la seconde, ils durent suivre un chemin encombré de char-

rettes, de chevaux, d'ânes et de moutons. Une foire importante se tenait dans les environs, et les éleveurs, les cultivateurs, les propriétaires, s'empressaient d'y conduire leur bétail, ou de s'y rendre pour faire leurs acquisitions. La nouveauté de ce spectacle amusa beaucoup les orphelins. Ils écoutaient les chansons des paysans; suivaient du regard les jeunes poulains gambadant auprès des juments graves et patientes ; riaient en voyant les bandes de porcs, roses d'épiderme, blancs de soie, aux oreilles mobiles, à la queue tirebouchonnée, se massant contre la truie fouillant le sol de son groin. Les bandes de moutons pressés, bousculés, montant effrayés les uns sur les autres, tandis que de grands chiens maigres les remettaient en lignes, les intéressaient au moins autant que les ânes chargés de paniers d'osier dans le fond desquels gloussaient les volailles, et que la mine ahurie des veaux heurtant de leur grosse tête lourde le bouvier qui les menait au marché.

Vers le soir, malgré la variété des épisodes, les enfants se sentirent un peu las, et ils se disposaient à coucher comme la veille à l'hôtellerie de la Belle-Etoile, lorsque, à la mourante clarté du jour, Cri-cri aperçut sur la route un objet dont il lui fut impossible de définir la nature.

— Robert, dit-il, vois donc ce que j'ai trouvé.

— Une ceinture de cuir ! répondit le frère aîné.

— Elle est lourde, ajouta Jean.

— Si elle contenait de l'argent ! fit Cri-cri.

Robert la soupesa et comprit qu'elle était bien garnie.

— Nous voilà riches ! dit Cri-cri en battant des mains.

— Mais cette ceinture ne nous appartient pas, fit observer Robert.

— Cependant nous l'avons trouvée ! Un objet perdu est à celui qui le relève... Songe donc, Robert, comme nous serions heureux si nous avions de l'argent ! D'abord, au lieu d'aller à Paris, nous rentrerions au village ! Plus d'isolement, plus de misère... Notre mère ne manquerait de rien et ferait la charité à nos voisins pauvres... Oui, nous serions tous heureux !

— Tu te trompes, répondit Robert, chaque jour, à toute heure, nous songerions à l'homme inconnu qui a perdu cette bourse... Nous nous dirions : « Faute de cette somme, il n'a pu faire honneur à ses affaires. » Non, mon cher Jean ; non, mon petit Cri-cri, il ne faut jamais charger sa concience d'un vol; et garder ce que l'on trouve, sans en chercher le propriétaire légitime, c'est voler.

— Je te demande pardon, dit Jean ; tu as raison, grand frère.

— Eh bien ! nous rendrons demain la ceinture, ajouta Cri-cri.

— Non pas demain, répliqua Robert ; tout de suite ; celui qui a perdu cette somme est sans doute en souci, nous devons le tirer de peine le plus vite possible.

— Je suis si las ! objecta Cri-cri.

— Aussi, dit Robert, je ne vous oblige point à me suivre. Nichez dans la première meule que vous trouverez; je courrai au prochain village avertir le maire de ma trouvaille, puis je me hâterai de vous rejoindre.

— Non, s'écria Jean ; que deviendrions-nous sans toi?

— Vous dormiriez sous la grâce de Dieu, et il ne vous arriverait aucun mal.

— Non ! fit Jean résolûment, nous irons avec toi.

Cri-cri était bien tenté de dire que la lune était blafarde, que l'ombre des peupliers s'allongeait énorme sur la route, et que les vieux saules ébranchés ressemblaient à des fantômes noirs ; mais, n'osant pas se montrer poltron, il se contenta de se placer entre Jean et Robert dont il saisit les deux mains.

XII

SOUS L'ORAGE

Le temps, qui jusqu'alors avait été magnifique, changea brusquement ; l'air devint lourd, étouffant, le tonnerre gronda, et de grands éclairs sillonnèrent les nuages. C'était à la fois un spectacle effrayant et grandiose.

— Courons, dit Cri-cri, nous nous réfugierons sous les arbres.

— Gardez-vous-en bien, répondit Robert ; en déplaçant l'air vous pourriez attirer la foudre. Ne te rapelles-tu pas, Cri-cri, qu'on a trouvé mort le fils Bridois sous le feuillard de la mère Flanchu ?

— C'est égal, dit Jean, si tu n'avais pas eu l'idée de reporter tout de suite la ceinture chez le maire, nous serions à cette heure abrités dans une meule de foin, et nous moquant tous trois de l'orage.

— On n'a point de mérite à faire ce qui ne cause ni peine ni dérangement, objecta Robert ; quant à moi, je m'estimerai héureux si je retrouve le propriétaire de la ceinture... quand même je devrais marcher toute la nuit. Veux-tu que je te porte, cher petit ? J'ai les reins solides, et tu ne pèseras pas trop à mes épaules.

Cri-cri, un peu honteux d'avoir mérité la leçon qu'il venait de recevoir, essaya de réparer sa faute, en répondant résolûment :

— Je ne suis point las ; si Jean marche, je marcherai.

Vraiment on pouvait excuser le pauvre enfant ; le temps devenait de plus en plus mauvais, le vent chassait la pluïe en tourbillons, la foudre roulait avec fracas. Dans les fermes isolées, les chiens aboyaient d'une façon lamentable. Tout autre que Robert aurait renoncé à l'idée de porter si tard chez le maire du village des Ajoncs la ceinture qu'il venait de trouver.

Les trois enfants, mouillés jusqu'aux os, aperçurent des lumières annonçant des habitations assez nombreuses.

Bientôt ils se trouvèrent dans l'unique rue du village, et, avisant une vieille femme qui, sa cotte de drap relevée au-dessus de sa tête en guise de parapluie, regagnait sa cabane, ils la prièrent de leur indiquer la demeure du maire.

— Tout droit devant vous, dit la femme, une maison couverte d'ardoises.

Au bout de cinq minutes, Robert souleva le marteau de la porte qui retomba bruyamment, et une servante, d'aspect revêche, vint ouvrir.

A la vue de ces trois enfants ruisselants d'eau, elle s'imagina qu'ils venaient implorer la charité, et leur dit avec brusquerie :

— La mendicité est interdite dans cette commune ; passez votre chemin, vagabonds !

— Madame, répondit Robert en maîtrisant l'émotion que lui causait l'injuste accueil de la servante, nous ne sommes pas des vagabonds, car nous avons des papiers ; nous ne mendions pas, car nous apportons... Pouvons-nous parler à monsieur le maire ?

— Parler à monsieur le maire ! Vous me la baillez belle ! A l'heure qu'il est, et quand on est fait de la sorte !

Tirez-vous à la conscription, ou venez-vous faire publier vos bans de mariage, pour être si pressés ? Monsieur le maire est en train de dîner.

— Madame, reprit Robert, nous savons que le maire d'un village est le protecteur et le père de ceux qu'il administre... Et nous ne croyons pas avoir tort en gardant bonne opinion de votre maître... C'est ainsi qu'on pensait chez nous, du moins.

— Et c'est de même qu'il faut penser ici, mon enfant ! s'écria d'une voix ronde et joyeuse un brave et gros homme qui apparut subitement dans le couloir. Vous ne vous corrigerez jamais, Marianne ! Voyons, mes petits, que voulez-vous ?

Robert enhardi regarda le maire en souriant :

— Nous voudrions vous parler, monsieur.

Le maire poussa doucement les trois enfants dans la salle à manger. La servante n'avait point menti ; le maire dînait, copieusement, lentement, comme un homme ayant grand appétit, beaucoup de temps libre, et assez de revenus pour couvrir sa table de mets plantureux.

Il reprit sa place en face de son couvert, avala un verre de vin, et s'adressant à Robert :

— Qu'apportes-tu donc, petit ?

L'enfant releva sa blouse, sous laquelle il avait roulé la ceinture, et la posa sur la table, en disant simplement :

— Ça, monsieur ; c'est plein de louis d'or.

— Et tu as trouvé cette ceinture...?

— Sur la grande route

— Sais-tu à peu près ce qu'elle contient ?

— Dame ! monsieur, une centaine de pièces dans chaque rang, et il y a cinq rangs... ça fait assez pour acheter un village, quoi !

Le maire se sentit profondément ému.

— Approche, dit-il ; toi et tes frères, vous êtes de braves enfants ! et ça fait plaisir de voir la jeunesse honnête ! Mais vous avez soupé, au moins ?

— Non, monsieur, pas encore, mais nous avons mangé à midi.

— Eh bien ! fit le maire nous souperons ensemble... Je ne sais pas plus que vous qui a perdu cette ceinture, mais je donnerais gros pour que son propriétaire vous récompensât comme vous le méritez.

— Nous sommes payés, monsieur, dit Robert, nous avons rempli notre devoir.

Le maire se fit raconter l'histoire des enfants de Jeanne, commanda à Marianne de mettre des draps blancs dans l'immense lit à colonnes d'une chambre d'amis, puis, sitôt que les enfants seraient couchés, de sécher et de repasser leurs vêtements transpercés par l'orage.

Il souhaita ensuite le bonsoir à ses jeunes hôtes.

XIII

LE CERTIFICAT

Le lendemain matin, le maire du village des Ajoncs s'éveilla tout joyeux. Il venait d'avoir une bonne idée, et rien ne rend heureux comme la pensée d'accomplir une œuvre charitable qui a germé dans le cœur avant de grandir dans l'esprit.

Dès que Marianne eut achevé d'allumer son feu, le maire lui ordonna de préparer trois bols de lait frais, son sucre le plus blanc, sa miche la plus tendre, et lui-même chaussant ses sabots alla dans l'écurie surveiller le dé-jeuner de la *Joliette* qu'il attela ensuite soigneusement à une carriole bien bâchée de toile, et au fond de laquelle il étala de belles bottes de paille.

Ces soins pris, il rentra dans la cuisine, où Jean, Robert et Cri-cri l'attendaient. Il fit signe à chacun de prendre son bol de lait, et pendant qu'il savourait son café à petites gorgées, le maire dit aux trois frères :

— Je me suis souvenu que j'ai une commission à faire à la ville voisine... la retarder serait m'exposer à manquer un marché avantageux ; je viens d'atteler *Joliette*, vous ferez avec moi le voyage... ce sera autant de fatigue de moins pour vos petites jambes...

— Quel bonheur ! s'écria Cri-cri, c'est si bon d'aller en voiture !

— Je vous remercie bien, monsieur, ajouta Robert ;
Jean et Cri-cri sont si jeunes...

— Avant de partir, ajouta le maire, je vais vous donner un certificat constatant que vous m'avez, à la date
du 30 juin 1871, rapporté une ceinture de cuir, marquée
des initiales B A., et renfermant cinq cents louis. La
lettre de votre curé témoigne de l'honnêteté de votre famille, mon attestation prouvera que vous savez déjà faire
acte de probité...

— Monsieur, dit Jean, dont les joues se couvrirent
d'une rougeur ardente, ne mettez pas mon nom sur le
certificat.

— Pourquoi, mon petit ami ?

— Je ne l'ai pas mérité... J'ai conseillé à Robert de
garder la ceinture pour que nous soyons tous riches...

— Tu possèdes du moins une grande qualité, mon
petit Jean, et bien à toi celle-là, c'est la franchise... A ton
âge on ne se rend pas aussi bien compte qu'à celui de
Robert de ce qu'est la propriété; tu l'apprendras en suivant ses conseils.

M. Moniot embrassa Jean, puis il se mit à écrire sur
une grande feuille de papier timbré d'une grosse écriture
assez inhabile. Il relata le fait arrivé la veille, signa, et ap-
posa au bas de cette pièce le cachet bleu de la mairie.

Robert ouvrit le petit sac de toile dans lequel il enfer-
mait ses papiers, joignit le certificat à la lettre du curé,
cacha le tout dans sa poitrine, et suivit M. Moniot, qui
criait gaiement :

— En route ! en route !

Jean, Cri-cri et Robert s'installèrent sur la banquette,
tandis que le maire secouait doucement le licou de *Joliette* pour activer sa marche.

La matinée était superbe ; il ne restait plus dans le

ciel aucune trace de l'orage de la veille. Les enfants regardaient de tous leurs yeux la campagne rafraîchie et
souriante.

M. Moniot remarqua la physionomie à la fois grave et
satisfaite de Robert, et lui dit avec bonté :

— Je parie que ce matin tu te trouves grandi.

— C'est vrai, monsieur, repondit Robert, surpris de se
voir si bien deviné.

— Je vais te dire d'ou vient ce sentiment : de la conscience que tu as, toi enfant, d'avoir agi comme un
homme. Ayant trouvé une grosse somme d'argent, non-
seulement tu n'as point songé à te l'approprier, mais encore
tu me l'as rapportée en hâte, afin d'éviter l'angoisse d'une
mauvaise nuit à son propriétaire. Tu n'as fait que ton
devoir, c'est vrai, mais tu as donné un salutaire exemple
à tes frères qui en profiteront. Pour la première fois aussi,
tu crois mériter la confiance que ta mère t'a témoignée.
Il en sera de même pendant toute ta vie ; quand tu feras
une bonne action, tu te sentiras satisfait. Le bien accompli
ne rapporte souvent que cette joie intime ; il ne faut
même jamais attendre d'autre récompense en ce monde
que le témoignage de sa conscience.

— Je me souviendrai toute ma vie de vos paroles, dit
Robert d'une voix émue.

Quelques minutes après, Cri-cri poussa une exclamation :

— Tiens ! fit-il, les gendarmes !

— Et un prisonnier, ajouta Jean.

Le maire arrêta *Joliette*, afin d'échanger quelques mots
avec le brigadier.

A mesure que les gendarmes approchaient conduisant
un homme marchant la tête basse, les mains prises dans
des menottes, le maire reconnaissait le malheureux.

3.

— Brigadier, demanda-t-il, c'est bien Langlumé que vous emmenez ?

— Oui, monsieur le maire, la prison est la seule chose qu'il n'aura pas volée. Figurez-vous qu'hier il trouva en plein champ de foire la bourse de peau d'anguille du père Boitel, et une heure après il commençait à en dépenser le contenu dans un cabaret.

— Allons, dit le maire, c'est le premier pas dans la route qui mène au bagne... Sa mère aura bien du chagrin, une si brave femme ! Misérable ! si tu avais songé comment cette honnête créature a vécu laborieusement et pauvrement pour t'élever, tu n'aurais jamais eu le courage de commettre cette honteuse action. Brigadier, ajouta le maire, comme compensation je vous apprends que les trois petits camarades que voici ont trouvé une ceinture renfermant cinq cents pièces d'or et qu'ils me l'ont rapportée ; si vous entendez parler de celui qui l'a perdue, envoyez-le-moi !

— Oui, monsieur le maire, répondit le brigadier en saluant. Adieu, mes petits ! vous serez dignes d'être soldats dans une armée d'élite.

Puis s'adressant au prisonnier :

— En avant, canaille !

M. Moniot rendit la main à *Joliette*, qui prit un temps de galop.

XIV

LE LAISSER-PASSER DE LA PROVIDENCE

On déjeuna gaiement, non pas en face de l'auberge, en mangeant les minces provisions du bissac, mais dans la grande salle dont la cheminée flambait, à une table sur laquelle un poulet rôti répandait un parfum appétissant. M. Moniot voulait offrir cet adieu aux trois frères. Après le repas, il glissa trois écus de cinq francs dans la main de Robert.

— Ceci est bien à toi, lui dit-il ; je ne suis pas très-riche, mais on aide volontiers à un brave enfant... Nous allons nous séparer ici... Embrasse-moi, retiens mon nom et mon adresse, et ne manque pas de me donner de tes nouvelles : car enfin, si l'homme à la ceinture de cuir ne se retrouvait pas...

Le maire embrassa les fils de Jeanne, et les recommanda du fond du cœur à cette mère universelle qui s'appelle la Providence. Elle veilla sans se lasser sur les trois petits exilés du village.

Non-seulement il ne leur arriva rien de fâcheux pendant leur long voyage, mais il semblait que tout le monde s'intéressait à leur situation, à leur infortune.

Grâce aux quinze francs de M. Moniot, ils purent coucher plus d'une fois dans l'écurie d'une auberge, et manger une plantureuse écuellée de soupe. Souvent, pour une faible somme, on les laissait monter dans une voiture allant d'une petite ville à une autre. Ils pesaient si peu ! ils avaient l'air si honnêtes !

Du reste, quand il entrait avec ses frères dans une maison, Robert ne manquait jamais de montrer ses papiers.

— Nous sommes de petits voyageurs, disait-il, et non pas de petits vagabonds.

Le certificat du maire leur portait bonheur ; plus d'une mère citait leur exemple à ses fils.

La belle saison leur rendait le voyage agréable, et, grâce aux divers moyens de locomotion qu'ils employaient tour à tour, ils avançaient sans trop de fatigue.

De temps en temps, ils s'informaient de la route à suivre et du chemin qu'ils avaient à parcourir. Quand ils surent qu'ils se trouvaient à vingt lieues de Paris, il leur sembla que, dès le lendemain, ils coucheraient dans la grande ville.

Sans doute, ils ne s'en faisaient pas encore une idée, mais l'aspect des cités qu'ils traversaient leur donnait le pressentiment des choses magnifiques qu'ils allaient voir.

Ils cherchaient ensuite à se représenter quel homme était leur oncle, le frère de cette pauvre Jeanne qui s'en allait mourante, tandis que ses enfants s'acheminaient vers Paris.

Ils se promirent d'écrire à leur mère, dans la prochaine lettre que leur oncle enverrait pour eux, l'histoire désolante de Mulot, celle de Brisque et de Martin, l'épisode de la ceinture de cuir, et de parler de l'hospitaltié de M. Moniot, le maire des Ajoncs.

— Ce sera certainement bien bon à mon oncle Magloire

de coucher sur le papier tout ce que nous lui raconterons,
dit Robert ; mais c'est égal ! dès que je le pourrai, j'apprendrai à écrire, afin de dire moi-même à ma mère ce
que j'aurai dans le cœur et ce qui surviendra dans ma vie.
Avant trois mois je veux moi-même lui envoyer mes baisers par la poste.

— Moi aussi, dit Cri-cri.

La route s'avançait ; les enfants se trouvaient à Rueil,
quand un gendarme leur demanda où ils allaient. Robert
ôta poliment son chapeau, étala le certificat du maire des
Ajoncs et attendit tranquillement.

Le brave soldat, qui portait à la boutonnière la croix de
la Légion d'honneur, regarda Robert et ses frères avec
attendrissement, puis il porta la main à son chapeau.

— Allons ! dit-il, on peut bien présenter les armes aux
braves gens ! Garde ton laisser-passer, mon petit ; je ne
souhaite qu'une chose, c'est que mes quatre fils te ressemblent !

XV

ARRIVÉE A PARIS

Enfin, les voilà dans Paris !

Leurs sabots se sont usés sur toutes les routes, le bissac est vide ; il leur reste une toute petite pièce de dix sous.

Mais ils ne s'affligent ni ne s'inquiètent, ils sont arrivés.

Ils ont su gagner Paris, eux si jeunes ; il ne leur sera pas difficile de trouver la maison de leur oncle.

Cependant les rues semblent s'allonger comme des rubans fantastiques ; elles se croisent, se mêlent, se confondent. Leur hauteur, leur nombre, les lumières du gaz, la foule qui se presse dans des directions opposées, tout les surprend, les étonne, les confond.

Ils s'informent de la rue des Moineaux, on la leur indique ; mais ils se trompent ou ils oublient.

Tout est si nouveau pour les orphelins dans cette ville immense qu'ils restent stupéfaits, interdits.

Pour la première fois ils se sentent perdus au milieu d'une masse d'hommes, au sein de laquelle ils ne connaissent pas un être.

Ils se tiennent tous trois pas la main, dans la crainte de s'égarer, ils marchent, marchent encore.

Tout à coup un courant de foule les sépare ; Cri-cri se

trouve seul, la terreur le prend, il court, tombe, et n'entend pas une voiture venant à grand train.

Jean appelle Cri-cri d'une voix désolée ; Robert s'élance en avant et voit son frère renversé.

Sans calculer le danger, il se précipite sous les pieds des chevaux, en poussant un cri d'angoisse ; puis il enlève son frère dans ses bras.

Cri-cri est évanoui ; un rassemblement se forme ; le cocher, désespéré de ce qui vient d'arriver, fait monter dans son fiacre les deux enfants valides, étend Cri-cri sur la banquette du fond, puis cherche du regard la boutique d'un pharmacien.

Des bocaux verts et rouges en signalent une dans le voisinage. Le cocher arrête les chevaux, les enfants descendent, et un moment après, grâce à des soins intelligents, Cri-cri rouvre les yeux.

— Rien de cassé ? demanda le cocher.

— Rien du tout ! répondit le pharmacien.

— Vous n'êtes pas de Paris, mes petits agneaux ? demanda le cocher.

— Non, monsieur, répond Robert, nous venons y trouver notre oncle.

— Et où demeure-t-il, votre oncle ?

— Rue des Moineaux, 17.

— Eh bien ! reprend le cocher, quoiqu'il n'y ait pas de ma faute dans l'accident, je ne vous laisserai pas sur le pavé... Ça ne me retardera pas beaucoup de vous mener rue des Moineaux. Acceptez-vous une voiture ?

— Avec grande reconnaissance, répondit Robert.

Une seconde après, les trois enfants s'y trouvaient installés.

Il ne s'agissait pas cette fois d'une charrette à montants de bois, d'une carriole garnie de paille, mais d'une voiture assez bien suspendue, doublée de satin, et qui avait connu de meilleurs jours.

Les trois frères, le visage collé aux vitres des portières, regardaient en ouvrant de grands yeux, s'étonnant, admirant, se réjouissant de la vive allure du cheval, qui semblait vouloir à sa manière prendre sa part d'une bonne action.

Robert s'émerveillait de la largeur des places, du nombre des voies coupées dans tous les sens par les voitures, de la foule houleuse se pressant sur les trottoirs, des cris des cochers, des chansons des gens trop gais, des appels des gamins, des cris des petits marchands.

Enfin la voiture s'arrêta; le gros cocher descendit de son siége, et ouvrit en riant la portière :

— Vous êtes arrivés, mes petits bourgeois !

Les enfants descendirent; le cocher tira le cordon, et, tandis que les fils de Jeanne attendaient qu'on leur vînt ouvrir, le brave Nicolas caressa les flancs de sa bête d'une mèche de fouet effiloquée, et Cocotte partit de sa plus belle allure, laissant les enfants à la porte du numéro 17 de la rue des Moineaux.

XVI

DÉSAPPOINTEMENT

Le porte s'ouvrit enfin devant les trois frères, et sans qu'ils vissent paraître personne, absolument comme dans les contes de fées.

Robert s'avança le premier, tenant la main de Jean qui ne lâchait point celle de Cri-cri.

Au moment où les orphelins passaient dans le couloir, le vasistas d'une porte vitrée s'ouvrit, et la figure d'une femme rougeaude, coiffée de cheveux gris ébouriffés, mal contenus sous une marmotte de cotonnade déteinte, s'y encadra ; puis une voix rude demanda aux enfants :

— Que voulez-vous ?

— Madame, répondit Robert, nous venons de Bretagne à Paris, avec une lettre du curé de notre village pour notre oncle Magloire.

— Magloire qui ?

— Magloire Reboux,

— Eh bien ! mes amours, répondit la portière avec un sourire qui sonnait faux dans sa bouche édentée, vous pouvez vous vanter d'avoir mis la main sur un bon numéro à la loterie en vous lançant à la recherche d'un oncle pareil... Pour une fière chance, c'est une fière chance ! Et venir du fond de la Bretagne, un pays de loups, pas vrai, pour s'entendre dire que l'oncle, à qui l'on venait demander une part de son magot, est parti...

— Parti ! mon oncle Magloire est parti ? répéta Robert.

— Il y a six mois, répondit la portière.

— Est-il allé loin ?

— Dame ! ça dépend ; j'ignore ce qu'il faut de lieues pour faire le tour du monde.

Robert, de plus en plus surpris et désolé, ajouta d'une voix tremblante :

— Notre oncle va faire le tour du monde ?

— Que voulez-vous ! il avait des affaires un peu embarrassées, cet homme ! L'épicerie, ça ne va pas toujours, et il y a de la chicorée dans l'existence autant que dans le café... C'était un brave homme, mais il ne soignait pas assez sa devanture... Il croyait qu'il suffit de vendre de bonne marchandise pour attirer les chalands, et il négligeait l'enseigne... Pour lors, il est venu en face s'établir un ancien garçon de *chez Potin*... dame ! vous comprenez, les étiquettes dorées, les boîtes en cartonnage, les bocaux de forme bizarre, tout cela a fait arrêter les curieux, puis entrer les consommateurs. La clientèle de Magloire s'est tournée du côté de la boutique neuve. Faut être juste, c'était assez naturel : le petit mirliflor d'épicier faisait merveille. Voyant ça, votre oncle a eu le cœur pris d'un gros chagrin ; il a cédé son fonds pour une somme modeste, et s'en est allé au Havre... Quand reviendra-t-il ? Après avoir fait fortune, probablement... Il compte vendre là-bas du poivre et de la muscade, avec de l'indigo et des clous de girofle. Si vous regrettez aujourd'hui de ne pas rencontrer à Paris Magloire Reboux, peut-être serez-vous plus tard bien contents de vous trouver à la tête d'un oncle d'Amérique premier numéro.

— Mon Dieu ! mon Dieu ! répéta Robert d'une voix désolée.

En ce moment le cordon fut tiré avec violence. La portière se précipita du côté de la fenêtre, en criant aux enfants :

— Vous connaissez le chemin de la rue, mes petits amours.

— Madame, demanda Robert avec angoisse, qu'allons-nous devenir ?

— Ce n'est pas mon affaire ! répondit-elle brusquement.

Le locataire pressé poussa les trois enfants, entra comme un tourbillon dans la loge, et Robert, serrant la main de ses frères, sortit de la maison de la rue des Moineaux.

Il comprenait qu'il ne devait rien attendre de cette femme bavarde et sans cœur.

XVII

UNE RENCONTRE

Quand les fils de Jeanne se trouvèrent dans la rue, il pouvait être dix heures ; la soirée était belle, et l'aspect du ciel bleu consolait des tristesses de la terre.

— Où allons-nous, Robert ? demanda Jean.

— La Providence nous guidera, répondit le jeune garçon.

Il avait entendu répéter par le curé que la Providence est la mère des malheureux. En ce moment, il souffrait d'une façon si cruelle qu'il éprouvait le besoin d'implorer le secours de cette divine puissance émanée de Dieu.

Il savait qu'elle avait désigné du doigt, à Agar désespérée et perdue dans le désert, la source d'eau pure à laquelle pouvait se désaltérer son fils ; que plus tard elle avait pris pour messager le corbeau nourrissant Elie dans la grotte des Prophètes ; que la veuve de Sarepta lui avait dû la multiplication de sa farine ; et qu'enfin, dans les temps où l'Evangile était annoncé aux hommes par le Seigneur Jésus, elle avait centuplé par ses mains, pour ceux qui le suivaient, les cinq pains et les poissons séchés.

Il se fiait, l'honnête enfant, à cette Providence qui veille sur l'orphelin, protége le faible, adoucit la souffrance du malade, et se fait toute à tous pour les abandonnés.

Dans le fond de sa jeune âme, il l'invoqua plein de ferveur et de confiance. D'ailleurs, si l'insuccès de son voyage à Paris et l'angoisse causée par l'incertitude du lendemain lui poignaient le cœur, il croyait devoir le cacher à ses frères, moins capables que lui de supporter un gros chagrin. Il était l'aîné, le père, le tuteur de Jean et de Cri-cri ; il leur devait, il devait à Jeanne de rassembler ses forces pour lutter contre le découragement. A cet âge d'ailleurs, Robert comptait douze ans, on se rend à peine compte des grandes difficultés de la vie. Il avait quitté, pour la grande route, la campagne où chacun le connaissait, l'aidait et l'aimait.

Le long du chemin, il avait rencontré des paysans parlant son langage ; il ne comprenait pas encore bien quelle différence distingue l'existence d'un ouvrier de celle d'un laboureur. Il portait d'ailleurs sur sa poitrine deux talismans suffisants, croyait-il, pour triompher de tous les obstacles : la lettre de l'abbé Trumelle et le certificat de M. Moniot, maire des Ajoncs.

Sans savoir de quel côté il se dirigeait, Robert traversa la rue des Moineaux et marcha tout droit, sans but, s'attendant à voir apparaître devant lui la Providence lui tendant les bras.

Il descendit de la sorte jusqu'à la Seine. Les petits commençaient à être fatigués.

— Robert, dit Jean, dans la ville de Paris il n'y a donc pas de meules ? où dorment les enfants pauvres ?

— Bah ! fit Robert, s'il n'y a pas de meules, il doit y avoir autre chose.

Et Robert prit la rue des Saints-Pères. En sortant de la rue de Tournon, les orphelins se trouvèrent un quart d'heure après devant le jardin du Luxembourg.

— Des arbres ! dit Cri-cri ; entrons-là.

Il ne savait point qu'à Paris on enclôt les arbres entre des murs et des grilles, et que nul ne peut dormir à leur ombre.

A défaut du jardin du Luxembourg restait le boulevard Saint-Michel. Des bancs s'offraient aux promeneurs ; les trois enfants s'assirent sur l'un d'eux.

— Nous coucherons encore ce soir à l'hôtellerie de la Belle-Éloile, dit Robert.

Jean et Cri-cri appuyèrent leur front sur son épaule, tandis que Bijou, blotti dans la poitrine de Jean, roucoulait un affectueux bonsoir.

— Robert, demanda Jean, que ferons-nous demain ?

Robert ne voulait point mentir, en annonçant avec certitude des choses irréalisables ; il répondit simplement :

— Nous avons quitté le village avec quatre écus dans notre poche ; en chemin, le maire des Ajoncs nous en a donné trois ; grâce à l'aide des âmes charitables, nous avons pu arriver jusqu'ici... Pour l'avenir, Dieu nous inspirera ce que nous devons faire.

Depuis un moment, de l'autre côté du banc occupé par les trois frères, avait pris place un jeune garçon d'un quinzaine d'années.

D'une façon d'abord inconsciente, puis avec un naissant intérêt, il écouta l'entretien des enfants de Jeanne.

Voyant l'embarras des pauvres petits et pensant pouvoir leur être utile, il se tourna vers Robert et lui demanda d'une bonne et franche voix :

— Voulez-vous que je vous parle en ami ? Nous sommes à peu près du même âge, et vous semblez de bons enfants ; je serais heureux de vous rendre service.

XVIII

UN AMI

Robert se pencha vers celui qui venait de lui adresser la parole, et, le regardant à la lueur des becs de gaz qui projetaient leur lumière sur son front, il vit un adolescent robuste dont la physionomie respirait l'honnêteté. L'œil était bien ouvert, la bouche souriante, l'accent affectueux et encourageant. Il portait une blouse blanche très-propre, et ses cheveux peignés avec soin débordaient d'une casquette crânement posée sur l'oreille.

Il inspira tout de suite confiance à Robert.

— Je vous remercie, lui dit-il, nous venons d'éprouver une dure déception... Notre mère nous avait envoyés à Paris pour demeurer chez notre oncle... Nous avons appris qu'il a vendu son fonds d'épicerie depuis six mois, et qu'en ce moment il est en train de faire le tour du monde.. Nous voilà dans ce Paris cent fois plus vaste que la forêt de chez nous, émerveillés, mais épeurés aussi, je vous l'assure.

— Ainsi, demanda le jeune garçon, vous ne connaissez personne ?

— Personne ! répondirent les trois enfants d'une voix dont chaque note donnait une modulation douloureuse.

— Diable ! répliqua le jeune garçon, c'est grave ! Et où comptez-vous coucher?

— Nous ferons comme d'ordinaire depuis notre départ du village, repartit Robert; quand aucune porte ne s'ouvrait devant nous, nous dormions dans les champs, et je vous affirme que nous nous y trouvions bien tous trois, sans compter Bijou.

— Qui ça, Bijou ?

Jean présenta le beau pigeon ensommeillé.

Le jeune garçon caressa l'oiseau avec une préoccupation évidente. Il se tourmentait de la situation de ces enfants, qu'il était tenté de traiter en frères. Sa bonté naturelle lui conseillait de ne point les abandonner. Leurs naïves réponses le touchaient. Il comprenait ce que devait souffrir Robert, moins pour lui encore que pour Jean et Cricri, et s'adressant à l'aîné des trois orphelins :

— C'est que, dit-il, à Paris on ne permet à personne de coucher à la Belle-Étoile... chacun doit avoir son gîte. Bien des malheureux vont, je le sais, chercher un refuge sous les arches des ponts, dans les bateaux de charbon amarrés aux quais de la Seine ; mais il n'est pas rare que la police y fasse des recherches, et comme la plupart des enfants sans domicile sont affiliés à des bandes de filous, on les enferme provisoirement au violon, et si le lendemain ils ne sont par réclamés par leur famille, on les traite en vagabonds et on les place dans une maison de correction, c'est-à-dire qu'ils restent prisonniers jusqu'à leur majorité.

— Prisonniers ! s'écria Robert.

— Il faut bien les empêcher de mal faire, ce qui ne manquerait pas d'arriver s'ils étaient sans asile et sans ressources... La faim est une mauvaise conseillère, elle entraîne facilement au vol.

— Oh ! pour cela, fit Robert en relevant le front, nous sommes des enfants honnêtes, et j'ai là le certificat du maire des Ajoncs constatant que nous avons reporté chez lui une ceinture de cuir renfermant cinq cents pièces d'or.

— Alors ce qui vous adviendrait de mieux serait d'être reconduits dans votre village de brigade en brigade.

— Comme des voleurs, par les gendarmes !

— Ne vous y trompez pas, mes chers petits, tout cela est juste et paternel. Il faut que l'autorité garde les enfants dans sa main. Ils sont faibles, sans défiance, il est facile de les attirer, de les tromper.

— Mais, dit Cri-cri, je ne veux pas aller en prison, moi !

— Il ne nous reste pas un sou... ajouta Jean.

— Si nous vendions nos vestes ? reprit Robert.

— Les boutiques de fripiers sont fermées, dit le jeune garçon ; faisons mieux, vous avez l'air de bons enfants ; je me souviens d'avoir été pauvre, soutenant ma mère malade avec mon salaire d'apprenti,.. L'Evangile veut que l'on s'aide, et mon cœur me pousse à vous protéger... Voulez-vous venir chez moi ?

— Chez vous ! s'écria Robert ; vous consentiriez à nous loger cette nuit ?

— La chambre n'est pas élégante, mais elle vaut toujours mieux que votre *hôtellerie de la Belle-Étoile*... Une fois rentrés, vous me conterez votre histoire plus au long... et nous aviserons à ce que nous devons faire.

— Oh ! vous êtes bon ! dit Robert.

— Je remplis mon devoir... Si plus tard vous devenez heureux, vous accueillerez à votre tour les enfants abandonnés, errants, en souvenir de votre première soirée dans les rues de Paris... Donnez-moi la main, Cri-cri, et marchons vite ; il se fait tard, je dois demain me lever de bonne heure... heureusement la rue Saint-Jacques est tout près.

Les quatre enfants ne tardèrent pas à y arriver, et gagnèrent une maison d'aspect assez triste, dont leur guide poussa la porte à claire-voie.

4

XIX

LE LOGIS

Dans l'allée, il ne se trouvait point de gaz pour éclairer les marches glissantes de l'escalier, et l'appui de la rampe devenait indispensable pour gravir les cent vingt marches aboutissant au logement du nouvel ami des enfants de Jeanne. De temps en temps, leur guide frottait une allumette contre la muraille, et pendant deux secondes la clarté bleuâtre puis blanche de l'allumette jetait un rayon dans la spirale noire; mais il ne restait bientôt plus que le bois en feu, et jusqu'à ce qu'une nouvelle allumette fût tirée, les enfants montaient à la queue-leu-leu, tandis que Bijou, surpris de cette ascension nocturne, roucoulait d'une façon plaintive pour en demander l'explication.

Enfin le jeune garçon s'arrêta sur le dernier palier, introduisit une clef dans la serrure d'une porte peinte en brun, puis il dit à ses hôtes:

— Attendez que j'allume la lampe.

Quand elle rayonna dans la petite chambre, Cri-cri et Bijou entrèrent; Jean les suivit, Robert passa le dernier.

Une fois la porte fermée, le nouvel ami des enfants de Jeanne leur dit en souriant:

— Vous voilà chez moi, chez vous ! Vous devez avoir une terrible envie de dormir... attendez, je vais arranger le ménage.

En un tour de main il enleva un matelas de son lit, le posa à terre, prit dans un placard deux draps blancs et une couverture, et acheva d'improviser un lit.

— Voilà, dit-il. Vous serez un peu serrés, par exemple !

— Je ne sais comment vous remercier, dit Robert les larmes aux yeux.

— En acceptant.

Quand Robert eut embrassé son nouveau compagnon, il chercha des yeux une image sainte sur la muraille, vit un crucifix, et, prenant ses frères par la main, il les conduisit devant cette image. Leur ami était déjà à genoux.

Il fit une prière, qui devait être belle, car elle toucha les enfants de Jeanne jusqu'aux larmes. Sans aucun doute, l'adolescent ne l'avait apprise dans aucun livre ; elle montait de son cœur à ses lèvres pour s'élever vers Dieu, semblable au parfum de l'encens qui s'envole sous les voûtes des vieilles cathédrales.

— Mon Dieu, disait-il, vous avez été petit, faible, errant et pauvre, proscrit et menacé... ceux que vous envoyez vers moi, je les accueille... Vous vouliez qu'on laissât aller vers vous les petits enfants, et j'attire ceux-ci pour l'amour de vous... Inspirez-moi ce que je dois faire... Guidez les voyageurs, guérissez les malades, consolez les affligés, nourrissez ceux qui ont faim, donnez à tous le courage et la charité...

Les quatre enfants se levèrent, et trois minutes après les orphelins dormaient d'un bon et pur sommeil, protégés par un adolescent qui ferma les yeux le dernier, tandis que le pigeon, la tête sous l'aile, prenait pour perchoir le pied du lit de fer.

XX

LES SOUCIS DES AUTRES

Le jeune garçon qui venait d'accueillir avec tant de
bienveillance les enfants de Jeanne égarés dans Paris,
tourna longtemps sur l'oreiller sa jeune tête songeuse.
Depuis que ces orphelins se trouvaient sous son toit, il
lui semblait qu'il leur devait tendresse et protection. Une
fraternité spontanée, cette fraternité des pauvres si douce
à ceux qui l'exercent et à ceux qui en ressentent les bienfaits, rapprochait ces êtres presque également jeunes et
éprouvés. Marcel Langlais comptait presque seize ans;
l'exercice avait développé ses membres ; une conduite
régulière laissait sur son visage l'empreinte d'une bonne
conscience, qui est ce qu'on pourrait appeler la santé de
l'âme. Rien de mauvais ne germait dans ce cœur naïf.
Marcel avait assez connu sa mère pour profiter de ses
leçons de vertu, de patience ; assez souffert pour compatir
aux douleurs d'autrui. Son âme s'était attendrie au contact de cette sainte femme. Les soucis personnels, loin
de le rendre égoïste, le disposaient à la pitié. Aussi Marcel
s'endormit tard et retrouva dans ses veilles les préoccupations de la soirée.

Il lui semblait que des anges planaient au-dessus de
la couche de Robert, de Jean et de Cri-cri, et qu'ils l'in-
vitaient à adopter les orphelins.

Il se réveilla le premier.

Les trois enfants dormaient les poings sur les yeux, harassés par une marche de plusieurs semaines. Les arracher à ce repos eût paru cruel à Marcel. D'ailleurs qu'allait-il faire? que pouvait-il leur dire? Leur jetterait-il brutalement ces mots:

« Vous avez dormi sous mon toit, allez maintenant au hasard, dans ces rues où vous vous égarerez de nouveau, vers ces grandes routes que vous venez de parcourir et qui ont troué vos misérables sabots! » Non. Marcel ne se sentit point ce courage, ou plutôt cette cruauté. Lui qui aimait passionnément dans sa petite chambre l'ordre et l'arrangement, regarda avec un sourire le matelas étendu à terre et sur ce matelas Jean, Robert et Cri-cri.

Il se pencha vers ce dernier, effleura doucement les boucles blondes que Jeanne couvrit si souvent de baisers, puis il s'habilla lestement, sortit à pas de loup, et, faisant quelques pas sur le carré, il frappa doucement à la porte voisine.

— Entrez! dit une voix cassée.

Marcel montra par l'entrebaillement de la porte son visage plus préoccupé que l'habitude.

— Et bien! mon brave enfant, lui demanda une bonne vieille femme en se tournant vers lui, qu'est-ce qui vous chiffonne? On dirait que vous avez un souci?

— Vous avez deviné, répondit Marcel, j'ai des soucis.

— Et lesquels, mon cher enfant?

— Ceux des autres... répondit le jeune garçon.

— Ah! fit la mère Bonie, on peut aller loin avec ça... Pour le quart d'heure, si vous venez frapper à ma porte c'est que je puis vous êtes utile... parlez donc: la mère Bonie reste à votre service, vous avez si souvent été au sien...

4.

Marcel raconta l'épisode de la veille, et la mère Bonie regarda son petit voisin d'un air ébahi.

— Vous ne pouvez pourtant pas, lui dit-elle, garder chez vous ces trois enfants ?

— Je ne pense à rien en ce moment, sinon à ne point troubler leur sommeil... Je pars pour mon imprimerie, dont le contre-maître dit, en riant, que je suis l'horloge vivante; pour rien au monde, je ne voudrais manquer à mon habitude d'y arriver le premier. Il me semble parfois que le patron me regarde d'un air qui semble dire : « J'apprends de tes nouvelles, petit Marcel, tu deviendras un bon ouvrier ! » Songez donc, mère Bonie ! quand je serai un ouvrier sérieux, je gagnerai de grosses semaines... C'est alors que je me trouverai fier et content et que je ferai des économies ! Je bois peu de vin, le café ne me ruinera jamais... le tabac me fait mal, et j'ai entendu dire à un savant médecin que c'était un poison lent... Je remplis ma besogne en conscience; après avoir été un compositeur passable, si j'étudie, je deviendrai peut-être correcteur... Ah ! mère Bonie ! j'en suis encore aux contes de fées, vous le voyez bien !..

— Sans doute, mais cela ne m'apprend pas ce que tu veux de moi.

— Surveillez les petits voyageurs... voilà vingt-cinq sous, donnez-leur à déjeuner; quand je rentrerai, nous dînerons ensemble.

La mère Bonie repoussa l'argent.

— Laisse-moi, dit-elle, prendre ma part de la bonne œuvre.

Marcel embrassa sa vieille voisine et descendit en courant les escaliers.

XXI

COMMENT S'AIDENT LES PAUVRES GENS

La mère Bonie, restée seule, posa ses coudes sur ses genoux et son menton dans le creux de sa main. Elle ne regardait point en ce moment les cendres chaudes de la cheminée sur lesquelles chauffait son modeste repas, elle songeait à ce que venait de lui apprendre Marcel.

— Un bon cœur, cet enfant! pensait-elle; jamais il ne passe à côté d'une bonne action sans l'accomplir... Quand j'eus l'an dernier mes pauvres jambes roidies par les rhumatismes, il m'a soignée comme une grand'mère.. Il y a six mois, je sais bien qui passait des gros sous par la chatière de la porte du vieux soldat notre voisin... Et quand sa petite fille, la pauvre Nicole, sort le matin avec un lourd paquet de linge qu'elle porte au lavoir, est-ce que je n'ai pas vu vingt fois Marcel charger le paquet sur sa tête et marcher lestement, tandis que la petite, grandement soulagée dans sa peine, mais toute honteuse d'accepter l'aide de Marcel, le suivait en trottinant? Il me semble même que cette complaisance de Marcel lui a valu sa première bataille. Un camarade d'atelier l'a surpris accomplissant cette bonne action et l'a appelé « lavandière! » Marcel a répliqué qu'un lâche pouvait seul insulter un brave garçon venant en aide à la petite fille

d'un vieux brave. Le railleur a joué des poings... et dame !
un moment après, il n'était pas fier ! car si Marcel a le
cœur sur la main, il a le poignet solide... Et le vieux
monsieur presque aveugle qui habite près de chez nous ?
Marcel va lui lui lire le journal ou les premières feuilles
d'épreuves d'un livre nouveau...

J'en aurais pour toute l'année à raconter les bontés de
cet enfant, et je veux l'aider à mon tour, puisque l'idée
lui est venue de fonder un orphelinat en chambre...

Tout en causant, la mère Bonie s'était levée ; elle épous-
setait la chambre, lissait la courte-pointe sur le lit, posait
sur la table bien luisante trois grands bols, un sucrier et
de superbes rôties qu'elle couvrait de beurre frais.

Ces préparatifs terminés, elle ouvrit la porte de la
chambre de Marcel ; le pigeon voletait déjà, et les trois
frères s'éveillaient.

A la vue de la bonne physionomie de la mère Bonie, ils
sourirent avec confiance.

— Eh bien ! dit celle-ci, le déjeuner est servi, et je
pense que l'appétit est ouvert.

Cri-cri et Jean répondirent d'une façon affirmative, et
Robert s'habilla rapidement ; puis il inspecta la toilette
de ses frères. Tous trois, suivant la mère Bonie, entrèrent
dans sa chambre brillante de propreté. Le café au lait fumait dans les bols, et déjà Cri-cri saisissait une des rôties,
quand Robert lui arrrêta la main.

— Madame, dit-il doucement à la mère Bonie, nos parents nous ont toujours recommandé de ne pas faire de
dettes... Il ne nous reste plus que dix sous, comment
pourrions-nous payer votre déjeuner ?

— Mes mignons, dit la mère Bonie, je ne vous défends
point de m'embrasser pour me remercier, quoique à vrai
dire je n'aie fait que suivre les instructions de Marcel...

Vous le cherchez des yeux... Il est à l'atelier, et ne ren-
trera que ce soir... Vous passerez ici toute la journée...
Prenez votre café sans crainte, l'amitié a mis le couvert.

Ses scrupules levés, Robert déjeuna avec l'appétit de
son âge. Quand les enfants eurent terminé ce repas modeste, la mère Bonie passa dans la mansarde de Marcel, et,
se faisant aider par les enfants, elle la rangea, l'aéra, et
rétablit partout un ordre minutieux.

— Voyez-vous, disait-elle en essuyant les meubles, il
n'est point d'étroit espace pour qui sait en tirer parti,
tandis que rien ne semble commode à celui qui manque
de soin et de propreté. On ne sait pas l'influence que l'eau
exerce sur l'esprit des gens qui savent s'en servir... Qui
aime le rangement autour de soi gardera sa conscience
nette et paisible... Défiez-vous en général des enfants sales
et déguenillés... Regardez Marcel! je ne lui connais pas
plus de défauts dans le caractère que de brins de paille
et de vieux papiers dans sa chambre... maintenant que
tout est prêt, vous pouvez revenir chez moi... c'est plus
gai... les vieilles femmes ont tant de souvenirs et de reli-
ques du passé !

Les trois enfants s'accoutumaient vite aux allures de la
mère Bonie. Elle portait un bonnet campagnard qui leur
donnait confiance ; les deux petits inspectaient curieusement le mobilier, tandis que Robert regardait un livre à
images.

— C'est un souvenir de ma chère maîtresse, dit la mère
Bonie ; en mourant elle me laissa l'Evangile pour force
et pour consolation. Quand je souffre, quand je me sens
isolée, je l'ouvre, je lis un passage, et je me trouve tout
de suite raffermie...

Vous comprenez cela, Robert ; votre mère est chrétienne...

Quand Marcel rentra, Cri-cri lui sauta au cou, le pigeon vola sur son épaule; on soupa gaiement; puis Marcel, devenu subitement grave, dit à Robert:

— Ce n'est pas par curiosité que je vais vous adresser une demande, mais par intérêt pour vous: voulez-vous me montrer vos papiers.

Robert les tira de son sac et les tendit a Marcel.

XXII

LE POST-SCRIPTUM DE LA LETTRE

Les enfants de Jeanne ne savaient pas lire ; ils ne pouvaient donc connaître la teneur exacte de la lettre écrite par le curé à leur oncle Magloire Reboux.

Marcel la parcourut rapidement d'abord, puis il la recommença lentement. Il fut frappé du caractère douloureux de ces pages. Il lui sembla entrevoir, sous le voile de certaines phrases, des vérités terribles.

Ce qui corrobora cette idée, ce fut le *post-scriptum* de la lettre du curé. L'abbé Trumelle disait à Magloire ;

— *Faites traduire pour vous seul* les deux lignes suivantes...

Marcel vit que ces lignes étaient écrites en latin .Sans nul doute elles renfermaient un important secret.

Tout à coup il se rappela que son voisin, M. Beloir, connaissait le latin, la grec et l'hébreu.

Il sortit vivement et entra chez le savant.

Bien vite il lui expliqua ce qu'il attendait de lui.

Marcel commença par lire la lettre par laquelle Jeanne confiait à son frère ses trois enfants, puis, tout en hésitant sur la prononciation de la phrase latine, il parvint à la lire.

— Pauvres petits ! dit M. Beloir ; le digne curé n'a pas

voulu leur apprendre l'étendue du malheur qui les menace. Leur mère était mourante... Ils sont orphelins. Il
supplie Magloire de ne point repousser ses neveux; la
campagne est si pauvre que les enfants pourraient y manquer de pain.

— Ainsi, demanda Marcel, les voilà seuls au monde ?

— Oui, répondit M. Beloir, tout seuls.

— Que faire, monsieur ? demanda Marcel.

— Porter cette lettre au commissaire de police et lui
conduire les orphelins.

— Que deviendront-ils, monsieur ?

— On les gardera jusqu'à leur majorité.

— Oh ! je comprends : la détention, presque la prison... ils n'auront plus ni les distractions ni les tendresses
dont l'enfance a besoin.

— C'est la loi, mon enfant.

La tête de Marcel se pencha sur sa poitrine ; le jeune
garçon réfléchit profondément, puis levant sur le savant
ses yeux couverts d'un voile de larmes :

— Si je les gardais, monsieur ?

— Toi ! Marcel.

— Oui, moi ! Je sais bien que cela peut sembler lourd,
mais on m'a toujours dit que le bon Dieu fait des miracles, et je le crois. Je gagne trente sous par jour ; avant
deux mois j'espère être augmenté et recevoir de bonnes
journées... Robert trouvera dans peu le moyen de se suffire ; ses frères, quoique bien petits, me viendront en aide.
Nous serons pauvres tous quatre ; nous mangerons peut-
être du pain sec, mais nous serons libres et nous nous
aimerons. Mon terme de juillet est payé depuis deux
jours ; la fille du vieux soldat nous blanchira à crédit,
dans le quartier il ne manque pas de braves gens et l'on
nous soutiendra.

M. Beloir attira Marcel près de lui.

— C'est bien ! dit-il, c'est bien ! Tu tentes peut-être la Providence, mais elle ne laisse pas protester les lettres de change que l'on tire sur elle... Va donc, ce soir même, chez le commissaire avec les trois petits, annonce-lui ta résolution, et fais ce que t'inspire ton cœur, mon bon et honnête garçon... Si tu fais ces orphelins semblables à toi, tu auras rendu un plus grand service à la famille, au pays, que bien des hommes très-fiers d'eux-même, car rien n'est plus beau que de former pour la vertu le cœur de la jeunesse.

Réconforté par M. Beloir, Marcel rentra chez la mère Bonie et déclara aux enfants que, le départ de l'oncle Magloire les privant du soutien sur lequel ils devaient compter, il les garderait chez lui, en attendant le retour de l'épicier.

— Notre vie sera rude, leur dit-il ; nous ne mangerons peut-être pas plus que le pigeon, mais nous vivrons en frères, sous ce toit égayé par les moineaux... Si ça vous va, embrassez-moi ; demain je me mettrai en règle avec l'autorité

En effet, le lendemain Marcel se rendit chez le commissaire de police.

Le magistrat, d'abord surpris de la résolution du jeune garçon, l'encouragea, lui aussi, dans son œuvre de dévouement.

— Vous entrez dans la vie par une bonne voie, lui dit-il ; soyez tranquille ; l'appui des honnêtes gens ne vous manquera pas.

Le soir, le pacte d'adoption était signé, et Marcel avait une petite famille à nourrir.

5

DEUXIEME PARTIE

Les Alvéoles d'une ruche

I

LE MÉNAGE DE L'ORPHELIN

L'horloge sonnait cinq coups quand Marcel s'éveilla, après un sommeil court et fiévreux. La générosité de son cœur l'entraînant, il avait fait, la veille, ce que beaucoup de gens eussent appelé une généreuse folie ; l'heure du raisonnement, sinon du regret, était venue. Il se mesurait avec sa tâche, et, désireux de la remplir en conscience, il cherchait le moyen de se tirer d'embarras.

Marcel appela les trois frères. Comme tous les enfants de la campagne, ceux-ci avaient l'habitude de se lever matin ; ils furent debout au premier appel de leur ami.

— Camarades ! leur dit Marcel, chacun de vous aidera à ranger le ménage ; ma mère avait coutume de dire que l'ordre est une vertu domestique ; je n'ai point oublié ses leçons, et je m'en suis toujours bien trouvé. Commencez par laver votre visage, vos mains, brossez vos cheveux, nous soignerons ensuite le mobilier.

— Marcel! dit Robert, vous avez de bien jolis meubles.

— C'est l'héritage de ma pauvre mère; elle m'a bien recommandé de ne jamais les vendre : « Mon cher enfant, me répétait-elle, l'ouvrier qui possède un intérieur conserve des habitudes d'économie; on l'estime davantage et il dépense moins que celui qui loge *en garni*. On rentre avec plaisir dans une chambre propre, remplie de souvenirs de famille; la possession rend soigneux et paisible; on trouve une satisfaction légitime dans l'augmentation de son bien-être. Tu peux connaître les mauvais jours, supporte-les avec patience; reste pauvre, très-pauvre, s'il le faut, mais garde toujours ce mobilier simple, honnête, gagné par l'outil de ton père et l'aiguille maternelle. « Voilà pourquoi, ajouta Marcel, vous me trouvez suffisamment logé, et locataire sérieux, payant exactement son terme.

Marcel avais connu de dures épreuves; plus d'une fois il s'était couché sans souper, mais jamais la pensée de vendre les meubles légués par sa mère ne traversa son esprit. Il ornait au contraire de son mieux son modeste logement; dans l'imprimerie où il travaillait, on lui donnait souvent l'épreuve d'une gravure sur bois, et l'apprenti ne manquait jamais de l'apporter et de la fixer à la muraille pour augmenter sa galerie, qu'il appelait son petit Louvre.

— Après avoir mis un peu d'ordre dans sa chambre, Marcel quitta les enfants, en les confiant, comme la veille, aux soins de la mère Bonic.

Tandis que l'apprenti se rendait à son atelier, il se demandait soucieusement :

— De quoi peuvent vivre, sans mendier, des enfants trop petits pour exercer un état?

En ce moment il aperçut sur le trottoir un cigare à demi brûlé ; il le releva, et se souvint d'avoir entendu dire que la récolte des bouts de cigares dans les rues de Paris devenait une source de bénéfices assez élevés.

— Bon, fit-il, Jean qui est lent mais attentif, cherchera les panalellas. Ce n'est pas que j'aime beaucoup ce métier de flaneur et de batteur de pavés, mais en attendant mieux, Jean gagnera du pain à l'aide de ce modeste trafic.

Au moment où le jeune typographe tournait l'angle de la rue, il fut appelé par un homme à la figure épanouie qui lui cria d'une voix franche et sonore :

— Tout de même, monsieur Marcel, ne pourriez-vous me mettre mon livre de compte en ordre ? il en a diablement besoin.

— Ah ! c'est vous, Panier-Fleuri, répondit Marcel en serrant la main du chiffonnier qui le regardait en souriant.

— Moi-même, tout prêt à vous obliger si j'en suis capable, et ce sera une juste revanche, allez ! M'en avez-vous aligné des chiffres, et tout bellement comme un notaire !

— Venez ce soir, répliqua Marcel, j'aurai un service à vous demander.

— Voilà une idée qui me rendra gai toute la journée, monsieur Marcel ; quel bonheur de pouvoir vous être utile ou agréable ! Pour lors, sans adieu.

— Je serai bien surpris, pensa Marcel, si je ne réussis pas à faire, provisoirement, un chiffonnier de mon petit Robert... Quant à Cri-cri, le plus fûté des trois, il ne m'inquiète guère ; avant huit jours, je l'aurai mis à même de se suffire à sa dépense.

Ces espérances dans le cœur, Marcel, suivant sa cou-

tume, arriva le premier à l'atelier. Il se mit à la besogne
sans hâte bruyante, posément, tranquillement, comme
un garçon possédant la conscience de son devoir. Nul
plus que Marcel ne croyait à la sainte obligation du travail.

Etant tout petit, il avait entendu son père citer cette
parole : *Qui ne travaille pas ne doit pas manger*, et comme
Marcel la trouvait juste, il besognait bravement, afin d'a-
voir bravement le droit de manger à sa faim.

Le contre-maître, François Chanteau, passa près de
l'apprenti et dit en lui frappant familièrement sur l'é-
paule :

— Toujours le premier à l'atelier ! continue ; les garçons zélés font les bons ouvriers.

Pendant la journée, Marcel fut cependant distrait plus
d'une fois par le souvenir de ses protégés. Que faisaient-
ils à la maison ? La mère Bonie les avait-elle emmenés
avec elle faire des courses par ce beau soleil ? Son cœur
se dilatait à la pensée qu'en gardant ces orphelins il avait
accompli une bonne action.

— Si Jeanne est morte, pensait-il, elle nous protégera
et nous bénira du haut du ciel.

Sa journée finie, Marcel revint en grande hâte. Il marchait si vite qu'il faillit renverser Nicole, la petite fille du
vieux soldat ; la pauvre enfant trébuchait en soutenant
sur sa tête un lourd paquet de linge mouillé qu'elle rapportait du lavoir.

L'apprenti reconnut la fillette, enleva son fardeau, s'en
chargea allégrement ; puis il reprit sa course, tandis que
Nicole jasait, en suivant son jeune voisin.

— Tenez, dit-elle, j'ai cru que je tomberais ce soir
sous le poids de ce paquet... c'est étonnant comme l'eau
alourdit le linge... Et puis, j'en ai deux fois plus que d'or-

dinaire... le nombre de mes pratiques augmente tous les jours, et bientôt je ne pourrai suffire à la besogne.

— Tant pis, ma petite Nicole ! car j'ai trois pensionnaires que tu devras blanchir, et pour qui, sans doute, je serai obligé de te demander crédit.

— Les orphelins ? répondit Nicole d'une voix plus grave ; vous ne me devrez rien pour eux, monsieur Marcel, les pauvres gens doivent s'aider, vous me l'avez appris... Chers enfants ! si petits et n'avoir plus de famille ! Je sais ce que c'est que cette douleur-là... Certes, j'aime mon aïeul de tout mon cœur ; mais cela ne m'empêche pas de me souvenir de papa qui était si gai, de ma mère qui était si bonne ! En même temps, je remercie Dieu de me laisser grand-père, je suis fière de soutenir par mon travail le vieux soldat mutilé.

— Vraiment, s'écria Marcel, tu es une excellente créature, Nicole !

— Et cela me fait plaisir de vous l'entendre dire, Marcel ; car de mon côté j'entends répéter que vous êtes honnête, laborieux et bon, et l'amitié des braves gens porte bonheur. Ne vous inquiétez pas des petits, la mère Bonie me remettra leur linge.

Nicole se trouvait sur le carré commun ; elle reprit son paquet, souhaita le bonsoir à son voisin, et entra en souriant chez son grand-père.

I I

PANIER-FLEURI

Panier-Fleuri attendait Marcel. Il venait d'étaler sur la table des papiers de toutes teintes et de toutes grandeurs ; chacun d'eux se trouvait couvert de chiffres dansant des sarabandes bizarres : les lignes dessinaient des courbes, les colonnes manquaient d'aplomb, les francs et les centimes se confondaient, et parfois un calcul fait par sous et par deniers prouvait que les éléments d'arithmétique appris par le chiffonnier devançaient l'application obligatoire du système métrique.

— Attendez une minute, dit l'apprenti au négociant en chiffons ; je ferais de mauvaise besogne si je commençais le réglement de vos comptes avant...

— Avant d'avoir soupé, demanda Panier-Fleuri.

— Non, avant d'avoir embrassé mes enfants.

— Vos enfants ! répéta le chiffonnier.

— Si vous voulez me suivre chez la mère Bonie, je vous les présenterai.

— En ce cas, je les ai vus... trois garçons à mine éveillée... Soyez tranquille ! la vieille voisine nous mitonne en ce moment un souper dont vous me direz des nou-

velles... Je me suis invité, naturellement... Nous causerons
à table et nous travaillerons au dessert.

En effet, quand Marcel entra chez la veuve, il trouva
Cri-cri rinçant les verres en conscience, tandis que Robert
étalait une nappe sur la table et que Jean surveillait le
poulet se dorant dans la rôtissoire.

Lorsque le premier appétit se trouva satisfait, Marcel
demanda à Panier-Fleuri si, grâce au développement
de son commerce, il n'aurait pas besoin d'un aide chargé
du triage des hottées.

— Sans doute, répondit le chiffonnier ; mais si je
prends un homme, il faudra le payer cher ; si je me contente d'un enfant, il jouera toute la journée au lieu de
travailler.

— Non point, répliqua Marcel, c'est Robert que je vous
offre. Il comprend qu'en attendant le retour de son oncle
Magloire, il doit gagner sa vie, sous peine d'être accusé
de paresse... Je vous réponds de sa bonne volonté. Après
deux jours d'apprentissage il exercera convenablement
son métier.

— C'est bon, alors, je l'accepte, et je vous promets d'en
faire un chiffonnier premier numéro.

— Entendons-nous, reprit Marcel; je souhaite qu'il gagne son pain, en attendant qu'il apprenne un état. Je lui
mettrai un outil dans les mains dès qu'il saura lire, écrire,
et qu'il aura rempli ses devoirs religieux. Si j'étais riche,
je l'enverrais tout de suite à l'école ; je me contenterai
de faire chaque jour la classe de mes enfants; Robert
n'est donc point engagé pour l'avenir.

— Vous avez raison, répliqua Panier-Fleuri avec une
sorte de tristesse, l'état de chiffonnier est un état sans
en être un... On vague trop dans les rues, et les marchands
de vin sont trop près les uns des autres... On travaille

un peu, on flâne beaucoup, et la flânerie est la mère de tous les vices... Ce petiot-là viendra chez moi à huit heures, il triera la marchandise jusqu'à midi, rejoindra ses frères pour le déjeuner, travaillera aux chiffons, et à cinq heures je lui remettrai dix sous pour sa peine... Çà va-t-il comme cela, monsieur Marcel ?

— Très-bien ! dit le jeune garçon ; pourvu que Jean en gagne autant à ramasser des bouts de cigares, tout sera pour le mieux.

Après le dîner, Marcel copia sur un registre les comptes de Panier-Fleuri, il aligna les chiffres régulièrement, et le chiffonnier se frotta joyeusement les mains en apprenant le total de la somme dont lui étaient redevables les marchands de chiffons, de fer et de papier qui lui achetaient le produit de ses récoltes.

Le travail prolongea la soirée ; il était dix heures quand Panier-Fleuri quitta Marcel.

— C'est cinq francs que je vous dois, dit le chiffonnier, et je paie comptant, maintenant que vous avez de la famille. Demain, je viendrai prendre Robert pour lui montrer la route de mon logis... Au revoir, petit homme, et bon courage !

Tandis que Marcel refaisait les comptes de Panier-Fleuri, la mère Bonie lui ménageait une surprise. Aussi, Marcel poussa un cri de joie en pénétrant dans sa chambre.

Trois hamacs suspendus à la muraille devaient servir de lit aux enfants de Jeanne. La vieille femme, se souvenant qu'un locataire conservait dans le grenier des hamacs inutiles, les lui avait demandés. Grâce à ce cadeau, l'ordre qui régnait habituellement dans la chambre de Marcel ne serait plus bouleversé : chaque enfant roulerait le matin ses couvertures dans la couchette. Lorsque, ce soir-là, les trois frères se trouvèrent étendus dans leur lit aérien, on eût pu prendre la chambre de Marcel pour le carré d'un navire, où dorment, sur leurs cadres, trois pauvres petits mousses exposés aux premières tempêtes de la mer et de la vie.

III

LE COMMIS DE LA FRUITIÈRE

Le lendemain, la mère Bonie, prenant Cri-cri par la main, descendit pour faire son marché. Elle n'avait près d'elle qu'un seul des orphelins : Jean cherchait sur le pavé de Paris la récolte destinée à ceux qui ne sèment pas ; Robert, ayant suivi Panier-Fleuri, commençait son apprentissage de chiffonnier. Cri-cri manquait encore d'emploi, et la pensée que seul il ne gagnait pas d'argent attristait sa jolie figure.

Apercevant dans une cour une fillette de son âge qui chantait en dansant, et autour de laquelle pleuvaient les gros sous, il tira mère Bonie par son tablier :

— Je sais des chansons, dit-il ; si je chantais, j'aurais des sous, comme la petite fille...

— Chanter n'est pas un travail, répondit la vieille femme, mais une mendicité déguisée. Marcel n'accepterait pas de l'argent récolté de la sorte.

La mère Bonie entra chez la fruitière.

Tandis que la brave femme faisait sa commande, une cuisinière accorte pénétra dans la boutique, puis s'adressant à la marchande :

— Madame Gembloux, dit-elle, j'ai besoin d'épinards et de salade, envoyez-moi le tout bien épluché, dans un quart d'heure.

— Je n'ai pas le temps de préparer ce que vous demandez, répondit la fruitière ; ma boutique ne désemplit pas, je ne sais à qui répondre.

— Je paierai quatre sous de plus, ajouta la cuisinière.

— Mère Bonie, dit Cri-cri, j'éplucherais bien les épinards et la salade, si on me donnait les quatre sous.

— Avec grand plaisir, répliqua la fruitière, qui avait entendu l'enfant ; assieds-toi ; la cuisinière du premier est orgueilleuse et paresseuse, mais je regretterais sa pratique, et je n'ai que deux mains.

La mère Bonie, tranquille sur le compte de Cri-cri, le laissa dans la boutique de la Gembloux et rentra préparer le déjeuner. Midi sonnait quand Cri-cri ouvrit la porte. Il tenait, serrés dans sa main, les quatre sous qu'il venait de gagner, et il les remit gaiement à la vieille femme.

— Voulez-vous que je retourne tantôt chez la Gembloux ? lui demanda-t-il : elle a promis de m'employer. Je serais si content de gagner ma vie comme Jean, Robert et Marcel.

Le soir, Cri-cri rapporta quatre autres sous, puis des pommes pour le dessert ; il avait eu, en outre, le plaisir de jouer avec les lapins aux longues oreilles.

— J'en aurai autant tous les jours, si Marcel le veut, dit-il.

Quand le jeune typographe rentra, les trois enfants lui sautèrent au cou. Robert et Cri-cri paraissaient d'une gaieté charmante ; Jean seul gardait une figure soucieuse.

— Qu'as-tu ? lui demanda Marcel avec bonté.

— Les autres m'ont battu, dit-il, comme si la rue n'appartenait pas à tout le monde et les bouts de cigares

à celui qui les ramasse... Il y a surtout un petit rou-
geaud... Oh ! si je le *repige* demain, *ce mufle* là...

— Qu'est-ce que tu dis ? demanda Marcel d'un air
sérieux, où as-tu appris des mots semblables ?

— Dans la rue, donc ! tous les galopins s'appellent
mufles... oh là ! là... et des chansons, faut les entendre !...

— L'expérience d'une journée me suffit, dit Marcel ;
cette vie-là serait dangereuse pour toi, mon enfant...
Jusqu'à ce que j'aie trouvé mieux, tu resteras à la maison ;
mais sois tranquille, je chercherai...

A peine le dîner fut-il fini, que Marcel prit un abécédaire et, se plaçant au milieu des enfants, il leur donna
une première leçon de lecture. Ils trouvèrent d'abord
difficile de s'accoutumer à la forme des caractères ; mais
bientôt, l'émulation s'en mêlant, ils prirent goût à cette
étude. Marcel y fit succéder l'écriture, pensant avec raison que les doigts peuvent s'assouplir en formant les
signes calligraphiques, tandis que l'œil s'habitue à les
reconnaître.

La journée terminée, et après que Marcel en eut repassé
les divers événements, il se sentit relativement satisfait. Sans doute, il n'était point rassuré pour l'avenir ;
mais le pain quotidien ne ferait pas défaut dans le présent.

Pendant toute une semaine, Robert servit de commis
au chiffonnier, et Cri-cri apprit, en épluchant les salades,
le prix des légumes et des fruits remplissant la boutique
de la Gembloux. Celle-ci commençait à ne plus s'inquiéter, tandis qu'elle s'absentait, tant Cri-cri se chargeait
de la vente avec intelligence. Chaque soir, l'enfant recevait, en outre des quarante centimes, des légumes dont
la mère Bonie faisait une excellente soupe. Si peu élevé
que fût le gain des deux enfants, il aidait à la vie com-

mune. Jean seul ne travaillait pas, non par fainéantise, mais parce qu'il ne trouvait point de labeur approprié à son âge.

Un matin, comme il revenait d'accompagner Cri-cri chez la Gembloux, il trouva, assis sur le seuil de la porte, un homme entouré d'une trentaine de paniers de toutes sortes, dont il refaisait les couvercles ou les anses.

Il n'est guère d'enfant à la campagne qui ne sache tresser un chapeau de paille et une corbeille ; les garçons de ferme confectionnent eux-mêmes leur coiffure, et fabriquent des paniers et des ruches d'abeilles.

Jean resta debout devant le vannier, le regardant et jugeant la besogne en connaisseur.

— Tu voudrais bien en savoir faire autant, pas vrai ? demanda le vannier.

— Bah ! dit Jean, tout le monde sait ça, au pays.

— Voyons voir ! reprit le vannier, qui crut donner à Jean une leçon de modestie.

L'enfant prit un panier manquant de couvercle et lui en confectionna un avec adresse et rapidité.

— Tu ne profites pas de ce talent pour vivre ? demanda le vannier.

— Je ne savais pas que ce fût un talent.

— Mais je gagne trois francs par jour, moi! Si tu veux m'aider, je t'offre quinze sous, la nourriture et l'habillement.

L'homme qui parlait de la sorte portait d'ignobles guenilles, mais il ne semblait pas s'en douter.

— Demeurez-vous dans les environs ? demanda Jean.

— Moi, j'habite partout...

— C'est trop loin... mon frère Marcel ne me permettra jamais de vous suivre.

— Préfères-tu que je t'apporte de la besogne à faire ?

— Certainement.

Le marché se trouva d'autant plus vite conclu, que le vannier espérait exploiter Jean, et que celui-ci avait grande hâte d'apporter à la ruche sa part de cire et de miel. Le succès de ses frères l'humiliait. Aussi, quand il put montrer à Marcel le monceau d'osier qu'il comptait mettre en œuvre, eut-il un mouvement de joie, le premier qu'il ressentit depuis son arrivée à Paris...

— Maintenant, dit-il à Marcel, ne voudriez-vous pas écrire à notre mère ce qui s'est passé depuis notre départ du village ? Elle serait si contente d'apprendre que ses enfants ont trouvé un frère aîné, et qu'ils se conduisent en braves garçons.

— J'écrirai, dit Marcel d'une voix grave, oui, je vous le promets, j'écrirai demain.

Le jeune apprenti embrassa les enfants avec une vive tendresse, et resta silencieux pendant tout le temps qu'il n'employa pas à leur donner la leçon accoutumée.

IV

L'ÉCOLE DANS LA MANSARDE

Au bout de huit jours, les trois frères, grâce à une application constante, assemblaient passablement leurs lettres et formaient de gros caractères assez lisibles. Marcel gardait une patience à toute épreuve, et pour les récompenser de leurs progrès, l'apprenti leur montrait après la leçon, des gravures sur bois rapportées de l'imprimerie. Elles représentaient le plus souvent des sujets empruntés à la Bible ou à l'histoire, et, tout en distrayant ceux qu'il appelait « ses enfants », Marcel trouvait encore moyen de les instruire. Cette seconde partie de la classe n'était pas celle qui leur agréait le moins; ils l'attendaient avec impatience, et, si par hasard Cri-cri avait été trop joueur ou Jean trop distrait, il suffisait à Marcel de dire : « Vous ne verrez pas d'images aujourd'hui, » pour qu'une parole de repentir amenât le pardon du jeune maître.

Vraiment, c'était charmant de les voir penchés tous trois sur leurs cahiers, soulignant de l'ongle les syllabes de l'abécédaire ou crispant leur doigts inhabiles sur leur plume. Le long de la table se promenait gravement Bijou, qui faisait onduler sa jolie tête bronzée.

Un matin, au moment où Marcel partait pour l'imprimerie, il trouva Nicole qui l'attendait au bas de l'escalier.

— Veux-tu que je te porte ton paquet, petite ? demanda le jeune garçon.

— Merci, répondit Nicole, vous êtes trop bon ; ce n'est pas ce service que je voudrais vous prier de me rendre.

— Lequel ? parle.

— Je n'ose vraiment pas, répondit la fillette.

— Et je ne serai point assez malin pour le deviner. Sache seulement, petite Nicole, que je suis disposé à faire tout ce qui pourra te causer une satisfaction.

Nicole rougit, regarda Marcel, s'enhardit et commença :

— Je sais deux choses, voisin, laver le linge d'abord, puis l'histoire de toutes les batailles de l'Empire, vu que mon grande-père, qui a été soldat dans la vieille garde, me les raconte l'une après l'autre le soir, et recommence dès qu'il a fini... Quant au reste...

— Tu sais encore être une vaillante fille, ma Nicole, ce qui vaut mieux que beaucoup de science.

— Je pourrais rester honnête en devenant plus savante !

— Sans nul doute.

— Voyez-vous, voisin, je suis en grand souci ; mes affaires marchent bien, mais je m'embrouille dans les mémoires ; je ne sais pas lire, et je ne puis rien reconnaître au compte de linge que chacun me remet. Je comprends bien qu'un peu d'instruction aide beaucoup dans un commerce et je maudis mon ignorance.

— Il vaudrait mieux en triompher, petite Nicole.

— Je lave pendant toute la journée, et les heures du soir sont les seules qui me restent libres.

— Profites-en, petite Nicole.

— Je ne demanderais pas mieux, mais il me faudrait

d'abord trouver un maître complaisant, patient et doux...

— Eh bien ?

— Je connais le professeur que je souhaiterais avoir, mais...

— Il fait payer cher ses leçons ?

— Bien au contrare, il les donne gratis à trois orphelins, et s'il consentait à me ménager une place auprès deux...

— Comment, Nicole, tu m'acceptes pour ton maître de lecture et d'écriture ? Sois tranquille, dans trois mois tu sauras tout ce que doit apprendre une blanchisseuse modèle... Tu viendras ce soir.

Nicole étouffa un cri de joie, saisit son paquet, le posa sur sa tête et s'enfuit en répétant :

— A ce soir !

Elle fut exacte ; mais, au moment où elle frappait à la porte de Marcel, celui-ci lui dit en riant :

— Mademoiselle Nicole, la classe est chez la mère Bonie.

A la suite de Nicole, entra dans la chambre de la veuve, l'invalide, qui embrassa les trois enfants en disant bien haut :

— Je vous apprendrai à aimer la France, saprelotte ! et l'exercice, et la charge, et l'assaut, ou nous verrons pourquoi.

Nicole fit de tels progrès, qu'au bout de huit jours, le fils d'une voisine, dont le mari était malade se glissa parmi les écoliers de Marcel ; un autre suivit ; à la fin du mois, cinq des enfants de la maison ne voulaient pas d'autre professeur.

Sans doute, Marcel n'était pas expérimenté, mais ce qu'il savait, il l'enseignait bien ; puis, il restait enfant lui-même ; ses leçons gardaient le charme et la grâce de son âge ; il n'avait point de pédantisme dans sa méthode, il

expliquait simplement, réprimandait avec un sourire, et,
la classe finie, il jouait avec ses élèves comme un frère
aîné.

L'école de la mansarde obtint un grand succès. Après
les deux premières heures consacrées aux études sérieuses, Marcel montrait ses images, puis le vieux soldat
commençait l'histoire de ses batailles. Parfois Nicole, de
sa voix au timbre angélique, chantait un vieux noël, une
rustique chanson, empreinte du charme des veillées
villageoises, parfumée de la senteur des pins ou des
genêts. Quand les élèves avaient bien travaillé, il fallait
les voir, entourant la petite blanchisseuse, la câlinant de
la voix et du regard, et répétant :

— Chante, Nicole, ta voix est plus douce que celle de
Bijou. Et Nicole chantait.

V

LES APPRENTIS

Dans le quartier, les pupilles de Marcel étaient connus, estimés de tout le monde. Robert continuait l'état de chiffonnier, Jean raccommodait les paniers des ménagères, et Cri-cri apprenait le commerce sous l'affectueuse surveillance de la mère Gembloux. Le dimanche, lorsque les quatre enfants entraient dans l'église Sainte-Étienne-du-Mont, les voisins les suivaient d'un regard attendri, et si un étranger adressait une question à leur sujet, on ne manquait pas de répondre :

— Les trois plus jeunes sont les enfants de Marcel.

— Marcel ! un enfant lui-même...

— N'empêche qu'il a adopté tout ce petit monde.

Plus d'une fois, de braves gens adressèrent à Marcel ces éloges sincères qui remuent le cœur et l'emplissent d'une joie mêlée d'attendrissement.

Un matin, le facteur monta une lettre.

— Vient-elle du pays ? demandèrent les enfants.

Marcel la décacheta et regarda la signature.

— C'est votre mère qui vous écrit, dit-il.

Robert, Cri-cri et Jean se groupèrent autour de leur ami, et Marcel commença :

A Marcel, Robert, Jean et Cri-cri, mes enfants bien-aimés.

Une puissante émotion étouffa la voix de Marcel ; cette tendresse qui l'adoptait de si loin lui parut une récompense inespérée. Cette missive était remplie de conseils sages, fortifiants ; elle approuvait la résolution des orphelins d'attendre à Paris l'arrivée de leur oncle ; elle bénissait le jeune protecteur donné par le Ciel aux trois orphelins ; elle suppliait ceux-ci de se montrer obéissants à leur frère aîné ; enfin, dans les dernières lignes, Jeanne appelait sur les pauvres petits la bénédiction du Seigneur.

Chacun des enfants porta la lettre à ses lèvres, puis un même sentiment de gratitude les jeta dans les bras de Marcel. Après avoir reçu et rendu leurs caresses, celui-ci cacha la lettre dans sa poitrine et se rendit chez M. Rolier. Une phrase latine fort courte avait été ajoutée en *post-scriptum* à la fin de la lettre, et Marcel souhaitait en avoir la traduction.

Après l'avoir lue, le vieux savant prit les deux mains de Marcel.

— Jeanne est morte... dit-il ; d'après le vœu du curé, laissez ignorer ce malheur aux orphelins. Chaque mois, le pasteur leur écrira. Plus tard, quand leur esprit et leur cœur seront assez forts pour supporter le choc d'une semblable nouvelle, vous leur révélerez la vérité...

— Monsieur, demanda Marcel avec une sorte d'orgueil, les enfants sont bien à moi, maintenant ?

— Oui, mon ami, ils sont à vous par droit d'adoption et de dévouement... la tâche que vous avez acceptée vous trouvera patient et fort, je le sais... Mais, non content de vous occuper de vos pupilles, vous accueillez chaque jour de nouveaux élèves. La chambre de la mère Bonie finira par être trop petite.

— Là n'est pas la difficulté, monsieur... On se presse, on se coudoie, on se foule ; quand les chaises manquent, on s'assied sur un coffre ; trois enfants se perchent sur la commode, et quatre sur la cheminée ; on dirait une classe pour les oiseaux, à voir les petits perchés si drôlement. Mais quand les enfants sauront lire, écrire, compter, je me trouverai presque au bout de ma science... Qu'apprendrai-je à ces ignorants, moi qui sais si peu de chose ?

— Tu étudieras pour ton propre compte. N'oublie pas d'ailleurs que chacun de tes élèves apprend ou doit apprendre un état manuel. Fais donc en sorte qu'ils trouvent, dans ton enseignement, une raison pour aimer davantage leur métier. On néglige beaucoup trop d'intéresser les ouvriers à ce qui les concerne d'une façon spéciale. Que font tes petits voisins ?

—- Mathieu sert un maçon.

— Tu raconteras à celui-là comment l'homme, après s'être creusé des demeures souterraines, eut l'idée de se construire des cabanes de feuillage, puis enfin s'exerça à bâtir des maisons. Crois-tu qu'il ne lui semblera pas intéressant de connaître l'histoire de la fabrication des tuiles d'Egypte, du ciment romain, et le mode de construction des monuments de l'antiquité ?

— Oh ! si, monsieur ! s'écria Marcel, dont les yeux brillèrent ; mais, je vous le disais bien, il faut être savant pour parler de ces choses.

— Tout viendra en son temps ; le gâcheur peut, s'il le veut, avec une bonne conduite, de l'économie et beaucoup de patience, devenir entrepreneur ; je connais à Paris des millionnaires qui n'ont pas commencé autrement.

— Le second de mes élèves, François, est serrurier,

— Tu lui expliqueras un jour comment on trouve le minerai, et comment le minerai se change en fer. Du métal brut, tu passeras aux outils, aux travaux qu'ils servent à exécuter. Jadis les forgerons, les batteurs de fer étaient de très-grands artistes; je te raconterai, quelque jour, l'histoire de Quentin Metsys, qui fut une des gloires d'Anvers. On revient d'ailleurs aujourd'hui à ces travaux de fer forgé qui nous ont laissé de si beaux heurtoirs de portes, des coffrets précieux, des lanternes charmantes et des balcons fleuronnés.

— Louis Joblin apprend l'état de menuisier.

— Il pourra devenir ébéniste. Crois-tu, mon enfant, que pour savoir manier le rabot, la varlope, assembler une planche et tourner un vilebrequin, on soit un menuisier fini ? Non, il faut connaître l'essence, la nature du bois, apprendre à les marier dans des incrustations élégantes, avoir vu, étudié les sculptures du temps passé, les chaires, les stalles d'église, les boiseries. Autrefois, la planche plate et triste n'existait pas ; tout menuisier était imagier. Tu conseilleras à Joblin d'étudier le dessin et de s'exercer à la sculpture.

— Mais monsieur, il ne trouvera jamais le temps nécessaire pour cela...

— Ce n'est pas le temps qui manque, mais la volonté de l'employer d'une façon utile. La moitié des ouvriers passent leurs soirées dans des cabarets : eh bien ! au lieu d'aller flâner dans les rues, ou d'imiter leurs grands camarades, tes amis apprendront des choses sérieuses, qui plus tard leur fourniront le moyen d'arriver à l'aisance, sinon à la fortune.

— Qui leur donnera ces leçons, monsieur ?

— Mon enfant, tout jeune garçon peut apprendre gratis le dessin linéaire, la sculpture, la musique ; l'instruction ne manque pas aux enfants ; mais les enfants reculent devant les difficultés qu'elle présente, sans songer aux bienfaits qu'elle répand.

— Benoît sera horloger comme son père.

— Il faudra qu'il se rende compte des progrès de l'horlogerie depuis la première clepsydre, jusqu'à la première horloge sonnante.

— Claude Royon deviendra orfévre.

— L'orfévrerie est presque tombée. Elle s'en est allée avec les grandes fortunes et les antiques abbayes. On trouve les spécimens des merveilles de l'orfévrerie dans les musées et les trésors des églises.

— Enfin, Nicole est tout simplement... lavandière.

— Sans doute, tout simplement... et cependant nous trouverons moyen d'intéresser la petite fille du vieux soldat ; afin de lui faire prendre son métier en gré, nous lui raconterons l'histoire des princesses d'autrefois, qui ne dédaignaient pas de laver leur linge à la fontaine.

— Des princesses ! s'écria Marcel.

— Oh ! mon garçon, tu apprendras bien d'autres choses surprenantes, en pénétrant dans le secret des plus simples métiers.

— Jacquet veut être mécanicien.

— Il peut rester ouvrier en devenant un homme de génie ; et puis...

— Robert, Jean et Cri-cri ne savent pas encore ce qu'ils seront un jour. Robert se conduit bien ; mais, sans déprécier l'état de Panier-Fleuri, j'aimerais voir manier un outil à Robert, ça grandit un homme !

— Bien, bien, mon enfant !

— Les petits ne sont encore que des débrouillards, je les laisse faire ; Cri-cri semble vouloir devenir un fin marchand, et si l'oncle Magloire revient jamais, Cri-cri ferait un bon commis dans l'épicerie. Jean travaille la vannerie assez gentiment ; mais voyez-vous, monsieur, il me semble qu'il y a beaucoup de chômage dans cette partie... Je ne dis rien, j'attends. Mes enfants, en se trou-

6

vant rapprochés de jeunes apprentis, prendront goût à l'un des états dont ils entendront le plus parler.

— Tu fais sagement de penser ainsi, mon enfant. Ces petits Bretons, qui sont ignorants sans niaiserie, s'éveilleront lentement à une vie nouvelle. Laisse s'accomplir un travail mystérieux dans leur jeune tête. Développe le plus possible leur intelligence et attends tout dans l'avenir de leur reconnaissance.

— Leur reconnaissance ! Oh ! monsieur, dit Marcel, je suis bien assez payé par leur amitié.

VI

ROBINSON

— Mes amis, dit M. Rolier aux apprentis groupés dans la chambre de la mère Bonie, il me revient à la mémoire le titre d'un des livres les plus touchants et les plus instructifs qui soit sorti, non pas de la plume, mais du cœur d'un écrivain ; la simplicité merveilleuse de ce récit en est le premier mérite. On ne trouve dans cette histoire aucun événement dramatique, aucune péripétie inattendue, ni crime, ni combinaisons de romancier. La scène se passe dans une île déserte ; le personnage, héros de l'aventure, est un matelot anglais qu'un naufrage a jeté sur les rives d'une île inconnue. Le vaisseau qui le portait a sombré durant la tempête ; ses camarades sont morts... En sortant d'un long évanouissement, Robinson se trouve seul, sur une terre inconnue, sans outils, sans vivres. S'abandonnera-t-il au désespoir ? Maudira-t-il la Providence ? Non. Son premier mouvement est de se jeter à genoux pour bénir le Seigneur qui lui laisse la vie. Le courage lui revient avec la prière. Il tourne autour de lui des regards curieux. Une nature vierge, sauvage, puissante, l'environne ; mais cette terre ne produit pas de grain, il ne connaît ni le nom de ses plantes, ni la nature de ses fruits. Pour lui, toutes choses sont nouvelles, et par conséquent dangereuses. Il apaise sa faim en tremblant. Peu à peu il se rassure ; il apprend à connaître les arbres utiles, les plantes salutaires. Il s'accoutume au domaine dont l'isolement l'a fait roi. Il cherche une caverne pour s'abriter, un ruisseau pour étancher sa soif. Le besoin d'améliorer son sort le rend industrieux. Il rapporte des débris de son navire une hache, un couteau, des clous, de la poudre. Grâce à ces faibles ressources il se fera menuisier, charpentier ; il bâtira une maison, et formera sa demeure de solides palissades. Chasseur, il atteindra des chèvres à la course et se formera un troupeau. Un grain de blé semé assurera les prochaines récoltes. Peu à peu, en dépit de la privation des objets les plus élémentaires, il se confectionnera des vêtements. Sa douceur, sa bonté priveront les animaux qui l'entourent. Chaque jour apporte une amélioration à sa vie, chacune de ces améliorations devient une conquête dont Robinson aura le droit d'être fier. Un jour, Robinson découvre sur ce sable la trace d'un pied humain. Des hommes ! il va revoir des hommes ! Comme le jour de son naufrage, il tombe à genoux et bénit le Ciel : il va trouver ce qui lui manque davantage : un ami !

Des années se passèrent, pendant lesquelles Robinson et Vendredi vécurent dans leur île ; puis les signaux qu'ils avaient élevés furent un jour aperçus par un navire, qui les ramena en Angleterre.

Certes, mes enfants, voilà une histoire merveilleuse et féconde en enseignements. Elle vous prouve que l'on triomphe de toutes les difficultés à force de volonté et de persévérance.

C'est en songeant à la plupart d'entre vous qu'elle m'est revenue à la mémoire.

Croyez-vous que Paris ne soit pas un séjour aussi dan-

gereux, plus dangereux même qu'une île déserte ? Est-il
des naufragés plus dénués, plus à plaindre que Robert,
Jean et Cri-cri ? Plusieurs d'entre vous ne sont-ils pas
orphelins ? Si les bêtes féroces ne vous guettent pas dans
la grande ville, la misère vous menace, la mendicité vous
tente, la loi vous atteint. Il faut vivre, vivre dans ce Paris
qui semble si riche et qui renferme tant de pauvres. Mais
comment ? Avec quoi ? C'est alors qu'il faut devenir industrieux comme Robinson, guetter les minces profits,
ne se refuser à aucune besogne, pourvu qu'elle soit honnête ; gagner le pain que l'on mange, et se préparer par
un labeur régulier à devenir ouvrier à son tour. Chers
petits ! quand je pense aux Robinsons de Paris, souvent
si jeunes, si chétifs, si ignorants ! je me sens pris pour
eux d'une pitié profonde. J'ai l'ardent désir de leur aider,
de les instruire, de me faire leur ami, de les guider suivant leurs aptitudes dans le choix d'un état. Car, mes enfants, il ne s'agit point seulement d'apprendre n'importe
quel métier. Il faut choisir soigneusement ce métier, afin
de l'aimer. Trouver du plaisir à ce que l'on fait, c'est
déjà un moyen de succès. Tel enfant qui deviendrait un
mauvais serrurier, est un menuisier excellent. Celui qui
possède des aptitudes pour la maçonnerie, serait peut-être
un détestable jardinier. Je vous citais tout à l'heure
Cri-cri, Robert et Jean ; ils ne sont plus des Robinsons
du pavé, échoués dans la grande ville ; ils se sont faits
commerçants, vanniers, commissionnaires. Ils gagnent
leur pain en attendant d'accomplir la besogne d'une
journée comme des hommes. Ils ne possédaient rien que
leur bonne volonté, elle a suffi pour les tirer de peine.

Quand vous voyez dans la rue un pauvre enfant affamé,
triste, pâle, rappelez-vous l'histoire de Robinson abandonné dans une île déserte ; dites-vous qu'il faut un grand

effort de vouloir, pour ne point faiblir dans la grande cité; allez vers ce délaissé, trouvez une besogne facile pour sa faiblesse, apprenez-lui quelles industries modestes permettent de gagner du pain. Prenez compassion des *Robinsons de Paris*, vous qui avez un toit, un métier, une famille.

— Monsieur, dit Marcel d'une voix grave, nous avons depuis peu au fond du couloir des locataires dont le voisinage devient pénible. Vous parliez de naufragés tout à l'heure, croyez-vous que le petit garçon qui reste tout le jour enfermé dans la mansarde, essayant d'apprendre quelques airs sur son violon, ne soit pas mille fois plus malheureux qu'un mousse abandonné dans une île déserte ?

— Certes, mon enfant.

— Ne serait-ce pas bien faire que de l'arracher à cette misère ?

— Sans doute, mais tu ne peux devenir le sauveteur de tous les petits malheureux ?

— Hélas ! non, répondit Marcel.

Il se tut, et comme la pensée de l'enfant torturé par le chanteur des rues venait d'attrister les Robinsons de Paris, ils se séparèrent presque aussitôt.

VII

Le lendemain était un dimanche ; Marcel et les orphelins allaient s'asseoir devant le couvert dressé par la mère Bonie, quand une plainte étouffée parvint jusqu'à eux.

Marcel se leva ; il était très-pâle.

— Je sais ce que c'est, dit-il.

Le jeune garçon quitta rapidement la chambre de la mère Bonie, et il gagna son logis, dont il ouvrit l'étroite fenêtre. En se penchant au dehors, il entendit plus distinctement les cris d'un enfant.

— C'est le petit voisin ! dit-il, l'élève du musicien ambulant.

Après avoir grimpé sur l'appui de sa croisée. Marcel chercha s'il lui serait possible de porter secours à l'être qui souffrait. Sa mansarde, située au sixième étage, se trouvait au-dessus d'une cour sombre comme un puits ; une chute ne pouvait manquer d'être mortelle. Le logement du musicien ambulant se trouvait éclairé par une fenêtre en tabatière ménagée dans l'angle du mur. Il était impossible de songer à longer les plombs afin de gagner le logis du chanteur de carrefour ; le poids d'un enfant les eût fait ployer, et la porte, donnant accès dans ce logis, appartenait à la maison voisine. Le seul moyen de pénétrer dans la mansarde était de grimper sur 'e toit, de le suivre jusqu'à la fenêtre, et d'essayer de descendre. Mais une fois rendu près de la fenêtre, comment pénétrer par le châssis retenu à l'aide d'un crochet de fer ?

Marcel comprend toutes les difficultés présentées par un tel trajet ; il sonde du regard la profondeur de la cour, rassemble ses forces, s'accroche des deux mains à la fenêtre, se hisse jusqu'à la toiture, reprend haleine, mesure froidement le danger, rampe sur le bord extrême du toit, évitant de regarder en bas, dans la crainte d'être pris de vertige, puis il se coule lentement sur les ardoises glissantes, chauffées par le soleil. Il se trouve enfin au-dessus de la mansarde ; les dangers redoublent ; Marcel cherche un appui, pose le pied sur la caisse de plomb des eaux ménagères, se courbe, s'allonge, demeure suspendu au-dessus de la cour noire, et risque sa vie à chaque seconde. Il parvient à saisir la barre soutenant le châssis de la croisée, puis, cramponné à ce frêle appui et se ramassant sur lui-même, il prend son élan et tombe dans la chambre d'où il a entendu sortir des gémissements.

Ses mains sont écorchées, sa tempe saigne ; mais Marcel ne sent pas ses blessures ; ses regards se portent sur un enfant de sept ans à peine, attaché au pied d'un lit.

Marcel court vers le petit malheureux, dénoue les cordes qui le lient, l'attire sur sa poitrine, l'embrasse et lui demande :

— Avons-nous le temps de causer ?

— Oui, l'homme et la femme sont à la fête de Neuilly.

— Ils te laissent tout seul ?

— Je ne sais pas encore le métier, ils ne me trouvent bon à rien.

— As-tu mangé ?

— Non... mais l'homme a placé sur la table du pain et

de la viande pour me faire souffrir davantage, en voyant tout près, des aliments que je ne peux atteindre.

Marcel tira de sa poche un grand morceau de pain.

— Mange d'abord, dit-il. Tu t'appelles ?

— Friquet.

— Les gens qui te torturent ne sont pas tes parents ?

— Non.

— Désires-tu les quitter ?

— Je ne peux pas ! Ils me surveillent, allez... Sans cela, je me serais sauvé. J'aimerais mieux me jeter à l'eau que d'être rudoyé, battu, assommé de coups tous les jours.

— Oui, tu souffrirais moins, mais tu n'as pas le droit d'attenter à ta vie.

— Ce n'est pas nécessaire d'ailleurs, répondit Friquet, je mourrai bien sans cela...

— Non, répondit Marcel, tu ne mourras pas; des enfants, tes frères, te prendront en pitié. Je suis là, je ne t'abandonnerai plus.

— Comment êtes-vous venu ?

— Par le toit.

— Vous pouviez vous tuer !

— Je le sais bien.

— Et cette pensée ne vous a pas fait reculer ?

— Mon devoir est d'essayer de te soulager.

— Arrachéz-moi d'ici ! s'écria Friquet en joignant les mains; la femme me tuera.

— Tu n'as cependant pas l'air méchant.

— Non ! je ne le suis pas, mais je sens que je le deviendrai si je reste avec les misérables... Quelle vie de misère ils me font ! On me bat, on m'affame ; si je crie on me bâillonne...

— Que leur fais-tu donc pour mériter des traitements pareils ?

— Je n'apprends pas assez vite à jouer du violon... je ne peux pas toujours répéter les airs que l'homme veut m'enseigner ; et puis la femme me frappe sur les mains avec une barre de fer, et quand mes doigts saignent, il m'est impossible de tenir l'archet et de trouver les cordes... Vous voyez, ils m'ont lié par le corps et par les pieds au bois de lit ; mes bras seuls restent libres, afin que je joue du violon, que j'en joue jusqu'à ce que j'en meure... Ce ne sera pas long, je le sens, mais je voudrais mourir ailleurs.

— Tais-toi ! tais-toi, dit Marcel, tu me fends le cœur de pitié.

— Alors emmenez-moi ! emmenez-moi !

— J'y songerai, mais auparavant je m'informerai ; je saurai si ces gens ont des droits sur toi... Hélas ! cher petit, je verrai si je puis te faire vivre...

— Je mange si peu... murmura Friquet ; à force d'endurer la faim, on perd l'appétit... Il est bon votre pain, ajouta l'enfant qui mordait dans le gros morceau apporté par Marcel.

— Si tu veux, je t'en donnerai tous les jours.

— Ce ne sera pas toujours possible. Vous allez sans doute à un atelier ; puis l'homme et la femme restent parfois à la maison.

— Eh bien ! pour te faire comprendre que je ne t'oublie pas, je chanterai tous les soirs à ma fenêtre, et tu m'entendras d'ici.

— C'est cela, répondit Friquet, et je vous répondrai en jouant cette phrase sur mon violon...

Le petit malheureux prit son instrument et commença avec un sentiment poignant cette phrase de RICHARD CŒUR DE LION : *Une fièvre brûlante*... Marcel écoutait, saisi d'une émotion indéfinissable.

— Oh ! comme tu joues bien, Friquet, dit-il, comme tu joues bien !

— Je souffre tant ! répondit le petit martyr.

— Ainsi, c'est convenu... Je chanterai tous les soirs, tu me répondras par une phrase sur ton violon.

— Oui, et au moment, où je me trouverai seul, je jouerai l'air tout entier ; cela signifira : venez... Je serai patient désormais, je songerai que j'ai un ami... Rentrez chez vous... Prenez des précautions ! Si vous alliez vous tuer !...

Marcel embrassa Friquet, reprit sa route aérienne, et se trouva peu d'instants après dans la chambre de la mère Bonie.

L'excellent garçon se sentait très-ému, il repoussa son assiette et refusa de manger.

— Allons ! fit la vieille femme, tu t'es remué le cœur là-bas !

— Oui, répondit Marcel, j'ai vu un pauvre être torturé, mourant de faim... Oh mes chers Robinsons, que nous sommes heureux en comparaison de ce martyr !

— N'allez-vous point le secourir ? demanda Robert.

— Il y aurait place dans mon hamac, dit Jean.

— Je lui donnerais la moitié de mon pain, ajouta Cri-cri.

— Ah ! s'écria Marcel, vous me payez tout ce que j'ai fait pour vous, puisque vous comprenez que les heureux se doivent aux pauvres, et que la charité est plutôt un bonheur qu'une obligation.

— Avez-vous une échelle ? demanda Marcel en se tournant vers la mère Bonie.

— Non, qu'en voudrais-tu faire ?

— Un pont pour retourner demain à la chambre de Friquet.

— Nicole te prêtera sa planche à repasser les jupons...
Mais si tu tombais, malheureux enfant !

— Je ne peux pas, mère Bonie, la Providence me
garde.

La nuit suivante, Marcel ne dormit guère. Dès l'aube
il fut éveillé par les faibles sons du violon de Friquet.

Robert, Jean et Cri-cri dormaient encore. Marcel les
regarda avec une expression de tendresse profonde,
puis examinant tour à tour les pièces de leur habillement
proprement pliées sur une chaise, il dit à mi-voix :

— Ils sont soigneux ! Je ne puis rien leur reprocher :
ni trous ni taches. Mère Bonie raccommode et entretient
tout... Mais la chère femme, qui tricote si bien les bas,
ne peut fabriquer des souliers... Il n'y a pas à dire, les
chaussures des enfants ont besoin de *béquets*... Robert
marche toute la journée, Jean porte la vannerie chez les
pratiques, et Cri-cri joue parfois à la marelle devant la
porte de la Gembloux... Le bout des souliers de Cri-cri
est usé, et ceux de Robert manquent de talons... Il faut
aller chez le bonhomme Grimperau.

Marcel prit les trois paires de chaussures et descendit
rapidement l'escalier.

VIII

LE MUSÉE DU PÈRE GRIMPERAU

L'échoppe du savetier, bien connue de tous les ouvriers et des gens du quartier Saint-Jacques, était une sorte de cage moitié bois, moitié vitrage, disposée par le pauvre homme à l'aide de débris provenant de démolitions. Depuis vingt ans au moins, le savetier occupait cette niche, dans laquelle s'élevait un monceau de bottes, de souliers, de semelles, de bottines, d'aspect également misérable. Un baquet rempli de poix, des pelotons de ligneul, quelques alènes pointues, des tranchants brillants, et un globe de verre énorme à travers lequel il voyait le soir se doubler la clarté d'une lampe, composaient, avec un escabeau, les meubles, les ornements et les outils du bonhomme. Il ne faut cependant pas oublier une image fortement enluminée réprésentant saint Crépin, et une cage d'osier dans laquelle se tenait d'ordinaire mademoiselle Margot, bavarde comme son nom, et dont la gentillesse faisait le bonheur des enfants de la rue Saint-Jacques.

Grimperau possédait bien une arrière-boutique renfermant son lit, deux ou trois meubles et son *musée*, mais nul ne pouvait se vanter, dans le quartier, d'avoir visité le mùsée de Grimperau, bien qu'il restât l'objet d'une curiosité permanente. Deux ou trois femmes avaient tenté de pénétrer chez le savetier, sous le prétexte de faire son

7

ménage, mais Grimperau se méfiait et refusait obstiné-
ment des services dont il devinait le but intéressé.

Le bonhomme ne manquait pas de talent. On devinait
qu'il avait connu des jours meilleurs. Il était sobre, rangé,
poli. Son gain fort modeste lui suffisait pour vivre. Plus
d'une fois il tendit quelques sous à une mère affamée, ou
ressemela gratis les souliers d'un vieillard. Mais si bon,
si estimé qu'il fût, il restait le plus souvent plongé dans de
pénibles pensées.

Certes, Grimperau ne ressemblait guère au savetier de
La Fontaine, chantant de l'aube au soir, tandis que, le tablier
de cuir passé au cou, un soulier entre les jambes, il tirait,
le ligneul à deux mains, ou bien pendant qu'il enfonçait
de jolis clous à tête de diamant dans le talon d'un soulier
fatigué. Non, le bonhomme Grimperau ne chantait pas,
et Margot seule jetait un peu de gaieté dans l'échoppe. Et
cependant le savetier souriait parfois quand une jeune
mère, son enfant dans les bras, s'approchait de l'établi,
payait le prix d'un raccommodage et jasait avec le vieillard, tandis qu'il riait à l'enfant.

On aurait pu croire, au battement des paupières de
Grimperau, qu'il éprouvait une émotion violente, et que
le brusque mouvement de la main sur ses yeux lui servait
à dissimuler une larme.

Depuis vingt ans qu'il était dans son échoppe, Grimperau avait vu passer devant sa boutique tous les ouvriers
du quartier. Il connaissait, pour les avoir raccommodées
plus d'une fois, les bottes de M. Rolier, le savant que l'é-
tude avait rendu presque aveugle ; il savait que Pyramide,
l'aïeul de Nicole, n'avait besoin que du soulier droit,
parce qu'il avait perdu sa jambe gauche en Egypte. La
mère Bonie lui gardait sa pratique ; il avait fabriqué jadis
les souliers de noces de Mme Gembloux la fruitière. De=

puis longtemps il chaussait l'apprenti typographe Marcel,
qui, tenant en main les trois paires de chaussures des
orphelins, venait de descendre son escalier, de traverser
la rue, et s'arrêtait devant l'échoppe en faisant un salut
amical à Grimperau.

— Ah ! ah ! fit le bonhomme, ma clientèle augmente !
Tu m'apportes les souliers des enfants.., de solides chaussures de campagne... Mais les petits pieds viennent à bout
de tout... Je t'arrangerai cela au mieux et au moins cher
possible, Marcel.

— Monsieur Grimperau, mes enfants seront nu-pieds
pendant que vous raccommoderez leurs souliers ; je regrette vivement de leur voir perdre une journée dans
l'oisiveté, sans compter que la bourse commune s'en
ressentira... Si vous aviez pu les chausser provisoirement...

— Certainement, Marcel, certainement ; entre dans
l'échoppe, mon enfant, nous allons passer dans l'arrière-
boutique. Je confectionne souvent, avec d'anciennes tiges
de bottes, des chaussures solides, et tu trouveras chez moi
ce qu'il te faut...

— C'est que... dit en hésitant Marcel.

— Tu n'as pas d'argent ce matin ? Est-ce que j'en demande, mon cher garçon ?... Tu me paieras quand tu
voudras.

— Quand je pourrai,.. dit vivement Marcel.

— A ta volonté ; personne dans le quartier n'a le droit
de t'enlever le mérite de ta bonne action ; seulement le
devoir de tous est de t'aider... Ah ! si j'avais les bottes
fantastiques des contes de fées, celles qui font sept lieues
d'une enjambée, et ne s'usent jamais, avec quelle joie je
t'en ferais cadeau !

Le savetier ouvrit la porte de son étroite boutique, dans

laquelle Marcel se glissa, puis Grimperau le fit entrer dans la seconde pièce.

C'était une chambre exiguë, mais tenue avec une propreté exquise. On eût dit une chapelle, à la voir remplie de portraits, de fleurs de papier et de coquillages sous des globes, d'images nimbées attachées au mur, de livres dorés sur les tranches et les plats dont les couvertures bleues ou roses étaient fanées. En dépit du soin avec lequel Grimperau enlevait la poussière chaque matin, une odeur faible, particulière aux vieilles choses, se dégageait des meubles, des cadres, des bouquets pâlis sous leurs cylindres de verre, des portraits appendus aux murs. Une armoire vitrée occupait le fond de cette pièce, et Marcel s'en approcha rapidement.

— C'est mon *musée*, dit Grimperau en se frottant les mains avec une satisfaction évidente ; j'aurais pu le vendre, et je ne l'ai pas fait ; il me rappelle tant de souvenirs ! Tu n'es pas cordonnier, Marcel, tu ne comprends peut-être pas la valeur de ma collection.

— Je ne suis pas cordonnier, répondit Marcel, mais je suis imprimeur, et ceux qui impriment les livres s'instruisent mot à mot, lettre à lettre. Ainsi, j'ai composé une *Histoire de la Mode* et une traduction de l'Iliade, et j'en sais assez pour deviner que le pied de cette statue grecque si magnifiquement chaussé est celui d'Achille.

— C'est ma foi vrai ! comment l'as-tu deviné ?

— On appelait le héros : Achille aux belles cnémides. Ne pouvant vous procurer une de ses chaussures, vous gardez un fragment de la statue qui le représente. Je ne dis point cela pour vous empêcher de me détailler votre collection, père Grimperau, mais afin de vous montrer que j'en puis apprécier la valeur.

— Tu m'étonnes et tu me réjouis, Marcel. Eh bien ! oui,

je te l'expliquerai, et il serait à souhaiter que tout homme portant des souliers, des bottes, ou même des sabots, se rendît compte des divers systèmes de chaussures. Tiens, voici des semelles de fer trouvées dans une sépulture gauloise... En ce temps-là, les forgerons ferraient les hommes et les chevaux. A côté, j'ai suspendu des mocassins de sauvages, en peau de buffle, et dont les courroies se lacent sur la jambe nue. Ces souliers, dont la pointe se relève de la hauteur d'un pied, datent du moyen âge ; tandis que cette chaussure large, écrasée, appartient à quelque seigneur de la cour de Charlemagne. A côté du soulier à bouffettes de rubans, à garnitures de dentelles, que portaient les élégants sous Louis XIII, regarde ces bottes à entonnoir en cuir fauve ; en voici d'autres garnies de précieuses guipures. Le soulier à talon rouge côtoie le soulier à cothurne qui cède la place à la bottine. J'ai collectionné des espadrilles espagnoles, des chaussures de roseaux venant de la tente du cosaque, des souliers de Chinoise changés en instruments de torture, des raquettes d'un mètre, à l'aide desquelles les peuples du Nord glissent sur la glace. Voici des sabots de frêne durci au feu, et des bottes de cuir de Russie couvertes de fleurs d'or.

Les babouches d'un sultan, les sandales d'un brahmine, les patins de santal, incrusté de nacre, d'une femme de Constantinople... Le cuir, le bois, le satin, le fer ont été, tu le vois, tour à tour employés... Près de ce soulier de femme couvert de paillettes, voilà le gros soulier d'un soldat. Il s'est usé sur les chemins pendant que le drapeau flottait au vent sur la route ou dans la mêlée !

— Oui vraiment, Grimperau, c'est un intéressant musée. Nous avons le tort de ne point chercher à apprendre les origines de tout ce que nous portons, de tout ce qui nous sert. Et pourtant, l'étudier est le seul moyen de comprendre l'histoire.

— C'est cela, Marcel, c'est bien cela.

Le savetier allait ajouter une nouvelle explication à sa démonstration quand la petite sonnette, placée à la devanture de l'échoppe, fut agitée violemment.

— Une pratique ! s'écria Grimperau ; attends-moi, Marcel, je reviens...

IX

UN NOUVEL APPRENTI

En face de la boutique du savetier, se tenait un homme de quarante-cinq ans environ, dont la physionomie franche attirait tout de suite la sympathie et la confiance. Il s'appuyait sur le bras d'un enfant de treize ans environ ; mais le père semblait plutôt maintenir le jeune garçon que lui demander un soutien affectueux. Du reste, l'enfant, qui portait un costume de lycéen, avait la tête baissée, le regard oblique, l'allure défiante et craintive.

— Monsieur Grimperau, dit le père, d'une voix dans laquelle on ne pouvait trouver que l'accent d'une volonté inébranlable, sans aucun mélange de colère, je vous amène mon fils.

— Pour lui prendre mesure ? demanda Grimperau, flatté de voir s'adresser à lui un homme ayant toutes les apparences de la richesse.

— Non, mon ami, répondit le père, non...

— Je me disais bien, intérieurement, que je ne travaille plus assez bien... J'ai eu mon temps, monsieur, mon temps de vogue et de fortune... Maintenant je chausse les petites gens, je fais les ressemelages de bottes, je place des becquets aux souliers, et l'on se montre en général très-content de ma besogne.

— Vous pourriez ajouter que vous êtes facile pour le

crédit, quand il s'agit des indigents ; que vous restez laborieux et sobre. Jamais vous ne parlez grossièrement ; vous travaillez toute la semaine et vous vous reposez le dimanche ; enfin, vous n'avez pas de dettes, et vous donnez à plus pauvre que vous... Je vous connais bien, Grimperau, oui, je vous connais bien...

— Qu'attendez-vous de moi ? demanda le savetier avec une sorte de dignité.

— Je vous amène un élève, un apprenti, mon fils...

— Votre fils, monsieur, un collégien !

— Je m'appelle Simon Golmail, je suis banquier et millionnaire... Je dois ma fortune à mon travail, car mon père se trouvait dans une situation plus que modeste, et nous étions douze à notre cher foyer d'Alsace... Mais, de ce que je suis riche, il ne s'ensuit pas que je doive élever mon fils dans la paresse. Or savez-vous la pensée de ce malheureux enfant ? — Je n'ai besoin de rien faire, mon père possède des millions ! — Comme chez moi il refusait même d'apprendre à lire, je l'ai placé dans un collége... Au lieu de s'instruire, il faisait des niches à ses camarades, molestait ses maîtres d'étude et restait invariablement le dernier de la classe. J'ai prié, ordonné : supplications, menaces sont restées inutiles. Le fils du millionnaire voulait manger son pain, sans savoir ce qu'il m'avait coûté à gagner. Il me volait des cigares et s'essayait à fumer, se rendant malade sous le prétexte d'avoir l'air d'un grand garçon. Hier, à une dernière observation, il a répondu avec insolence ; et de ce moment, ma résolution a été prise. Henri refuse d'apprendre le latin, l'histoire, de commencer des études qui pourraient en faire dans quelques années un homme utile : il deviendra ouvrier. Je comptais qu'il aurait rang parmi les avocats : il sera cordonnier. Mettez-lui en main le tire-pied, le ligneul et le tranchet. Noircissez de poix ces mains paresseuses ; montrez-vous non seulement ferme à son égard, mais sévère. Il a cent fois mérité le châtiment que je lui inflige aujourd'hui.

— Je comprends, dit le père Grimperau d'une voix troublée, et en passant sa main ridée sur ses yeux, oui je comprends... Oh ! les enfants ! Si ingrats, et toujours si chers...

Le savetier ouvrit la porte de l'échoppe, tira un escabeau informe sous un monceau de vieilles chaussures, et fit signe à Henri Golmail de s'y asseoir ; il prit ensuite sur une planche un tablier de cuir, en passa la bricole au cou du collégien, puis plaçant sur les genoux de l'enfant, les souliers que Cri-cri usait trop vite :

— Allons, dit-il, nettoyez la couture ; il faudra que le cuir soit propre avant de poser la pièce.

— Je ne vous parle pas de conditions, Grimperau, reprit M. Golmail ; Henri partagera vos repas comme votre labeur ; vous le coucherez comme vous pourrez... Rappellez-vous que vous ne sauriez vous montrer trop exigeant à l'égard de ce paresseux, de ce mauvais fils.

Henri bondit de son escabelle, laissa tomber le soulier posé sur son tablier de cuir, et se cramponna aux vêtements de son père.

— Emmenez-moi, lui dit-il, par grâce, emmenez-moi... Ne me laissez pas dans cette échoppe sale et puant le vieux cuir... Je travaillerai, j'étudierai le latin, le grec...

— Vous apprendrez d'abord à faire les souliers ; toute prière serait inutile ; une révolte ouverte n'amènerait aucun résultat. Le jour où, repentant, vous viendrez implorer votre grâce, en m'apportant une paire de chaussu-

7.

res confectionnées par vous, je verrai si je puis vous pardonner.

Les yeux d'Henri brillèrent d'une expression farouche, et il murmura en serrant les poings :

— Quand je serai grand ! oh quand je serai grand !

— Grimperau, reprit le banquier, les magisters se font une férule d'une règle plate ; si les mains blanches que voilà se refusent à la besogne, prenez une semelle de vos vieilles bottes, et donnez-la schlague à ce lâche enfant, à cet ingrat.

Henri crispa ses poings sur ses yeux, et ne vit point partir son père, qui échangea un regard significatif avec le père Grimperau.

Celui-ci remit tranquillement les souliers de Cri-cri sur les genoux du nouvel apprenti, lui passa une lame ébréchée pour nettoyer ; puis, ouvrant de nouveau la porte donnant sur sa chambre, il rejoignit Marcel.

— Tu as entendu ? lui demanda-t-il.

— Tout, répondit le jeune garçon.

— Que penses-tu de cela ?

Le banquier est un brave homme, et vous arriverez peut-être à corriger Henri Golmail.

Puis, désignant de nouveau le *musée*, Marcel demanda en montrant du doigt un soulier de cuir bleu, si petit, si coquet, si mignon, si propre qu'il n'avait jamais touché la terre :

— Quel ange du bon Dieu a chaussé cela ?

Grimperau cacha sa figure ridée dans ses mains :

— Le soulier bleu ! dit-il, le cher soulier bleu ! mon chef-d'œuvre, Marcel, ma joie, mon orgueil, ma folie ! Je l'avais achevé avec le talent d'un ouvrier fini et le bonheur d'un homme dont le cœur est près d'éclater... Oh !

les enfants ! les enfants ! S'ils savaient, les ingrats, quel mal ils peuvent nous faire...

— Je vous demande pardon, père Grimperau, dit doucement Marcel, je ne pouvais pas savoir.....

— Cela me soulagera peut-être quelque jour de t'apprendre l'histoire du petit soulier bleu... En attendant, emporte ces trois paires de chaussures pour les orphelins... Je réparerai celles que tu me laisses... Ne t'inquiète pas, nous sommes quittes... J'ai pu pleurer devant un être compatissant, et cela ne m'était pas arrivé depuis vingt années !

Marcel ne remercia pas Grimperau, il se sentait lui aussi gagné par les larmes. L'apprenti serra les deux mains du savetier et regagna son logis dont les hôtes venaient de s'éveiller aux roucoulements de Bijou.

X

UN PETIT MARTYR

Quand les enfants de Paris, ces joyeux enfants qui jouissent à la fois des biens de la fortune et des caresses de leur mère, voient sur les places ou sur les boulevards extérieurs des petits malheureux de leur âge, vêtus d'un maillot rose, d'une culotte de velours couverte de paillettes ternies, et le front ceint d'une bandelette d'or, faire la roue, escalader des pyramides de chaises, exécuter le saut périlleux et se disloquer les membres à l'ébahissement des spectateurs, ils sont loin de se douter des tortures subies par les malheureux avant d'arriver à satisfaire « messieurs les amateurs. »

Ils ne songent point que les membres de ces créatures amaigries, affamées, ont été brisés, tourmentés ; que les infortunés se sont vus privés de pain et de sommeil, menacés d'horribles supplices, et qu'au moment où ils exécutent un tour d'adresse payé par les applaudissements du public, leur cerveau se trouble, leurs yeux s'injectent de sang, leur cœur bat à les étouffer. Ils ne distinguent plus ni le maître ni la foule ; ils bondissent affolés, escaladent des chaises ou des pyramides humaines avec une sensation de vertige, et tombent souvent sur le pavé anéantis par des efforts au-dessus de leurs forces.

Et dans les cours, dans les rues, quand des enfants

grelottants de froid, la voix brisée, chantent en levant les
yeux vers les croisées frileusement garnies de doubles
rideaux, nous ne songeons pas toujours que le malheureux qui attend une pluie de gros sous sera cruellement
battu s'il ne rapporte rien au misérable qui l'exploite. Si
l'on savait ce que chaque valse, chaque tarentelle a coûté
à apprendre au musicien des rues qui nous implore de
son beau regard humide, et tâche de sourire en jouant
de son méchant violon !

La plupart sont des enfants loués ou volés, traités avec
la dernière barbarie. Tous les matins, ils se partagent les
quartiers de Paris, et s'en vont la *tarentelle* aux lèvres,
ou bien le violon sous le menton, jouant avec tristesse,
puis avec amertume, enfin avec frénésie. Il faut manger,
les enfants ont l'appétit robuste. Ils jouent pour avoir du
pain et satisfaire leur appétit ; puis, afin de récolter des
sous qu'ils portent aux exploiteurs de leur faiblesse, de
leur isolement, de leur misère.

Friquet était le fils de pauvres colporteurs morts de
fatigue sur une grande route. Vaurien et Gredine, qui
achevaient alors leur tour de France et se dirigeaient vers
Paris, ramassèrent l'orphelin, et se l'approprièrent, à la
façon d'un objet perdu dont on néglige de chercher le
propriétaire. Pendant les premiers jours, ils le traitèrent
assez bien. Ils voyageaient d'ailleurs, et il eût été facile à
Friquet de les quitter s'il se fût trouvé malheureux. Mais
dès que les musiciens ambulants eurent loué à Paris une
mansarde rue Saint-Jacques, ils changèrent de conduite
à l'égard de l'enfant. Le mari commença à lui enseigner
le violon, sans lui montrer la musique qu'il ignorait.
Friquet devait apprendre les airs à force de les entendre
répéter. Si ses petits doigts se montraient rebelles, si sa
mémoire le servait mal, on le battait avec la dernière

barbarie. Il aurait bien voulu s'échapper ; mais, comme
il l'avait dit à Marcel, ses bourreaux le surveillaient et
l'attachaient au pied du lit pendant leurs absences. On
plaçait en face de lui des mets qu'il ne pouvait atteindre,
on lui mettait son violon entre les mains, et on lui or-
donnait d'étudier, sous peine de ne pas manger le soir.
L'homme et la femme quittaient la mansarde, descen-
daient vers des rues fréquentées, entraient dans les cours
et tandis que Gredine chantait, Vaurien l'accompagnait.
Trois chansons leur suffisaient pour vivre. Depuis six
mois la mégère répétait :

Ah ! laissez-moi verser une dernière larme !

en tâchant de mettre dans sa voix le trémolo de la douleur ; et pendant ce temps, Friquet, les doigts crispés
sur le manche de son violon, essayait de traduire cette
phrase admirable : *une fièvre brûlante*. Parfois, se souvenant vaguement des récits merveilleux que lui faisait jadis
sa mère, Friquet pensait aux anges chargés de veiller sur
les malheureux, mais ne voyant point descendre vers lui
son gardien céleste, il en concluait qu'il était occupé
loin, bien loin, à soulager d'autres enfants plus à plaindre
encore, et il l'attendait avec une douloureuse résignation.

A partir du moment où Marcel pénétra dans la mansarde
Friquet reprit courage. Il pouvait désormais compter
sur la délivrance.

Quand le musicien et sa femme rentrèrent de leur
tournée et voulurent faire répéter à Friquet l'air qu'il
avait dû étudier, ils s'aperçurent que l'enfant jouait avec
une distraction évidente. Du reste le pauvre petit, rempli
de la pensée de Marcel, s'était peu préoccupé de la musique. On lui dit qu'il ne souperait pas ce soir-là, il ne

répondit rien et se jeta sur sa botte de paille. Il rêva durant la nuit qu'un chérubin s'envolait de la chambre de Marcel et venait le couvrir de ses ailes.

Dès le matin, le musicien secoua Friquet par l'épaule, le mit debout d'un geste brusque, et lui dit :

— Puisque tu n'aimes pas le violon, tu chanteras. Nous allons commencer par une *Dernière larme!* Attention à l'air et aux paroles !

— Je ne chanterai pas, dit Friquet, j'ai envie de pleurer.

— Ah ! tu ne chanteras pas ! répéta le musicien ; je te réponds que si, seulement ce sera sur autre air... un air de danse encore.

Le misérable saisit au mur une lanière de cuir et cingla les jambes de Friquet, qui poussa un cri terrible.

— Chante! danse! répéta le bourreau ; encore un coup ! houp ! plus haut que cela ; n'épargne pas les sauts de carpe, mon garçon. Aux épaules maintenant. Touché ! Et les bras. Mordu... Ah ! tu me refuses de chanter et de danser, je t'apprendrai des pas de ballet, moi !

Et tout en criant, en injuriant le petit martyr, Vaurien lançait sa lanière de cuir, qui sifflait, qui enlaçait Friquet aux épaules, aux jambes, aux bras. Il courait à travers la mansarde, essayant de se blottir dans les coins, de se cacher derrière les jupes de la femme ; mais celle-ci, loin de protéger l'enfant, le repoussait vers son bourreau.

Friquet hurlait de douleur sous le fouet impitoyable ; il tomba sur le sol, brisé, palpitant, n'ayant pas la force de se défendre, mais en tombant il murmura :

— Je me sauverai, oui, je me sauverai !

Si bas qu'il eût prononcé ces mots, la femme les entendit.

— Ah ! tu t'échapperas, dit-elle, ah ! tu t'évaderas après

avoir mangé mon pain pendant trois ans. Je vais t'en fournir le moyen, et tout de suite... Le bâillon ! mets-lui le bâillon ! hurla la mégère en s'adressant au musicien des rues.

Celui-ci appliqua sur la bouche de Friquet un tampon de linge, noua le mouchoir destiné à le maintenir derrière la tête de l'enfant, puis la femme répéta au mari :

— Tiens-le, tiens-le bien ! Je vais lui faciliter sa promenade.

Elle arracha cinq aiguilles d'un méchant tricot, les plaça dans un fourneau rempli de charbon, et quand elle les vit toutes rouges, elle saisit avec violence les petits pieds nus de Friquet, et en piqua la plante avec les aiguilles chauffées à blanc.

Le visage de Friquet se convulsa d'une façon horrible, sa poitrine se souleva, ses pauvres os craquèrent, mais il lui fut impossible d'articuler un mot ou de pousser une plainte.

L'homme le repoussa du pied et l'attacha comme à l'ordinaire.

— Répétons maintenant, dit la femme.

XI

L'HÔTE DU BON DIEU

L'homme joua la ritournelle, et la mégère commença la romance.

— Le couplet marche encore ! dit Vaurien, mais dans le refrain, il n'y a pas à dire, tu manques de sentiment... Écoute mon archet : *Ah ! laissez-moi verser une dernière larrrr... me...* Faut de la sensibilité dans l'état, ça flatte le bourgeois.

L'ignoble couple sortit de la mansarde, y laissant Friquet demi-mort. Il croyait entendre des bruits de cloches tout près ; ou bien il lui semblait qu'on lui écrasait le crâne à coups de marteau. Un frisson le secouait tout entier, ses dents claquaient.

— Mon Dieu, sauvez-moi ! pensa Friquet, je ne veux pas mourir ici...

Le petit malheureux se souleva sur les coudes, s'accrocha au lit, et tenta de se tenir debout. Mais à peine eut-il posé le pied à terre qu'il sentit une douleur atroce ; ses pieds torturés ne pouvaient le soutenir. Il se mit alors à genoux, et fiévreux, secoué par les sanglots, il attira vers lui son violon. Le bâillon placé sur sa bouche l'empêchait d'appeler à l'aide ; il se souvint qu'il avait promis à Marcel de jouer l'air de *Richard* quand il se trouverait seul.

Il saisit l'instrument, l'archet et se mit à jouer.

Pauvre enfant ! il joua comme on crie miséricorde !
comme on demande secours à Dieu quand on est seul,
faible, opprimé, et qu'on se sent mourir...

Il écouta. Marcel ne chanta point... Hélas ! Marcel
venait de descendre chez le père Grimperau pour lui porter à raccommoder les souliers des orphelins. Le musée
du savetier, l'arrivée de M. Golmail, l'installation d'Henri
en qualité d'apprenti, avaient demandé du temps. Enfin
Marcel remonta son escalier, et il venait de s'engager
dans le couloir quand le son du violon de Friquet frappa
son oreille. Il courut à sa chambre, ouvrit la fenêtre et
entendit distinctement l'air de *Richard*.

— S'il l'achève, pensa Marcel, c'est qu'il a besoin de
moi.

Palpitant, penché sur le bord de sa croisée, il écoutait... La dernière note expira sous l'archet au moment où
le typographe entra comme un tourbillon chez Nicole.

La petite fille repassait un bonnet, glissant le *polonais*
dans les bouillons de mousseline. Marcel passa devant
elle comme un orage, saisit la planche aux jupons toute
capitonnée de laine blanche, l'enleva comme une plume,
rentra chez lui, établit son pont volant, de sa fenêtre à la
fenêtre des chanteurs ambulants, et tomba au milieu de
la chambre où gisait Friquet, le violon d'une main, l'archet
de l'autre, bâillonné, l'œil noyé de larmes.

En trouvant son nouvel ami dans cet état, Marcel
pousse un cri d'indignation, dénoue le baillon de Friquet
et couvre le pauvre petit de baisers. Friquet lui montre ses
pieds brûlés et jette ses bras autour du cou de Marcel.

— Je ne puis marcher, dit-il, je ne saurais même me
tenir debout...

— As-tu du courage ? lui demande Marcel ; as-tu confiance en moi ?

— J'ai du courage et vous aime, répond Friquet.

Marcel enlève dans ses bras déjà robustes le corps éma-
cié de l'enfant, pose hardiment le pied sur la planche qui
vacille sous un double poids, et, sans regarder en bas la
cour noire et boueuse, ne voyant rien que le pâle visage
renversé sur son épaule, il arrive au terme de son voyage
aérien, puis redescend dans sa mansarde, où les orphelins achevaient de s'habiller. Marcel dépose Friquet sur
son lit, retire la planche, ferme la fenêtre et dit :

— Allons maintenant consulter la mère Bonie.

Il était vraiment bien temps ! De l'heure où Friquet
apparaissait dans la chambre de Marcel, n'était-il pas
adopté, comme l'avaient été Jean, Robert et Cri-cri ?

— Je viens d'aller le chercher, dit Marcel à la vieille
femme.

— Qui çà ?

— Friquet le joueur de violon.

— Par où ?

— Par les toits, le chemin des moineaux.

— Encore une imprudence ? fit la mère Bonie : qu'allez-vous faire de ce malheureux ? Il n'a que le souffle !

— C'est pour cela que je l'ai pris.

— On n'a jamais vu chose pareille ! s'écria la mère
Bonie, non, ça ne s'est jamais vu ! des orphelins qui
s'improvisent pères de famille, des enfants qui en adoptent d'autres... Enfin, puisque celui-ci est malade, nous
le porterons aux *enfants assistés*.

— A l'hospice ! vous n'y songez pas, mère Bonie...
Vous voulez donc lui prouver qu'il se trouve seul au monde ?... Il est malade, fort malade... et blessé... Je sais ce
que vous voulez dire : nous n'avons pas le moyen de le
garder avec nos faibles ressources... On ne peut lui apprendre de métier tout de suite... Eh bien ! jusqu'à ce

qu'il soit capable de gagner quelques sous, nous lui en-
seignerons des paroles de pardon pour ses bourreaux, et
des mots de bénédiction pour le *Père qui est au ciel.*

— C'est bon ! fit brusquement la mère Bonie ; on va
le voir, votre nouveau protégé.

La vieille voisine entra dans la chambre de Marcel, et
tout d'abord les grands yeux d'ange de Friquet éveillèrent en elle une sympathie profonde. Elle déshabilla le
pauvre enfant, vit sur son corps grêle les ecchymoses
produites par des ongles aigus, les traces bleuâtres des
coups de lanière, des plaies saignantes... Elle aperçut
enfin les pieds nus brûlés !

Alors sanglotant, avec un emportement de tendresse
indéfinissable, elle pressa l'enfant contre elle.

— Marcel a bien assez de trois orphelins, dit-elle, je te
prends et je te garde !

Et la vieille femme emporta Friquet.

— Oh ! mère Bonie ! dit Marcel qui la suivait, mère
Bonie, je le savais bien ! Je vous le prête, et ne vous le
donne pas...

La mère Bonie n'écoutait plus ; elle faisait tiédir de l'eau,
elle courait chercher pour Friquet une des chemises à
Jean. Quand tout fut prêt, elle lava le visage de l'enfant,
peigna ses beaux cheveux d'un blond pâle, lui mit du
linge blanc parfumé par les bouquets de lavande que la
voisine fourrait dans les tiroirs de la commode de Marcel ;
elle enveloppa les pieds blessés, puis borda les couvertures, en disant de cette douce voix cassée des vieilles
gens :

— Je serai ta grand'mère.

— Adieu, Friquet, dit Marcel, je cours à l'atelier... Pour
la première fois, je ne serai pas l'horloge vivante du contre-maître... Au revoir, Robert ; sois sage, mon Jean...

Ne joue pas trop à la marelle, Cri-cri ; ménage le cadeau·
du père Grimperau que nous irons remercier.

La mère Bonie s'approcha de l'apprenti.

— Marcel, dit-elle, je te demande pardon, et puis, je
voudrais .. oh ! je voudrais bien t'embrasser.

Les mains de Marcel tremblèrent dans celles de la vieille
femme ; deux grosses larmes roulèrent sur ses joues ; de
ces belles larmes que donne le contentement du devoir
accompli, puis Marcel dit d'une voix douce, émue et grave
pourtant :

— Dieu est bon, mère Bonie : il vient d'accepter l'hospitalité chez nous... ce qu'on fait en son nom au plus
petit, il le regarde comme fait à lui-même.

XII

HENRI SE RÉVOLTE

Lorsque Marcel fut sorti, la mère Bonie pria Nicole de la remplacer près du lit de Friquet et courut chercher un médecin.

Le docteur, qui possédait un cœur excellent et soignait les pauvres de préférence aux riches, suivit la vieille femme près du lit de Friquet.

Il consulta sa poitrine comprimée, palpa ses membres grêles, visita son corps zébré de cruelles meurtrissures, examina la plante de ses pieds, pansa ses blessures, ordonna un bain, des fortifiants, et dit en sortant à la mère Bonie :

— Où avez-vous trouvé cet enfant ?

— C'est Marcel qui l'a enlevé, monsieur, enlevé avec escalade, d'une chambre voisine, en risquant de se casser le cou... Le petit avait un bâillon pour étouffer ses cris.

— Ainsi, c'est un jeune garçon qui, au péril de sa vie est allé chercher ce pauvre martyr ?... Bien ! c'est bien... Faites pour le mieux... plus de caresses que de remèdes: le cher petit sera bientôt un ange. .

Au lieu de rentrer chez lui, le docteur Aubin se rendit chez le commissaire de police, et lui raconta ce qui venait de se passer rue Saint-Jacques.

— Je connais Marcel, répondit le magistrat, et, sans

qu'il s'en doute, je me suis plus d'une fois inquiété du sort des trois petits Bretons qu'il appelle « ses enfants. » Ce que vous m'apprenez ne me surprend point... Les gens de cœur sont capables d'accomplir tant de miracles Laissons provisoirement Friquet chez ses protecteurs.. Quant au chanteur et à sa femme, je prendrai des mesures...

Quand le docteur eut quitté le commissaire de police, celui-ci donna rapidement quelques ordres à ses subordonnés.

Vers le soir, Vaurien et sa compagne, regagnant leur gîte, ne virent point quatre agents qui les guettaient au passage. A peine les musiciens furent entrés dans l'allée que de lourdes mains s'abattirent sur leurs épaules. Aucun d'eux n'essaya de résister, et le soir même ils couchèrent en prison.

La mère Bonie apprit leur arrestation à Friquet.

L'enfant regarda la vieille femme avec un air sérieux.

— La charité de Marcel m'a rappelé une belle prière : *Pardonnez-nous nos offenses comme nous pardonnons.*

Il ajouta d'une voix plus lente :

— Les enfants pauvres, délaissés, qui ont connu la faim, la soif ; les enfants sans mère qui oublient le mal et se montrent reconnaissants du bienfait, que deviennent-ils quand ils meurent ?

— Des anges, répondit la mère Bonie.

— Des anges ! répéta Friquet, j'en ai vu dans les églises et dans mes rêves... ce sont de beaux enfants à chevelure dorée, ayant aux épaules des ailes comme les oiseaux... Ils entourent le Sauveur, jouent avec les palmes des martyrs et les couronnes de roses des vierges ; ils chantent des cantiques harmonieux en volant sur les grands arbres du paradis... Et moi faible, moi laid et chétif, je deviendrai rayonnant comme eux, je planerai au-dessus des nuages, je descendrai, durant la nuit, consoler les orphelins malheureux...

— Mais tu ne mourras pas! s'écria la vieille femme.

— Qu'est-ce que je deviendrai, si je ne meurs pas?... On m'a tellement torturé que je ne saurais exercer un état... Qui sait si la souffrance et les infirmités ne me rendraient pas méchant ?

— Non, répondit la mère Bonic ; ton cœur est bon ; tes pensées resteront simples et miséricordieuses... Les parfums ne s'aigrissent que dans les vases impurs... Cette maison est une énorme ruche de travailleurs ; nous te trouverons une occupation en rapport avec ta faiblesse... Calme-toi, dors, je ne te quitterai point.

— Eh bien ! je vais dormir... grand'mère Bonie.

Friquet donna ce titre à la vieille femme avec une telle expression de tendresse que des larmes lui montèrent aux yeux... Elle sourit, embrassa Friquet ; puis, le voyant paisiblement endormi, elle vaqua aux travaux de son ménage.

Tandis que ceci se passait dans la maison de la rue Saint-Jacques, l'échoppe de Grimperau devenait le théâtre de scènes bien différentes.

Exaspéré par l'arrêt de son père qui le condamnait à devenir l'apprenti d'un savetier, Henri se jura de ne point obéir. Assis sur son escabelle, un tablier de cuir passé au cou, les souliers de Cri-cri, de Robert et de Jean sur les genoux, il resta les bras croisés, le regard railleur, la bouche dédaigneuse. Grimperau ne parut pas remarquer cette attitude agressive. Il comprenait qu'Henri avait besoin de se calmer et de raisonner avant de commencer son travail. Une demi-heure après l'arrivée du collégien dans son échoppe, Grimperau se souvint qu'il

devait faire une course pressée. Il se leva ; puis, s'arrê-
tant sur le seuil de la boutique, il dit d'une voix calme
au fils de M. Golmail :

— Si les trois paires de souliers ne sont pas nettoyées
quand je rentrerai, vous ne souperez pas ce soir.

— Soit ! dit Henri, mais j'aime mieux mourir de faim
que de m'occuper de cette vilaine besogne.

— Nous verrons, répliqua posément Grimperau.

Le savetier sortit, laissant Henri seul dans la boutique
dont il ferma la porte à clef.

Henri le regarda s'éloigner avec un vif sentiment de
joie.

— Non, murmura-t-il, non, je ne deviendrai pas savetier. Mon père me chasse, mon père a cessé de m'aimer,
je me tirerai d'affaire tout seul... Les prisonniers gardent
le droit de s'évader ; on me traite en coupable, on me
met sous clef, tantpi pour mon père et pour Grimperau... Il me reste dix francs dans ma poche, c'est assez
pour aller loin ; je quitterai d'abord cette boutique, puis
je m'enfuirai de Paris, et mon père ne me verra plus,
plus jamais...

Henri monta sur son escabelle et tenta d'ouvrir la fenêtre, mais il n'en put venir à bout ; redoutant le retour
prochain de Grimperau, et résolu à agir tout de suite, il
grimpa au bord de la croisée servant de vitrine, enveloppa sa main dans un mouchoir afin de la garantir contre
les coupures de verre, puis, saisissant le marteau servant au savetier à enfoncer les clous dans le talon des
souliers, il se mit à briser à tour de bras le vitrage et les
minces traverses de bois. Les carreaux éclatèrent, les
châssis ébranlés s'inclinèrent en avant, et Henri allait
passer par la brèche quand un sergent de ville se plaça
subitement devant lui.

8

— Ah ! garnement, dit-il, vous détériorez l'immeuble du père Grimperau, un homme patenté, estimé de tout le monde ! votre affaire est bonne ! en route ! et vivement, pour aller chez M. le commissaire.

— Le commissaire ! répéta Henri effaré.

— Ah ! çà, croyez-vous qu'un apprenti garde le droit de ruiner son maître ?

— Monsieur, dit Henri devenu subitement très-inquiet, ne me conduisez pas chez le commissaire, je paierai le dégât... Voyez, j'ai dix francs dans ma poche...

En ce moment, on entendit une voix fêlée crier *Vl'à v'trier !*

Un homme portant un crochet, chargé de vitres de grandeurs diverses, regardait aux différents étages des maisons attendant un signe des ménagères maladroites.

— Vitrier, cria le sergent de ville, à combien estimez-vous le dégât.

— A dix-huit francs, sans compter la menuiserie, et c'est un prix doux, en raison de l'honnêteté de Grimperau.

— Vous voyez, dit le sergent de ville en s'adressant à Henri qu'il continuait à secouer assez rudement.

— Monsieur... Monsieur, je vous en prie, ne me conduisez pas chez le commissaire ; mon père s'appelle M. Golmail... Il est banquier, et riche, très-riche...

— Quel conte ! fit le sergent de ville ; votre père banquier, millionnaire, et il vous a mis en pension chez Grimperau, histoire de vous former aux belles manières... En route... En route...

— Voici Grimperau, dit Henri en résistant, demandez-lui si je ne dis pas la vérité.

Le savetier apparaissait en effet à quelque distance. Il marchait lentement et paraissait réfléchir. Arrivé à quelques pas de sa boutique, il laissa échapper un cri de stupéfaction à l'aspect de la devanture brisée et du sergent de ville qui maintenait Henri par l'épaule.

— Cet enfant ne vous a point menti, répondit Grimperau à l'agent, il est bien le fils de M. Golmail... un ingrat oublieux des bontés de son père, un paresseux qui refuse de s'instruire... Il ne possède pas assez pour réparer le dommage, mais je retiendrai la différence sur ses journées, quand il sera capable de gagner de l'argent. Enlevez tout le châssis, vitrier, le temps est doux, nous travaillerons sans croisée, et nous verrons mieux les passants. Rapportez l'ouvrage fini dans deux jours.

— A votre considération, père Grimperau, répondit le sergent de ville, je vous laisse ce rien-qui-vaille d'apprenti... Mais soyez tranquille, j'aurai désormais l'œil sur votre boutique.

Henri se recula dans l'angle le plus obscur de l'échoppe, et rempli de frayeur à la pensée que son père pourrait le châtier plus sévèrement encore, il saisit un des souliers de Cri-cri et se mit à enlever la boue sèche qui en couvrait la couture et les semelles.

Il était fort occupé de cette besogne quand un *hourra* formidable retentit à ses oreilles.

XIII

LES ENFANTS TERRIBLES

Une dizaine d'élèves du lycée Henri IV, condisciples de la veille d'Henri Golmail, venaient de s'arrêter devant la boutique de Grimperau.

— La bonne farce ! s'écria l'un d'eux, Henri cordonnier... Henri le dédaigneux, Henri qui refusait d'apprendre par cœur Virgile et de traduire Homère ! Henri va faire des *cnémides* pour « Achile aux pieds légers ! »

— On ferait une jolie fable avec ce sujet, ajouta un autre : *le savetier et le fils du financier*... Lui qui se moquait des maîtres, et qui envoyait des boulettes de mie de pain sur le nez du pion ! Oh ! cette tête ! comme on dit en grec.

L'aîné des lycéens ouvrit la porte de la boutique, se déchaussa, et posant son pied sur un haut tabouret de cuir :

— Monsieur, dit-il à Grimperau, voulez-vous me prendre la mesure d'une paire de souliers.

Le visage du savetier s'éclaira :

— Certainement, répondit Grimperau, et ne craignez rien, mon jeune monsieur, vous aurez du bon ouvrage, élégant et solide.

Grimperau prit son *pied de roi*, inscrivit le point de la chaussure de son nouveau client ; puis il ajouta :

— Je vous les porterai dans huit jours.

— Je les essaierai auparavant, dit le lycéen en regardant Henri d'un air qui signifiait : je me ménage le plaisir de revoir ici mon ancien camarade.

— A peine Grimperau eut-il pris la mesure de son premier client que chacun des jeunes garçons dit à son tour :

— A moi, monsieur, c'est mon tour ! Je veux aussi des souliers.

Grimperau mesurait, inscrivait, souriait, tandis que les lycéens criblaient Henri de leurs plaisanteries. Il avait été méchant camarade, molestant ceux qui étaient pauvres, rudoyant les petits, se moquant un peu de tous. Il ne comptait pas un seul ami, et l'occasion était belle pour ses condisciples de se venger des épigrammes, des insolences et des brutalités d'Henri Golmail. Les rires insultants, les railleries, les paroles amères ne lui furent pas épargnés. Il pleurait de rage, les doigts crispés dans ses cheveux, murmurant des menaces, et n'osant regarder en face ses compagnons de classe.

Ceux-ci s'éloignèrent en criant :

— Bon courage ! Henri. Nous vous amènerons de la clientèle, monsieur le savetier. Soyez tranquille, vous deviendrez millionnaire comme le père de votre apprenti.

A peine la troupe de collégiens qui s'était montrée sans pitié pour celui qui n'avait jamais été doux, compatissant et bon, se fut éloignée, qu'Henri, saisi d'une rage furieuse, tremblant de colère et frémissant de honte, saisit une *forme* qui se trouvait à portée de sa main, et la lança à la tête du vieux savetier.

Celui-ci baissa le front, mais pas assez vite cependant, car sa tempe fut effleurée par le bloc de bois, et un filet de sang coula sur sa joue ridée.

8.

Il devint très-pâle, et dit à Henri Golmail :

— Votre père vous a traité de fils ingrat, il ne vous manque plus que de devenir un assassin.

La vue du sang ruisselant sur le visage de Grimperau produisit sur Henri une impression terrible. Il tomba accablé sur son escabelle, sans pouvoir détacher ses yeux de la figure blême du savetier. Il semblait à l'enfant que sa colère, sa haine fondaient à mesure que s'épanchait le sang de la blessure qu'il venait de faire. Il aperçut au même moment le sergent de ville qui, deux heures auparavant, l'avait menacé de le conduire chez le commissaire pour un fait beaucoup moins grave, et il fut pris d'une terreur folle, à la pensée que Grimperau allait le dénoncer. Cette fois, il s'agissait de la prison ! Et la prison serait bien pire encore que l'échoppe du savetier.

La promenade du sergent de ville, qu'on appelait Givry, le rapprocha de l'échoppe. Il aperçut Grimperau lavant sa tempe saignante, et demanda au savetier avec un sentiment de commisération très-sincère :

— Vous êtes blessé ?

— Oh ! ce n'est rien, répondit doucement Grimperau... Vous savez, ajouta-t-il en jetant un regard sur Henri, les mauvaises têtes se guérissent vite, on ne doit désespérer que des mauvais cœurs.

— Voulez-vous que je prévienne un médecin ?

— Non ! non ! Givry : ce n'est pas la peine, de l'eau et une compresse, voilà tout... Merci de votre bonté.

Le sergent de ville s'éloigna, et Grimperau, quittant sa boutique, rentra dans la chambre et s'occupa du souper. Quand le repas fut prêt, Grimperau revint à l'échoppe, en ferma les volets de bois, et dit à Henri :

— Passez dans l'arrière-boutique.

L'apprenti obéit silencieusement.

— Vous n'avez commis que le mal aujourd'hui, lui dit le savetier, et vous n'avez pas gagné votre pain... cependant, si vous voulez de la soupe, tendez votre assiette.

— Je n'ai pas faim, répondit Henri.

— Alors, reprit le savetier, vous êtes libre de vous étendre sur cette paillasse.

Henri se jeta sur ce lit improvisé. Il se trouvait dans un état complexe, impossible à décrire. D'une part il était résolu à lutter contre la volonté parternelle ; de l'autre, le silence gardé par Grimperau le remuait profondément. Cet homme n'éprouvait donc pas de haine contre lui. Il avait pu se venger, il ne l'avait pas fait. Combien durerait la punition imposée par M. Golmail ? — Le temps d'apprendre à confectionner une paire de souliers. — Plus vite Henri saurait faire des souliers, plus vite il quitterait l'échoppe dans laquelle il se trouvait exposé aux railleries de ses anciens camarades. Mais travailler, manier le tranchet, le tire-pied, se salir les mains avec la poix, se couper les doigts en tirant le ligneul, cela était dur, terriblement dur...

Et Henri s'endormit avant d'avoir pris la résolution d'obéir à son père, ou de s'être affermi dans sa révolte. Grimperau le réveilla.

— Il faut vous lever et balayer la boutique, dit-il.

— Moi ! balayer...

Henri ne termina point sa phrase : ses regards venaient de se fixer sur les bandages sanglants, entourant le front du savetier.

Il s'habilla à la hâte, mais il ne mit point sa tunique de lycéen aux boutons d'or, et passa son tablier de cordonnier par-dessus son gilet, de telle sorte qu'on voyait les manches de sa chemise de fine batiste.

— Vous aurez froid ? lui dit Grimperau.

— Non ! non, répliqua vivement Henri.

— Après cela, vous avez raison à un point de vue... les enfants qui veulent étudier sont seuls dignes de porter l'uniforme du travail. On enlève au soldat indiscipliné son uniforme, le lycéen paresseux ne doit pas revêtir sa tunique.

Henri ne répliqua rien et s'avança vers l'échoppe.

— Vous ne faites pas de prière ? lui demanda le savetier.

— Non, répondit Henri ; pourquoi prierais-je ?

— Pour demander à Dieu votre pain quotidien, et le supplier de vous délivrer du mal.

Henri Golmail baissa la tête ; il se souvint de s'être agenouillé près de sa sœur Angèle et d'avoir récité avec elle l'*Oraison* renfermant toutes les demandes intéressant la vie matérielle et la vie du cœur de l'homme. Mais depuis quelques jours, il vivait en pleine révolte et ne savait plus prier.

Il saisit le balai que lui montrait Grimperau, et comme de la rue déserte personne ne pouvait le voir, il le mania avec une gaucherie égale à sa hâte d'avoir terminé cette besogne. On n'a pas impunément treize ans, et Henri avait grand'faim.

Aussi, quand Grimperau lui tendit une assiette remplie de soupe aux choux, le fils du millionnaire la mangea-t-il de bon cœur. Son repas terminé, il se ménagea dans l'échoppe une place où il disparaissait comme un rat dans son trou, et reprit le travail dédaigné la veille. Il ne le fit point avec entrain, mais il se soumit, parce qu'il comprenait l'impossibilité de la résistance. Du reste, chaque fois qu'il laissait maladroitement tomber son soulier, ou jetait son outil avec impatience, Grimperau le regardait sans rien dire, et portait la main au bandeau taché de sang entourant sa tête. Henri rougissait, baissait le front et reprenait sa tâche.

Le soir, la scène des collégiens se renouvela. Le savetier inscrivit quinze demandes de paires de chaussures, et le soir même il se mit en quête de trouver des ouvriers capables de l'aider.

— Venez avec moi, dit Grimperau à l'apprenti ; à votre âge, on a besoin d'exercice.

Le savetier parcourut avec lui diverses boutiques, monta dans des chambres remplies de travailleurs laborieux, intelligents et sobres. Il embaucha trois cordonniers, et revint chez lui d'un pas plus allègre.

Le lendemain, une longue table fut installée dans l'arrière-boutique ; les ouvriers se mirent à la besogne, et Henri, s'approchant tremblant de Grimperau, lui demanda d'une voix soumise :

— Voulez-vous me permettre de rester ici ?

— Travaillerez-vous ?

— Je travaillerai.

— Alors j'y consens, répondit Grimperau.

XIV

VISITE D'ANGÈLE

Tandis que son apprenti et ses ouvriers coupaient le cuir et préparaient la besogne, Grimperau reprenait sa place dans l'échoppe. Margot la pie semblait d'une joie folle ; elle quittait sa cage, se promenait sur le bord de la fenêtre dégarnie de châssis, appelait les passants, répétait des refrains populaires, sautillait sur le trottoir et battait des ailes en éclatant de rire.

Depuis un moment, une mignonne petite fille d'une dizaine d'années, accompagnée d'une gouvernante à la physionomie calme et douce, regardait tour à tour la pie et le savetier. La fillette vêtue avec élégance paraissait en ce moment très-inquiète et fort troublée.

— C'est là, mademoiselle Emmy ; vous souvenez-vous de la description de l'échoppe faite par mon père ?... Oh ! le cœur me bat, me bat...

— Si vous le désirez, nous rentrerons, Angèle ?

— Non, mademoiselle, je m'armerai de courage.

La fillette, sans doute pour augmenter la dose d'énergie dont elle sentait le besoin, saisit la main de l'institutrice et l'entraîna vers l'échoppe,

— Monsieur, dit Angèle d'une voix très-douce, en levant vers le savetier de grands yeux bleus craintifs, monsieur...

— Qu'y a-il pour votre service, ma mignonne demoi-

selle ? demanda Grimperau ; venez-vous pour une commande ?

Depuis que les élèves du lycée Henri IV l'avaient choisi
pour cordonnier, Grimperau retrouvait le sentiment de
sa valeur.

— C'est cela, répondit rapidement Angèle, je viens
pour une commande... Il me faut des bottines.

— Dans quel style ? demanda Grimperau qui ne doutait plus de rien.

— Mon Dieu, dans un style de petite fille, vous comprenez, n'est-ce pas ?

— Oui, pour les enfants, je sais, des chaussures bleues,
bleues comme le ciel, pour garantir les petits pieds
roses... J'ai vu des *petons* d'enfant comme ça ! Je les ai
tenus dans ma main, sous mes lèvres... Des souliers ! ce
sont des souliers bleus qu'il vous faut...

— C'est cela ! répondit rapidement Angèle. Mais vous
pleurez... Vous ai-je fait de la peine ?

— Ce n'est rien, rien mademoiselle.

Angèle se pencha vers sa gouvernante.

— Il pleure, mademoiselle Emmy ; il est bon.

— Je le crois, répondit l'institutrice.

— C'est que, dit le savetier, j'ai besoin de prendre
mesure, et il faudrait entrer dans l'échoppe... Pour une
belle demoiselle comme vous.

Angèle ouvrit la porte de l'échoppe, s'assit en souriant
sur un haut tabouret et tendit son petit pied à Grimperau.

— Monsieur, dit-elle avec une timidité émue, n'avez-
vous pas un apprenti ?

— Oui, mademoiselle, répondit Grimperau en écri-
vant un chiffre.

— Il ne travaille donc pas dans la boutique avec vous ?

Il m'a prié de le laisser dans la chambre, avec les ouvriers.

— Ne me faites pas les souliers étroits, n'est-ce pas ? je ne suis ni une chinoise ni une cendrillon... Est-ce que... excusez-moi, monsieur, est-ce que je ne pourrais pas voir votre apprenti ?

— Mon apprenti... vous voulez voir mon apprenti !...

— Oh ! monsieur, si papa vous a défendu de le laisser parler à qui que ce soit, faites pour moi une exception... Henri, le pauvre Henri est mon frère...

— Quoi ! ma mignonne demoiselle, vous êtes la fille de M. Golmail ? Ne tremblez pas ! ne pleurez plus ! Je ne suis point un croquemitaine... J'ai eu des enfants, voyez-vous, et l'amour paternel attendrit le cœur pour toute la vie... Votre frère est entré hier dans une révolte ouverte; il a tout cassé ici... Ce matin il semble presque résigné. Mais ce n'est point assez de subir l'épreuve, il faut l'accep_ ter. Tâchez d'opérer un miracle ; adoucissez cette nature rebelle, calmez cet esprit méchant et railleur, faites qu'il vous ressemble un peu.

Grimperau ouvrit la porte de l'arrière-boutique. Angèle y entra, et, apercevant Henri, elle courut se jeter à son cou.

— Mon frère ! mon Henri ! dit-elle, me voilà. As-tu pensé que je t'abandonnerais ? Mon père t'a puni ; mon père ne peut vouloir que ton bien. Soumets-toi. Au collége on t'accablait de *pensums*, cette fois ton *pensum* est de faire une paire de souliers... Obéis, je t'en supplie, c'est le seul moyen de rentrer à l'hôtel, de reprendre ta place au foyer...

— Soit ! dit Henri, je la ferai, cette paire de souliers, mais ce sera de force. Je plierai, je ne me soumettrai pas. Je n'oublierai jamais que mon père m'a châtié d'une façon plus cruelle que toutes les férules. Si tu avais vu mes camarades éclater de rire, en me voyant ce tablier de cuir au cou !.. Quand je serai grand, oh ! quand je serai grand...

— Quand tu seras grand, répondit Angèle, tu sauras le latin, le grec et le métier de cordonnier par-dessus le marché, et tu trouveras que notre père avait raison. Mais, à cette heure, il ne s'agit point de deviner ce que tu penseras dans huit ou dix ans... Je pleure comme une fontaine depuis ton départ; regarde mes yeux comme ils sont rouges... J'oublie mes cyprins dorés, je néglige mes oiseaux des îles, je ne vais plus dans la serre où nous avons lu tant d'histoires de voyage, à l'ombre des grands palmiers de mon père... Travaille pour moi qui pleure, qui souffre, qui t'aime ! Est-ce qu'il faut beaucoup de temps pour apprendre à confectionner une paire de souliers ?

— Peut-être autant que pour devenir bachelier, répondit Henri.

— Je ne pense pas ! Je prierai ton maître...

— Grimperau, dit Henri.

— Je prierai Grimperau de t'enseigner tout ce qu'il sait... Pauvre homme ! il me semble très-bon... Il a eu des enfants, et ces enfants sont morts, puisqu'il les pleure... Sais-tu pourquoi il porte un bandage au front ?

— Non, répondit Henri d'une voix étranglée.

— Je vais bien te recommander à lui, et je viendrai souvent, très-souvent pour t'encourager.

— Ah ! tu vaux mieux que moi ! dit Henri.

— Tu ne te fais pas de compliments. Mlle Emmy affirme que je suis remplie de défauts... Me promets-tu de travailler ? Je vois un oui dans ton regard. Tiens, voici mes économies ; en as-tu besoin ?

— Donne ! donne! dit Henri qui songea à la réparation du vitrage.

9

La mignonne vida sa bourse dans les mains de son frère, l'embrassa bien fort, et rejoignit Mlle Emmy, qui, tout en lissant les ailes de Margot, semblait avoir avec le savetier une conversation très-intéressante.

La journée se passa tranquillement.

Après le souper, Grimperau prit les souliers de Cri-cri ornés par Henri, au bout de la semelle et au talon, d'une double rangée de clous ; les chaussures de Robert et de Jean, recousues et agrémentées de « béquets ; » puis, nouant le tout dans une toile verte, il remit le paquet à Henri Golmail en disant :

— Allons reporter notre ouvrage chez les Robinsons.

XV

Au moment où Grimperau et son apprenti pénétrèrent dans la chambre de la mère Bonie, cette pièce présentait un aspect curieux.

Friquet, assis dans un lit proportionné à sa taille, et charitablement prêté par une voisine, regardait des images accumulées sur les couvertures. Quoique très-pâle et fiévreux encore, il semblait reprendre un peu de vie.

Assise près d'une table, Nicole, ayant à ses pieds une corbeille remplie de linge qu'elle devait repriser avant de le repasser, faisait courir son aiguille dans la toile usée, et remplaçait les boutons absents.

Quatre petits voisins copiaient des modèles d'écriture : Robert, Jean et Cri-cri corrigeaient leurs devoirs avant de les remettre à Marcel.

Le père Pyramide fumait sa pipe brune et courte, tout en regardant Nicole d'un air attendri. M. Rolier expliquait tout bas à Marcel un passage difficile du livre qu'il tenait à la main, et la mère Bonie surveillait sans bruit la bouilloire qui commençait à chanter.

Sur des tabourets, sur la commode, nichés dans les angles ou perchés sur des meubles, se tenaient Mathieu le gâcheur, François l'apprenti serrurier, Louis Joblin qui maniait déjà le rabot, Benoît qui savait les noms de toutes les pièces d'une horloge et commençait à les assembler ; Jacquet qui travaillait chez un mécanicien, et Germaine la fleuriste, une fillette de douze ans qui gagnait déjà des semaines assez rondes. Tout ce jeune monde avide d'instruction, courbé sur les livres, apprenait avec un bruit léger les leçons du lendemain. On aurait dit un susurrement de sauterelles dans un champ de blé.

L'entrée du savetier et d'Henri fit lever toutes les têtes.

Marcel courut au-devant du savetier ; puis il appela Cri-cri, Jean et Robert.

— Regardez-moi ces enfants, dit-il, les voilà chaussés pour longtemps, grâce à vous ! Embrassez le père Grimperau, mes amis, on ne doit jamais avoir honte de recevoir les services des honnêtes gens.

— Je vous apporte les vieilles paires raccommodées, reprit le savetier... et n'oubliez pas de vous adresser à moi quand il faudra du neuf pour les petits... Vous travaillez tous, nous dérangerions vos écoliers.

— Nullement, répondit Marcel, l'heure de l'étude est finie ; j'ai rapporté de l'imprimerie les épreuves d'une histoire et j'allais en faire la lecture à nos petits voisins. Si vous voulez rester, ainsi que... monsieur votre apprenti, ajouta Marcel en examinant assez curieusement Henri, nous vous ferons place de grand cœur.

— Eh bien ! nous restons, répondit Grimperau, mais à la condition que vous ne vous occuperez pas de nous. Il y a deux auditeurs de plus dans cette chambre, voilà tout.

— C'est entendu... fermez les cahiers et les livres, mes enfants, je vais vous lire une histoire vraie qui m'a fait pleurer, tandis que je la composais.

Un bon fils

Le vieux curé d'une paroisse d'Aurillac se trouvait dans son cabinet, quand sa vieille servante ouvrit la porte et lui dit :

— Monsieur l'abbé, voici le billet d'hôpital que vous avez demandé pour Mme Vigier.

— Allons, murmura le vieillard, malgré la charité de tous, il faut en venir aux dernières extrémités... Pauvre femme ! pauvre mère ! Elle a déjà subi tant de douleurs qu'elle acceptera celle-ci ; mais comment apprendre à Jean la détresse de sa mère ? Rassemblons notre courage, et initions ce pauvre petit au secret qu'il ignore... Marguerite, rends-toi au collége, demande Jean Vigier, et ajoute que je désire le voir.

La gouvernante regarda tristement son maître et sortit.

Demeuré seul, le pasteur prit un dossier composé de pièces de diverses sortes : lettres, procédures, factures et livres de comptes. Il classa le tout dans un ordre méthodique, et plus d'une fois, il sentit ses yeux humides. C'est qu'en effet nul ne méritait mieux l'intérêt que cette dame Vigier, dont chaque pièce du dossier lui retraçait l'histoire. Fille d'un riche négociant, mariée à un homme honorable, elle avait longtemps vécu dans le luxe et le bonheur. La faillite d'un de ses correspondants porta une première atteinte à la fortune de M. Vigier ; il rétablit cependant ses affaires, mais des pertes successives le frappèrent, son crédit fut ébranlé, et l'honneur ne resta sauf qu'au prix de douloureux sacrifices. Tant qu'il fut possible de lutter, tant qu'il put croire qu'il pouvait arracher des épaves à ce sinistre, le négociant demeura ferme au milieu de douloureuses épreuves. Mais quand il comprit que ses illusions croulaient une à une, il se sentit frappé à la mort. Cependant il ne fut pas réduit à déposer son bilan, l'honneur resta sauf ; mais l'homme, sentant son âme brisée, comprit qu'il ne survivrait pas à tant de coups. La fièvre le saisit, et au bout de quelques jours il laissait une veuve et quatre orphelins.

Toute la ville d'Aurillac s'intéressa à cette famille. Les trois aînés entrèrent dans des maisons de commerce, le plus jeune resta près de sa mère. C'était un enfant doux, intelligent, affectueux. Les souvenirs laissés par le père plaidèrent la cause du fils ; le préfet ne voulut point que Jean interrompît ses études et une bourse lui fut accordée au collége.

L'enfant travailla avec un zèle admirable. Il comprenait que sa mère aurait plus tard besoin de lui. On lui avait caché les pertes d'argent subies par son père. Le jeudi quand il sortait, Mme Vigier, à force d'art, réussissait à rendre une sorte de luxe à son appartement. D'ailleurs Jean ne voyait que sa mère, il était si jeune et si peu habitué à compter !

La santé de la veuve s'altéra ; il lui devint impossible de continuer les travaux d'aiguille qui la faisaient vivre. Un jour, elle se trouva sans forces pour quitter son lit ; le lendemain une voisine s'inquiéta, entra chez elle, et trouva Mme Vigier sans connaissance. On courut prévenir le pasteur ; celui-ci se concerta avec le préfet ; tous deux furent d'avis qu'il fallait envoyer la veuve à l'hospice, où elle serait traitée du reste avec tous les égards dus à son malheur.

Une demi-heure après avoir donné ordre à sa servante d'aller chercher l'orphelin au collége, l'abbé Azémard vit entrer Jean, qui se jeta avec tendresse dans les bras de son protecteur

— Oh ! je vous remercie de me faire sortir aujourd'hui, lui dit-il. Le soleil est si beau, et j'ai si bien travaillé pendant la semaine !

— Oui, mon enfant, je le sais, vos notes sont excellentes... Vous deviendrez un honnête homme... Il faut tremper son âme de bonne heure, mon cher Jean, afin de ne jamais se laisser abattre par l'adversité. Les orphelins, plus que tous autres, ont besoin du Père céleste... Plus tard, les larmes se changent en joie... Il ne faut jamais perdre l'espérance...

Le pasteur se leva pour chercher le billet d'hôpital et achever sa pénible confidence. Au même moment la servante entra.

— Monsieur, dit-elle, Jacquinet le couvreur vient de tomber du haut d'un toit, il vous fait demander.

— Mon enfant, dit le saint vieillard en embrassant le collégien, je ne serai pas longtemps absent... Attends-moi ici... Surtout n'ouvre pas mon bréviaire.

Resté seul, Jean alla d'abord à la fenêtre et regarda le jardin plein de roses ; puis il revint du côté de la table, et toucha aux menus objets qui l'encombraient : plumes, canifs, couteaux à papier. Il regarda ensuite de gros livres entassés, en lut les titres, vit le mot *bréviaire* sur l'un d'eux et le posa tranquillement à sa place. Cependant il éprouvait une sorte d'agitation et tournait autour des meubles avec impatience. Il connaissait les gravures décorant la muraille, et cependant il les regarda l'une après l'autre. Machinalement il revint ensuite du côté du volume. Certes il ne songeait point à enfreindre la défense de son bienfaiteur ; puis il possédait assez l'histoire sainte la mythologie et les contes bleus pour savoir que la désobéissance et la curiosité sont sévèrement punies. Bien souvent Jean s'était dit : « Si j'avais été à la place d'Adam

j'aurais mangé de tous les fruits, excepté du fruit défendu..»
Quand il lisait les allégories de la poésie païenne, il se
demandait comment Pandore avait pu ouvrir la boîte
mystérieuse qui lui était confiée. S'il se souvenait du
conte de Barbe-Bleue qui servait jadis à l'endormir, combien il blâmait la désobéissance de la dernière épouse
du terrible sire. Ne pouvait-elle vivre heureuse dans son
château, sans s'inquiéter de voir ce que contenait un
cabinet où elle n'avait nul besoin d'entrer?

Sans qu'il se rendît un compte exact de se qui se passait en lui, Jean se sentit plus troublé qu'affermi par ces
souvenirs. Ces grands désobéissants lui inspirèrent une
sorte de pitié. Sans nul doute l'arbre du paradis avait
une apparence faite pour tenter... Et puis cette boîte de
Pandore, un bijou de ciselure, une merveille de l'art...
Enfin, si la Barbe-Bleue ne voulait pas qu'on ouvrît son
cabinet, que n'en gardait-il la clef dans sa poche? Mais
non, cette clef, il la confiait à sa femme... et cette
clef était d'or... Une clef d'or! il semble qu'elle doit donner entrée dans une chambre remplie de curiosités étranges et la pauvre petite femme avait voulu voir... Le vieux
pasteur ne parlait que de son bréviaire ; Jean y avait lu
souvent de pieuses légendes, il connaissait les images
qu'il renfermait entre ses feuillets, et plus d'une fois le
curé lui en avait donné une... Sans doute il en avaît
acheté de beaucoup plus belles, et ménageait une surprise à son jeune ami... S'il entr'ouvrait seulement le
volume! Non, il a promis...

Jean quitte la table, va, revient, se tourne vers la fenêtre, reprend le volume et le feuillette...

Hélas! le pauvre enfant! c'est le billet d'hôpital qui
frappe sa vue... La détresse de sa mère, voilà ce que le
digne pasteur voulait lui laisser ignorer encore... Il le lui

aurait dit, il le fallait bien, mais en même temps il lu aurait parlé de résignation et d'espérance... Sa mère à l'hospice ! Sa mère qui l'a comblé de soins et de tendresse, qui veilla près de son lit, qui l'a bercé dans ses bras... Mais de quoi vivait-elle donc avant qu'elle tombât malade ? et lui qui se sentait si gai au collège sans savoir, sans se douter...

Pauvre Jean ! Il tombe affaissé sur une chaise ; les sanglots l'étouffent ; un moment, il s'abandonne à sa douleur et pousse de profonds soupirs ; puis il se calme, essuie ses yeux, place le billet d'hôpital sur le bréviaire, car il veut avouer la faute dont il s'est rendu coupable ; puis, quittant le cabinet du pasteur, il sort sans bruit de la maison du curé. Pour rendre visite à son protecteur, Jean avait revêtu son costume le plus propre ; il revient au collège, prend les vêtements qu'il porte durant la semaine, puis il rentre chez son bienfaiteur qui venait de remplir sa mission consolatrice près du pauvre couvreur.

Au premier regard jeté sur son bureau, le curé comprit l'indiscrétion commise par son protégé. Ne le trouvant ni dans la maison, ni dans le jardin, il interrogea Marguerite et il allait envoyer chez Mme Vigier, quand il vit paraître devant lui le coupable, pâle, mais conservant un calme parfait qui surprit le vieux curé.

— Mon pauvre enfant ! lui dit celui-ci avec douceur, tu viens de pécher par curiosité et tu as été puni par ton péché même... Tu es allé te cacher pour pleurer, il fallait que ton cœur se dégonflât.

— Monsieur, répondit Jean, si j'ai pleuré, je ne pleure plus... J'ai commis une faute en ouvrant ce livre malgré votre défense, je me repens, et je vous demande pardon... En même temps je viens vous faire connaître ma résolu-

9.

tion bien arrêtée. Jamais ma mère n'ira à l'hôpital ; croyez-moi, elle en mourrait de chagrin.

— Non, mon enfant, elle est résignée.

— Ne le croyez pas, monsieur ; elle ira s'il le faut à l'hospice par dévouement pour moi, mais elle ne résistera point à ce nouveau chagrin... Je ne rentrerai pas au collége, je resterai près de ma mère et je la soutiendrai.

— Toi, mon enfant !

— Un enfant devenu subitement un homme, et prêt à commencer sa tâche,

— Mon petit ami, tu es un bon fils, et Dieu t'en tiendra compte... Réfléchis, songe à tout, n'agis pas sous l'influence d'une exaltation passagère... Ta mère est ruinée, tu as neuf ans et demi ! que feras-tu pour nourrir ta mère ?

— Je l'ignore, mais moi vivant, elle n'ira point à l'hôpital.

— Tu as une bourse au collége, Jean ; tes études finies, tu trouveras un emploi lucratif.

— Croyez-vous que ma mère vive jusque-là si elle entre à l'hospice ?

— Mon Dieu ! mon Dieu ! cela est horrible ! J'ai beau chercher ce que tu pourrais faire pour gagner ta vie, je ne trouve pas.

— Vous oubliez mes frères ; nous sommes quatre...

— C'est vrai ; tes aînés gagnent d'assez beaux appointements...

Le pasteur soupira et n'acheva pas.

— Il faut que je voie le préfet ! s'écria-t-il ; reste-là, je reviendrai dans une heure.

Un quart d'heure après, le vieillard entrait chez le haut fonctionnaire.

— Eh bien ! mon cher abbé, demanda celui-ci, votre protégée est-elle entrée à l'hospice ?

— Hélas non, monsieur le préfet !

— Elle ne refuse point d'y entrer, cependant.

— Pauvre femme ! elle comprend que cela est indispensable... C'est son fils Jean qui ne veut pas... Il affirme qu'elle en mourrait de chagrin... Il m'a déclaré qu'il ne rentrerait plus au collége, et qu'il soignerait et nourrirait sa mère... C'est un brave enfant ! Je suis venu prendre votre avis, monsieur le préfet... Jean a trois frères ; peut-être en réunissant leurs efforts...

— Mon cher abbé, je juge assez mal les frères de Jean ; ce sont des égoïstes... Toute la tâche va retomber sur Jean qui a neuf ans et demi... Laissons faire, pourtant ; la societé a besoin d'exemples de dévouement et de vertu... Si Jean succombe, elle lui viendra en aide... Il est salutaire que de temps en temps, se manifeste un fait héroïque propre à réveiller dans les âmes l'amour de la famille.

Le pasteur prit congé du préfet et rentra au presbytère. Il trouva Jean très-paisiblement occupé à lire la *Morale en actions*.

Eh bien ! monsieur le curé, demanda-t-il, suis-je autorisé à quitter le collége ?

— Monsieur le préfet te laisse libre d'essayer ta tâche. J'ai prévenu tes frères, ils vont venir, et sacrifieront, je l'espère, une partie de leurs appointements pour soutenir leur mère.

Le vieillard et l'écolier n'attendirent pas longtemps ; Lucien, François et Guillaume arrivèrent.

— Jean dit le pasteur, je te laisse la parole.

L'enfant tendit les mains à ses frères,

— Notre mère est bien malade, et on parle de l'envoyer

à l'hospice... Vous baissez la tête, vous êtes émus, cela est triste, si triste... J'ai résolu de ne pas retourner au collége ; ma mère a besoin d'un de ses enfants pour la consoler, nous unirons nos efforts pour la faire vivre...

— Quoi ! tu quittes le collége ; tu renonces à tes études ! demanda Guillaume avec une expression de vive contrariété ; que feras-tu ? quelle carrière te sera ouverte, si tu restes un ignorant ?

— Si je reste ignorant, je deviendrai du moins un honnête homme.

— A ton âge, que peux-tu faire ?

— Qu'importe l'état, s'il m'aide à soutenir notre mère !

— Le gain d'un enfant de neuf ans ! ajouta Lucien.

— Aussi, mes frères, ai-je compté sur vous pour m'aider.

— Certainement, dit Guillaume avec froideur tu as bien fait... Nous touchons actuellement des appointements fort minces, mais plus tard, si on les augmente..,

— Si on les augmente ! répliqua Jean, mais il faut de l'argent tout de suite.

— Je suis fâché, reprit Guillaume, mais aujourd'hui...

— Et toi, Lucien ? demanda Jean.

— Le mois prochain... balbutia Lucien en baissant la tête.

— Ni le mois prochain, ni la semaine prochaine, dit Jean, notre mère a besoin de pain et de remèdes ; lui en refuserez-vous ?

— Mais, Jean, tu sais toi-même...

— Je sais, répliqua l'écolier, que je ne mendie pas, que je ne mendierai jamais même à des frères, le pain de celle qui nous a élevés, nourris, aimés. Vous l'avez dit vous-même, j'ai neuf ans et je ne connais pas d'état ; ayez confiance dans ma probité, dans mon courage ; prêtez-moi ce que vous ne pouvez m'offrir... Confiez-moi vos économies, je jure de vous les rendre et d'acquitter une dette pour le rachat de la vie de ma mère... François, tu gardes des écus en caisse ; Guillaume, tu possèdes un livret de caisse d'épargne ; Lucien...

Celui-ci consulta ses frères du regard.

— Tu n'as aucune expérience de la vie, mon pauvre Jean, dit l'aîné ; quand nous te sacrifierions nos épargnes, à quoi cela servirait-il ? Dans deux mois, elles seraient englouties et notre mère n'en serait pas moins forcée d'aller à l'hospice.

— Ainsi, vous refusez ?

— Nous refusons de nous prêter à une folie.

— Vous abandonnez notre mère ?

— Nous ne pouvons rien, répondirent les ingrats.

Les trois frères comprirent qu'ils n'avaient plus rien à faire dans cette maison et ils sortirent en balbutiant de froides excuses.

Quand ils eurent disparu, Jean s'écria d'une voix vibrante :

— Ma mère n'a plus que moi, tant mieux, je cours la rejoindre ; demain je rapporterai du collège mon linge et mes livres ; pour le reste, vous m'avez appris à compter sur la Providence.

— Dieu te bénira, oui, Dieu te bénira ! dit le vieillard en posant sa main vénérable sur la tête de l'enfant.

Marcel cessa de lire. Les Robinsons de Paris essuyèrent furtivement leurs yeux, et l'invalide répéta, comme un écho affabli, en serrant les doigts laborieux de Nicole :

— Dieu te bénira ! Dieu te bénira.

— Après, Marcel, après ! répétèrent les écoliers.

— Voilà tout pour aujourd'hui, mes amis, je n'ai com-posé que cela, demain je rapporterai d'autres épreuves.

— Quel dommage! dit Nicole en posant sa couture sur ses genoux ; je me sens le cœur tout attendri, et j'ai hâte de savoir ce que va devenir le fils de Mme Vigier.

— Eh bien! Nicole, tu l'apprendras... D'ailleurs Cri-cri, Robert et leurs camarades sont devenus si tristes qu'ils ont besoin, comme nous tous, d'une de tes chansons. Allons, rossignol des mansardes, un refrain qui nous rejouisse et nous réconforte.

Nicole sourit à Marcel et commença :

> Dieu donne à la fois
> Aux oiseaux des bois
> Le nid, la provende ;
> Aux fleurs le ruisseau,
> La brise au roseau ;
> La Providence est grande !

Tous les enfants reprirent en chœur le refrain, et Nicole chanta ses trois couplets avec une simplicité émue.

Marcel se tourna vers Friquet.

— Si tu jouais du violon, cher petit ?

— Moi ! répondit Friquet qui se mit à trembler au souvenir de ses bourreaux.

— Mais oui, toi ! la musique est bonne à entendre. Tu ressentais de l'horreur à l'idée de prendre ton violon quand Vaurien se faisait ton maître, mais jouer pour nous sera bien différent ; essaie, tu vas voir.

Le pauvre Friquet ne connaissait que l'air de *Richard*, il le répéta avec une expression douloureuse qu'aucun artiste n'eût dépassée. Quand il eut fini, il dit à son protecteur :

— Quel dommage que la musique s'apprenne à force de coups, je l'aurais bien aimée sans cela !

Le coucou sonna dix heures, les petits voisins descendirent de leurs siéges élevés, les Robinsons souhaitèrent
le bonsoir à M. Rolier; Grimperau et Henri prirent congé
de Marcel.

— Revenez demain, lui dit l'apprenti ; c'est comme
cela tous les soirs.

XVI

LA FIN DE L'HISTOIRE.

Les auditeurs furent exacts ; le lendemain Marcel prit un paquet de placards, et continua l'histoire du *Bon Fils*.

« Deux jours après sa conversation avec le curé d'Aurillac, Jean se tenait assis près de la porte du collége. A ses pieds se trouvait le tiroir d'un vieux meuble dans lequel il avait réuni, avec un goût naïf, des livres, des jouets et même un assez riche bijou. Oui, une montre d'or brillait au milieu des billes, des balles, des volants, des raquettes. Les regards du petit marchand se détournaient chaque fois que le hasard ou une attraction involontaire les ramenait vers la montre ciselée. Une fois même un soupir gonfla sa poitrine, mais il l'étouffa vaillamment, et, voyant arriver un groupe d'externes, il se baissa vers son éventaire et chercha si rien ne manquait à son étalage.

— Eh bien ! Jean, dit un enfant, que fais-tu là ce matin ? Est-ce qu'un porte-balle t'a confié son fonds ?

— Non, répondit l'enfant.

— Pourquoi n'entres-tu pas au collége ?

— Je n'y rentrerai jamais... Nous sommes trop pauvres, ma mère et moi... Tenez, vous disiez hier que votre *De viris illustribus* était déchiré, et qu'il manquait des pages à votre dictionnaire latin français... Achetez mes livres, vous me rendrez service.

— Acheter tes livres ! Ce que tu dis est-il vrai ? Toi, le premier de ta classe, notre modèle à tous, tu renonces à continuer tes études ?

— J'y renonce... Regardez ; le *De viris* est tout neuf, et le dictionnaire est relié en veau... Vous les prenez tous deux, n'est-ce pas ?

— Pourquoi ne me tutoies-tu plus ? demanda l'externe.

— Je ne suis plus votre camarade, mais un pauvre garçon qui vous vendra désormais des gâteaux et des billes.

— Ah ! s'écria l'externe en prenant les volumes et en vidant sa bourse, il faut que tu souffres cruellement pour agir de la sorte.

— Oui, j'ai un grand chagrin, ma mère est très-malade.

— Je peux t'offrir ma semaine, dit un second écolier.

— Je ne recevrai pas d'aumône, répondit Jean ; mais vous êtes riche, achetez cette montre qui vous faisait autrefois envie.

— Viens ce soir chez nous, mon père te la paiera.

D'anciens compagnons de classe achetèrent à Jean ses jouets et ses derniers livres ; au bout d'une heure il ne restait plus rien à l'écolier qui pût lui rappeler ses chères études abandonnées.

Le soir venu, Jean se rendit chez le père de son condisciple. M. Martin, ancien négociant très-riche, regarda la montre convoitée par son fils, puis l'enfant.

— Vous êtes bien jeune, dit-il à celui-ci pour vendre des objets de cette valeur. Votre mère vous y autorise-t-elle ?

— Je n'ai consulté que M. le curé.

— Vous devez tenir beaucoup à cette montre ; n'est-ce pas M. le préfet qui vous en a fait cadeau ?

— Oui, Monsieur, après une distribution de prix... J'y tenais beaucoup hier ; aujourd'hui, j'ai besoin d'argent... Ma mère est ruinée : si je lui apprenais ce que je compte faire, elle n'y consentirait point... Je quitte le collége, je vends tout ce que je possède... Avec le produit de cette vente j'achèterai des marchandises... Le produit de mon négoce nous fera vivre ma mère et moi...

— Voici deux cents francs, dit le négociant. Cette montre ne sera jamais revendue ; si plus tard vous voulez la reprendre...

— Merci, Monsieur, merci, je n'espérais pas tant.

— Jean remercia chaleureusement M. Martin, dit à son ancien camarade un adieu timide, auquel celui-ci répondit par un sourire protecteur ; mais le négociant saisit le bras de son fils avec brusquerie et lui dit d'une voix vibrante :

— Demandez à Jean Vigier de vous donner la main.

Quand le petit Jean fut sorti, M. Martin cacha son front dans ses mains et parut profondément réfléchir ; puis il prit la montre, la serra dans un meuble et dit à son fils :

— Si je conserve ce bijou, c'est uniquement pour ne rien enlever au mérite de l'enfant qui sort d'ici. Il faut qu'il sente son sacrifice ; mais en vérité, avec un tel enfant, sa mère est plus riche que moi ?

Le lendemain matin, Jean Vigier, muni d'une boîte contenant tout ce qui peut tenter des collégiens, prit ses habits les plus modestes et se rendit chez sa mère. Elle poussa un cri de surprise en le voyant, mais ce fut bien autre chose quand elle détailla son costume et aperçut la boîte qu'il venait d'enlever sur ses épaules.

— Qu'est-ce que cela signifie, Jean ? demanda-t-elle.

— Cela signifie, répondit Jean qui s'agenouilla près du lit de la malade, que je manque de courage pour passer dix ans loin de vous... Tandis que vous souffrez ici, seule, et tellement abandonnée que vous acceptez la perspective de l'hospice, je suis instruit, choyé, gâté au collège... Si je vous laissais malheureuse, mériterais-je d'avoir une mère comme vous ? Le collégien a disparu, le colporteur vous reste... Laissez-moi la joie et l'honneur de vous nourrir. Vos souffrances ont fait un homme de votre enfant... Ne pleurez pas ! ne paraissez pas même surprise, vous me feriez croire que vous ne comptiez pas sur ma tendresse.

Un moment après, Jean descendait chercher le souper et s'occupait du modeste intérieur de sa mère avec un soin dont toutes les ménagères se fussent montrées jalouses.

Le lendemain, il se leva dès l'aube, prépara le déjeuner, sortit, s'installa à la porte du collège, revint à quatre heures, et montra à sa mère les petites pièces, produit de la vente de la journée.

A partir de ce moment, Jean Vigier devenait le fournisseur des écoliers.

Il se contentait d'un gain modique ; les anciens camarades se réjouissaient de lui donner leurs commandes. Quelques-uns lui firent, plus d'une fois, sentir quelle distance existait désormais entre eux. Jean ne parut pas les comprendre ; d'ailleurs, il restait si humble, que les petits orgueilleux se lassèrent les premiers.

Durant plusieurs mois le vieux prêtre et le préfet prirent le dévouement de Jean pour une passagère exaltation de l'amour filial. Ils s'attendaient à voir succomber, sous le fardeau de son dévouement, un enfant qui venait d'entreprendre un miracle. Mais, à leur grande surprise, ils virent Jean poursuivre sa tâche sans défaillance. A mesure que le temps passait, l'ancien écolier devenait plus grave, sa mère plus sereine. Assurément, le ménage de la veuve et de l'orphelin n'était pas opulent, mais il n'avait point de dettes. L'adolescence trouva Jean aussi laborieux, mais plus instruit. Parfois il éprouvait une soif ardente de retourner à ses chères études ; il marchanda des livres, il rouvrit ses auteurs ; il lutta, il souffrit, il pleura ; mais il resta maître de son âme, et ne succomba point à une tentation que ses amis eussent excusée et comprise.

Lorsque Jean eut vingt ans, il trouva que le métier de colporteur ne l'occupait point assez ; il devint commissionnaire. Le mouvement lui plaisait ; il s'établit dans une cour de messageries, car il y avait encore des messageries à cette époque, et chaque jour, par tous les temps, il se mit à la disposition des voyageurs. Il se dit plus d'une fois, tandis qu'il grelottait, les pieds dans la neige, que, s'il l'avait voulu, il aurait été un des heureux de ce monde. Au lieu de subir les injures de l'air, il serait dans un bureau, environné de livres, analysant, goûtant les beautés de ses auteurs favoris. La bure de sa veste serait remplacée par un vêtement moelleux ; le feu flamberait dans la cheminée ; on sonnerait à sa porte, et discrètement la servante introduirait un ami. Un ami ! Souvent, dans la rue, il voyait passer ceux à qui, enfant insoucieux, il se plaisait à donner ce titre. Ses camarades de collége avaient tous conquis une place dans le monde. Parfois, l'un d'eux le chargea d'une commission et en débattit le prix sans reconnaître son condisciple. Pauvre Jean ! le dos ployé sous le faix, haletant, brisé, jamais il ne se plaignait de sa vie, jamais il ne regretta son sacrifice. M. Martin lui offrit ses services, il les refusa. Mais s'il souffrait durant le jour, Jean goûtait le soir la plus douce des récompenses, quand il gravissait son étroit escalier, puis se jetait tout ému dans les bras de sa mère ; quand il la regardait longuement en baisant ses mains tremblantes, il se répétait avec la joie et l'orgueil d'un fils pieux, que la vie de sa mère était son bien, sa conquête, son trésor. Il l'aimait pour elle et pour lui !

Mme Vigier n'osait plus se plaindre des douleurs éprouvées ; un fils semblable à Jean tient lieu de toute une famille. Les trois aînés humiliés, par la situation de leur frère, venaient rarement au logis, ils s'y glissaient le soir, comme des malfaiteurs. Quoiqu'ils fussent presque riches, ils ne semblaient pas heureux, montraient, à l'égard de leur mère, un révoltant égoïsme, et rejetaient sur leur situation de chefs de famille, leur défaut de générosité.

— Au surplus, disaient-ils, notre mère ne manque de rien !

Jean regrettait une seule chose : ce cœur affamé de tendresse eût voulu répandre de nouveaux trésors d'amour sur une femme, des enfants. Il était trop pauvre pour s'établir, sa mère infirme devait lui tenir lieu de tout.

Dans la ville d'Aurillac on connaissait, on estimait Jean le commissionnaire. Son histoire était la légende préférée des enfants. Quand on citait à l'un d'eux un modèle à suivre, on nommait Jean Vigier.

Seul, il croyait n'avoir rien fait que de fort simple, et il fût resté bien surpris s'il avait lu, dans les âmes, l'admiration qu'il inspirait.

Jean devait cependant avoir son heure de joie, nous dirions de triomphe, s'il s'agissait d'un orgueilleux. Un jour, on lui écrivit de Paris que l'Académie lui décernait un des prix qu'elle réserve aux hommes vertueux, et qui sont le présage d'une récompense plus haute. Toute la ville d'Aurillac applaudit à cet acte de justice ; et Jean se réjouit à la pensée d'acheter à sa mère une petite maison dans laquelle elle se trouverait mieux que dans sa pauvre chambre. Ces faits se sont passés depuis longtemps, mais il est bon de les rappeler aux jeunes mémoires. Si jamais un fils regardait comme une charge trop lourde d'aider et de consoler sa vieille mère, on pourrait lui citer l'exemple de cet enfant de neuf ans qui, à force d'industrie et de tendresse, trouva le moyen de faire vivre la sienne.

Les *placards* de l'apprenti imprimeur étaient épuisés, sa voix semblait fatiguée, des larmes montaient aux yeux du généreux enfant. Il songeait qu'il n'avait plus sa mère. Ses amis et ses voisins respectèrent sa douleur, et ce soir-là Nicole, le rossignol des mansardes, ne trouva pas un refrain de chanson.

XVII

L'ART DE RENDRE SERVICE

Les souliers bleus d'Angèle étant finis, le père Grimperau les enveloppa soigneusement et prit le chemin de la maison du banquier. Il demanda la mignonne petite fille, et une femme de chambre l'introduisit dans le cabinet de travail où Angèle recevait les leçons de Mlle Emmy.

Le bonhomme se mit à genoux, chaussa le pied d'Angèle, admira son ouvrage avec un naïf orgueil, et demanda, avec la voix douce des vieilles gens qui ont beaucoup souffert :

— Êtes-vous contente de vos souliers bleus, Mademoiselle ?

— Si j'en suis contente, j'en suis ravie ! toutes mes amies vont vous donner leur clientèle... Remettez-moi votre note, s'il vous plaît...

— La voici.

— Quinze francs! C'est trop bon marché, et je ne veux pas que vous me fassiez de si jolies bottines pour si peu d'argent.... Dites-moi, monsieur Grimperau, avez-vous le temps de causer un peu ?

— Je puis le prendre pour vous faire plaisir.

— Alors asseyez-vous et parlez-moi de mon frère.

— Volontiers, mademoiselle... Vous comprenez, il n'aime pas encore l'état, et je doute que cela vienne jamais ; cependant il s'applique beaucoup. Dans sa hâte de quitter l'échoppe, il fait des progrès remarquables... Mais ce qui va bien vous réjouir et vous surprendre, c'est que M. Henri a repris l'étude du latin.

— Lui ! Comment s'est opéré ce miracle ?

— Marcel en est un peu cause. Quand il arrive quelque chose d'heureux dans la maison, on peut toujours penser à Marcel... J'avais l'autre jour reporté chez ce brave enfant les souliers des Robinsons, et votre frère m'accompagnait. C'était donner une excellente leçon à ce petit paresseux, que de lui montrer une ruche de jeunes travailleurs. Justement, ce soir-là, Marcel lut une histoire touchante, bien faite pour porter à réfléchir.

La petite Nicole chanta, Friquet prit son violon, M. Rolier parla de choses intéressantes, et la soirée se passa vite. Le lendemain, après le souper, Henri parut triste ; le surlendemain, ce fut bien pis ; enfin, le troisième jour, il me demanda fort poliment : — Monsieur Grimperau, est-ce que nous ne retournerons plus le soir chez les Robinsons ? — Cela vous ferait-il plaisir d'y aller ? lui demandai-je. — Certes, Marcel est si bon, les Robinsons si gais, Friquet paraît doux, et Nicole chante comme un oiseau. — Je pris la main de votre frère, et nous allâmes chez les Robinsons. M. Rolier donna une leçon de géographie ; les jeunes voisins montrèrent leurs devoirs, Nicole chanta, et vers la fin de la soirée le vieux savant dit à Marcel : — Je vais te récompenser de ton zèle, mon ami, demain tu prendras ta première leçon de latin. — Marcel sauta au cou de M. Rolier. Il ne se possédait pas de joie. Apprendre le latin, c'était son rêve. Il sait le français : quand il connaîtra le latin, il aura des chances pour devenir *correcteur*. Votre frère ne comprenait point qu'on pût se réjouir d'apprendre ce qu'il avait dédaigné. Il revint tout

songeur à la maison, et ne me parla guère le lendemain.
Mais après le souper, il vint à moi, et me dit bien doucement : — Allons-nous chez les Robinsons ?

Nous partîmes tous deux. M. Rolier fit réciter sa leçon
à Marcel, et quand celui-ci se trompait, Henri lui souf-
flait tout bellement la réponse. M. Rolier ne paraissait
s'apercevoir de rien. Mais, hier, tandis que votre frère
continuait son petit manége, le vieux savant a demandé à
Henri : — Voulez-vous m'apprendre pourquoi, sachant
déjà pas mal de latin, vous choisissez l'état de cordonnier ?
Des pertes de fortune obligent-elles votre père à inter-
rompre vos études ? Si cela est, mon jeune ami, venez
chez moi sans crainte, je ne vends point mes leçons, je
les donne.—C'est que, monsieur, dit Henri, je croyais que
je détestais l'étude du latin. — Vous ne pensez donc plus
de même ? — Non, depuis que je vous entends en expliquer les règles à Marcel. — Eh bien, alors, vous acceptez
ma proposition ? — Henri a hésité; un souvenir de ses
anciennes révoltes est revenu, mais il a triomphé de sa
méchante pensée, et il a répondu : — Oui, monsieur, je
viendrai, si mon maître d'apprentissage le permet. — Le
maître d'apprentissage, c'était moi ; vous devinez si
j'ai consenti. Je comprends quelle leçon votre père veut
donner à son fils ; elle sera complète. Dans trois mois
Henri fera proprement une paire de souliers, et il saura
pas mal de latin. Seulement, m'est avis qu'il faut faire de
ceci une belle surprise à votre père.

— Oh ! combien je vous remercie de me confier tout
cela ! s'écria Angèle ; monsieur Grimperau, soyez tranquille, je me tairai... Vous avez bien raison d'aimer ce
Marcel dont l'exemple a changé mon frère... Est-ce qu'on
ne peut rien faire pour le remercier ?

— Si, mademoiselle, on peut obliger ceux qu'il aime.

10

— Je suis riche, très-riche ; papa me donne toujours de l'argent. '

— Mademoiselle, dit doucement Grimperau, les amis de Marcel accepteront des services et non pas des aumônes. Tout ce petit monde d'ouvriers enfants tient à honneur de gagner son pain... Mais on peut rendre ce pain plus blanc et plus tendre...

— Parlez, parlez, monsieur Grimperau !

— Par exemple, la petite Nicole, dont le grand-père, un vieil invalide, ne peut travailler, exerce l'état de blanchisseuse... Il y en a de plus habiles peut-être ; mais elle a commencé si jeune ! et puis, elle ne blanchit que de pauvres gens... Deux ou trois pratiques comme vous seraient l'aisance pour la chère créature !

— Mais je la lui donnerai ma pratique, monsieur Grimperau, et j'aviserai à lui en procurer d'autres... après..... ?

— Après, il y a Friquet, un malheureux à qui Marcel a quasiment sauvé la vie... Dès qu'il a été guéri de sa grosse fièvre, il a voulu travailler... une fleuriste lui a procuré de l'ouvrage, il est *feuillagiste*. Toute la journée il découpe et gaufre des feuillages. Quand il était avec les chanteurs des rues, on lui apprenait le violon à coups de trique... S'il y avait un meilleur moyen de le lui enseigner, je crois qu'il aurait quelque jour du talent, car sur son méchant violon de Mirecourt qui ne vaut pas trente sous, il trouve le moyen de nous remuer le cœur.

— Je trouverai un professeur de violon pour Friquet... ensuite...

— Mademoiselle, c'est tout pour aujourd'hui... Je vous souhaite pour votre bonheur, et pour celui des autres, que vous puissiez soulager deux infortunés par jour.

— Mais Marcel, Marcel ?

— Monsieur votre père peut le protéger, dit Grimperau.

— Où travaille-t-il ?

— Dans l'imprimerie de M. Hallon... Adieu, mademoiselle, et tout à vos ordres.

— Je voudrais encore une chose, dit Angèle.

— Quoi donc ? demanda le savetier.

— Vous êtes un si brave homme ! je souhaiterais vous
serrer la main.

Grimperau devint un peu tremblant. Il tendit sa main
calleuse, et Angèle pressa doucement, presque avec
respect, la main du vieil ouvrier.

XVIII

LES FLEURS

Le banquier achevait de déjeuner avec sa fille, quand Angèle lui demanda :

— As-tu quelquefois des travaux d'impression à commander ?

— Souvent, petite ; en ce moment même, on doit préparer les actions d'une nouvelle société de crédit. Depuis quand t'occupes-tu d'affaires si graves ?

— Depuis que je songe à vous prier de protéger Marcel.

— Le père des *Robinsons de Paris* ?

— Oui, papa... Il travaille chez M. Hallon, vous pourriez confier vos travaux à cette maison et demander qu'on vous envoyât les épreuves par Marcel.

— Ce sera fait, dit le banquier, tout de suite... C'est Grimperau qui t'a parlé de Marcel et d'Henri ? Il a bien fait... je sais ce qui se passe, ma chère fillette, et songe depuis quelques jours, à témoigner ma gratitude à ce brave enfant.

M. Golmail commanda ses actions, et comme il l'avait demandé, les épreuves en furent apportées par l'apprenti. Celui-ci arriva à l'hôtel du banquier, vêtu d'une blouse grise très-propre ; le col d'une chemise éblouissante se

rabattait sur une cravatte nouée avec soin. Ses cheveux
bruns étaient peignés, ses mains nettes, il avait vraiment
bon air ce jeune garçon, et M. Golmail le regarda avec un
vif sentiment de sympathie. Le père des Robinsons attendit que la correction des épreuves fût terminée, et le banquier écrivait le *bon à tirer*, quand une porte dissimulée
sous des tentures s'ouvrit rapidement sous la main d'une
mignonne petite fille, et l'apprenti typographe ne put retenir un cri d'admiration et de surprise en apercevant une
serre magnifique servant de prolongement au salon de
M. Golmail.

Celui-ci regarda le jeune imprimeur, sourit et dit à sa
fille :

— Angèle, fais à ce brave garçon les honneurs de ton
domaine.

L'enfant sourit gaiement à Marcel qui parut hésiter :

— Allez, allez, dit le banquier d'une voix amicale, regardez tout à votre aise, vous avez bien gagné une heure
de récréation.

Le typographe suivit la petite Angèle qui le précédait,
en sautant comme un sylphe trop léger pour poser son
pied à terre.

Marcel s'arrêta émerveillé sur le seuil. Dans un palais
de verre soutenu par d'élégantes colonnettes, se mêlaient
les feuillages et les corolles d'arbres et de plantes venues
de pays lointains. Des lianes s'enroulant au plafond retombaient en vertes draperies ; des palmiers étendaient
leur parasol au-dessus de bananiers aux larges feuilles
qu'un souffle de vent suffirait pour déchirer. Des orchidées
suspendues à des fragments de troncs d'arbres étalaient
leurs fleurs affectant des formes d'insectes, d'oiseaux ou
de reptiles. Les découpures des hautes fougères se cachaient à l'abri de bambous gigantesques. Les cactus

10.

hauts comme des tuyaux d'orgue, ou ronds comme des turbans, fraternisaient à côté d'aloës superbes. La grâce et la majesté se mariaient dans cet étroit espace ; et au-dessus des ramures flexibles des passiflores, une *Victoria Regia*, dont la fleur atteignait un mètre de circonférence flottait dans un bassin, se détachant comme un calice d'argent au-dessus de feuilles d'un vert sombre, dont chacune aurait supporté le poids de trois hommes. Puis des massifs de fleurs égayaient cette verdure ; des parfums variés se fondaient dans la douce tiédeur de la serre. Marcel comprit en ce moment les beautés de l'Éden dont il avait lu la traduction dans Milton.

Après avoir contemplé ces merveilles, l'apprenti n'était pas éloigné de l'idée que la petite Angèle, reine de cet empire de feuillages et de fleurs, appartenait à un monde à part. N'avait-elle pas les yeux comme le myosotis ? Son sourire ne gardait-il pas la fraîcheur d'un bouquet d'églantines ?

Angèle sourit de la joie craintive de Marcel, et appela :

— Petits ! petits !

Alors, des oiseaux brillants comme des fleurs, plus petits que les papillons, et vifs comme des étincelles, s'envolèrent des branches et des cornets roulés des grandes feuilles. Il y avait dans cette troupe emplumée des loxias chasseurs de serpents, des oiseaux-mouches habillés de pierreries, des colibris dont le poids n'eût pas courbé un brin d'herbe, des loris écarlates, enfin, tout un monde ravissant, mouvant, chanteur, agitant les ailes, glissant sur les lianes, montant dans une colonne d'atomes pour redescendre à la suite d'un rayon de soleil. Les lueurs douces des vers luisants et des lampyres n'égalaient pas les tons nacrés de ces oiseaux complètement inconnus à Marcel. Le jeune garçon les suivait d'un œil ravi, descen-

dant vers la petite Angèle avec des coquetteries d'oiseaux,
pour se poser sur ses cheveux blonds flottants, sur ses
épaules frêles et sur les doigts blancs qu'elle leur tendait
en répétant de sa voix de charmeuse :

— Petits ! petits !

— Ah ! s'écria Marcel, ils sont aussi privés que Bijou.

— Qu'est-ce que Bijou ? demanda Angèle.

— Le pigeon de mes enfants, répondit Marcel.

Une main se posa en ce moment sur l'épaule de l'apprenti. En se retournant Marcel aperçut M. Golmail.

— On m'a parlé de ces orphelins, dit le banquier, racon-
tez-moi leur histoire.

— Quatre mots suffiront pour vous l'apprendre : Jean,
Robert et Cri-cri arrivaient de Bretagne afin de chercher
à Paris un oncle qui ne s'y trouvait plus... Je les ai
adoptés.

— Comme cela, tout simplement ?

— Oui, Monsieur, n'est-il pas naturel d'adopter plus
pauvre que soi ?

— Certes ! fit M. Golmail d'un air songeur.

Il ajouta un moment après :

— Vous semblez trouver cette serre forte belle, aimez-
vous les fleurs ?

— Beaucoup, monsieur, répondit vivement le jeune
garçon, malheureusement nous n'en voyons guère ; le
temps nous manque pour aller à la campagne, et quant
à en acheter... Comment ne pas aimer les plantes ? Quand
je tiens une fleur dans une main, il me semble qu'elle
me parle un langage à elle, rempli de conseils sages, les
fleurs donnent leur miel aux abeilles, et les bonnes pensées
aux hommes... Je me rappelle que *les lis ne filent point* et
que Dieu les revêt d'une magnifique parure. Je pense à

la petitesse du grain de sénevé qui deviendra un abrisseau, puis un arbre ; il me semble alors que nos vertus doivent grandir en nous comme cette graine, afin de remplir entièrement notre âme.

— Bien, mon enfant, répondit M. Golmail ; aimez les plantes, apprenez à vos enfants à les connaître, à en prendre soin. La nature, pour qui sait la comprendre, est la grande moralisatrice. L'ordre magnifique qui se révèle dans la création est aussi visible dans le brin de mousse que dans les colosses de la végétation. La plante accomplit sa destinée en germant, en enfonçant ses racines dans le sol, en déployant ses feuilles vers la lumière. Vous aussi, mon enfant, vous devez poursuivre, atteindre votre développement physique et intellectuel, donner l'exemple du bien, et répandre autour de vous un parfum d'honnêteté. Chérissez la plante qui a besoin de soins, d'échenillage, de rosée, comme il faut la culture à l'esprit, et à notre caractère l'extirpation de ses défauts. L'échelle des êtres va de l'hysope au cèdre, du ciron à l'éléphant, de l'homme à l'ange... En souvenir de votre visite, choisissez les plantes qui vous plaisent davantage, des bégonias à feuilles panachées, veloutées, duvetées ; des dracénas qui résistent à l'hiver ; ces feuillages, brillants comme des fleurs égayeront votre chambre. Soyez sans crainte, mon jardinier remplacera vite celles que vous aurez choisies ; je serais heureux de penser que vous posséderez un parterre sur votre fenêtre.

— J'accepte avec reconnaissance, monsieur, mais je serai malhabile à les soigner, et peut-être ces plantes dépériront-elles chez moi.

— Vous demanderez des conseils à mon jardinier, et je vous remettrai un volume dans lequel vous puiserez des notions d'horticulture.

Marcel prit un superbe rosier, des caoutchoucs au feuillage persistant, et plusieurs autres belles plantes.

— Croiriez-vous, mon enfant, reprit M. Golmail, qu'il existe, en Angleterre, une société ayant pour but d'encourager dans les familles d'ouvriers la culture des plantes ? On distribue des récompenses aux travailleurs soignant le mieux le modeste jardin suspendu près des plombs, à côté du nid de l'hirondelle. Et cela est sagement pensé ; rendre son logis élégant et joyeux, porte à aimer sa maison. L'ouvrier qui trouve sa chambre embaumée du parfum des fleurs, égayée par un chant d'oiseau, préfère rester chez lui, en compagnie d'un ami ou d'un bon livre, plutôt que d'aller dans un cabaret respirer l'odeur malsaine du tabac et les vapeurs des boissons alcooliques.

— Père, demanda Angèle, me permets-tu d'offrir à Marcel un de mes oiseaux ?

— De grand cœur, ma fille, mais tandis que le pigeon de ces enfants est simple dans ses goûts, familier et naïf, tes oiseaux d'Amérique sont des coquets et des délicats. Ils dédaignent le grain et les miettes de pain d'un déjeuner frugal. Tu leur envoies chercher des vers de farine, des œufs de fourmis, des viandes choisies. Ce sont de jolies mais coûteuses créatures. Tu n'as point songé à cela, chère petite.

— Merci, mademoiselle, dit Marcel en souriant. Votre père a raison. Où trouverions-nous le temps de soigner ces mignons oiseaux, s'ils sont difficiles ? Gardez-les dans votre serre qu'ils aiment. Nous avons assez des hirondelles noires qui frappent du bec à notre vitre, des troupes de friquets qui s'ébattent sur le toit, et viennent jusque dans notre chambre, enfin de Bijou, venu à Paris du fond de la Bretagne. Ceux-là vivent des reliefs de notre table, et nous n'avons pas le droit de grossir le chiffre de nos dépenses.

XIX

LE BUDGET

M. Golmail rentra dans le salon où les enfants le suivirent, et le banquier dit à l'apprenti :

— A propos de vos dépenses, Marcel, je serais curieux d'en connaître le chiffre, ainsi que celui de vos recettes.

Marcel rougit légèrement, non point parce qu'il avait honte d'être obligé à la plus stricte économie, mais parce qu'il ressentait une sorte de répugnance à parler de lui.

Le banquier comprit ce qui se passait dans l'esprit du jeune garçon, lui sourit d'une façon encourageante, et poussa vers le typographe une feuille de papier et un crayon.

— Angèle, dit M. Golmail, écoute bien ce que Marcel va dire.

La petite fille posa sa tête sur l'épaule du banquier, et Marcel commença son calcul.

— Monsieur, dit-il, je gagne à l'imprimerie 1 fr. 50 par jour, ce qui porte mes semaines à 9 francs, et forme un total de 36 francs par mois. Robert reçoit 15 francs de Panier-Fleuri le chiffonnier, Jean rapporte à la maison entre 0 fr. 75 et 1 franc par jour, ce qui donne une moyenne de 25 francs ; enfin, Cri-Cri touche 8 sous chez la mère Gembloux. La caisse commune se compose donc de 88 francs... Je commence par retirer le prix du loyer : 10 francs.

— Et il vous reste 78 francs pour subvenir aux dépenses de quatre personnes.

— Oui, monsieur ; cependant nous vivons assez bien, je vous l'assure. Les frais d'habillement ne sont pas élevés, pourtant mes enfants sont propres et soignés. Mais si vous saviez avec quelle bonté les voisins nous aident ! La petite Nicole, sous prétexte que je lui enseigne la lecture et l'écriture, blanchit gratis notre linge ; le père Grimperau m'a fait cadeau de trois paires de souliers pour les petits ; la mère Bonie raccommode les blouses et recoud les boutons. La Providence se fait visible et bonne pour nous. Et tenez, monsieur, quand le dimanche je conduis aux offices mes enfants bien vêtus et respirant la santé, la joie du devoir accompli, il me semble que leur mère et la mienne me sourient du haut du ciel, et réunissent leurs mains pour nous bénir.

— Mais ces enfants s'instruisent, il leur faut des livres, du papier.

— Monsieur Rolier, notre voisin, nous permet de puiser dans sa bibliothèque ; nous consultons ses atlas ; il met tout ce qu'il possède à notre disposition. L'habillement et les dépenses indispensables pour l'instruction ne dépassent pas 5 francs pour chacun de nous.

— Il vous reste 58 francs.

— Les bains, les lettres adressées au pays, le grain du pigeon, les sous que l'on met dans la sébile du chien d'aveugle, font bien un total de 4 francs par mois.

— Total : 54 francs pour vivre.

— Ce n'est pas trop ! Mais la mère Bonie est une excellente ménagère. Chaque matin, grâce aux légumes que la Gembloux donne à Cri-Cri, nous mangeons une excellente soupe. A midi, un ragoût dans lequel il entre moins de viande que de pommes de terre, suffit à l'appétit ; le soir, nous soupons avec les restes, s'il y en a.. Dans le cas contraire, du pain et du fromage nous suffisent. Nous buvons de l'eau, cela ne me prive guère, et les petits sont accoutumés à la sobriété. De temps en temps, la mère Bonie confectionne une tarte aux pommes, la Gembloux nous fait cadeau d'un lapin, ou Panier-Fleuri apporte une oie grasse. Ces jours-là, nous allons chercher Pyramide, le vieux soldat mutilé, Nicole sa fille, et, plus d'une fois, M. Rolier, le digne savant, accepte une tasse de ce café noir que notre ménagère fait si bien. Voilà, monsieur, le chiffre des dépenses de quatre enfants qui se trouvent fort heureux, je vous l'assure. Jamais on n'entend de querelles dans notre logis ; les petits chantent quand le pigeon roucoule. Nous dormons à poings fermés, eux dans leurs hamacs, et moi dans mon lit. En voyant ma petite famille grandir, l'ambition me vient. Je comprends que j'ai des devoirs et qu'il faut trouver le moyen de les remplir.

— Et quelles sont vos ambitions, Marcel ?

— Je ne suis qu'apprenti, je voudrais devenir ouvrier. Puis, M. Rolier m'a dit, l'autre soir, un mot qui m'a fait réfléchir. Si je travaillais davantage, je deviendrais correcteur dans mon imprimerie, et mes journées atteindraient de gros chiffres. Alors il me serait possible de placer mes enfants dans des ateliers.

— Ils gagnent de l'argent tous trois ?

— Oui, monsieur, sans doute ; mais quand ils me rapporteraient chaque jour, trois fois plus, je ne voudrais pas moins les placer en apprentissage. Ces *Robinsons de Paris*, comme M. Rolier appelle tous ceux qui doivent tirer de leur industrie le pain, le couvert et le vêtement, ne peuvent rester, l'un l'aide d'un chiffonnier, l'autre le commis d'une fruitière. Parlez-moi d'un menuisier, d'un mécanicien, voilà des états, et j'en ambitionne de semblables pour mes enfants.

— Vous ne prenez jamais de distractions ? demanda M. Golmail.

— Le dimanche nous entendons la musique militaire, nous assistons souvent aux revues. Quand mes enfants ont vu défiler des soldats, des canons et des drapeaux, ils écoutent, le soir, avec plus d'attention, les récits de Pyramide. Nous devons tous servir la France : il faut l'aimer, avant de se battre pour elle.

— Mais, demanda Angèle, vous ne jouez donc jamais ?

— Nous n'en avons guère le temps, mademoiselle ; nous nous levons à cinq heures et nous nous couchons à dix. Les courses obligatoires nous tiennent lieu de récréation. Quand nous avons soupé, je fais la classe aux petits ; nous regardons des images que je rapporte de l'imprimerie. Nous nous portons bien, nous sommes gais, que faut-il de plus ?

— Vous êtes gais, et vous travaillez tant que cela ! s'écria Angèle ; moi je pleure si l'on me fait ouvrir une grammaire ; je pleure si l'on ne me conduit pas à la promenade ; je pleure si je n'ai pas le jouet que je désire...

— Mon garçon, dit M. Golmail, faites-moi le plaisir d'apprendre à Angèle le sentiment que vous inspire une telle confidence.

— Mademoiselle, dit Marcel, chacun de nous a sa tâche à remplir dans la société, dans la famille. Tous les quatre nous sommes si pauvres, que la paresse d'un seul causerait du préjudice à tous. Nous ne possédons point de jouets et nous n'en désirons pas. Notre distraction est

11

de nous instruire, et plus d'une fois, le soir, après notre labeur, nous mordons à belles dents dans notre pain sec.

— Mais vous êtes fort malheureux ! s'écria Angèle.

— Vous vous trompez, Mademoiselle ; nous ne devenons tristes qu'en voyant des enfants plus à plaindre que nous ; et si nous éprouvons un sentiment d'envie, c'est en regardant un père, une mère, entourés de leur petite famille... Nous nous souvenons que nous sommes orphelins...

— Père, demanda Angèle, sais-tu ce que je pense ?

— Non, ma chérie.

— J'ai été fort mauvaise jusqu'à cette heure, capricieuse, négligente, dépensière, oh ! dépensière, n'ai-je pas acheté, l'autre semaine, une poupée de deux cents francs ! Mais je comprends la leçon que tu me donnes ce matin, et je me corrigerai.

— Oui, je t'ai donné une leçon vivante, pratique... Ne vaut-elle pas mieux qu'une réprimande ? Le calcul du budget de Marcel ne t'en apprend-il pas plus que toutes les remontrances ?

— Je vous remercie, monsieur Marcel, dit la petite fille d'un air sérieux, et je remercie aussi mon père... Je regrette bien davantage maintenant que vous n'acceptiez pas mes oiseaux d'Amérique...

— J'aurai le souvenir de votre bonté, mademoiselle, et les plantes promises par monsieur votre père. Mes enfants et moi nous vous devrons une distraction nouvelle.

Le jeune garçon se leva.

— Attendez, lui dit le banquier, vous avez les épreuves, mais je souhaite écrire à M. Hallon, et vous lui remettrez ma lettre.

M. Golmail traça rapidement quelques lignes, cacheta sa lettre et la remit en souriant à Marcel.

L'apprenti salua et quitta l'hôtel, en songeant à la joie qu'éprouveraient le banquier et sa fille, quand Henri y reviendrait corrigé de sa paresse, et repentant de ses fautes.

Suivant l'ordre du banquier, l'apprenti remit la lettre dans les mains de M. Hallon, qui sourit en la lisant, regarda Marcel avec une expression joyeuse, et lui dit :

— Continue, mon garçon, c'est avec les apprentis comme toi que l'on fait de bons ouvriers !

XX

LE MONDE DES LETTRES

L'imprimerie dans laquelle travaillait Marcel était fort importante. Dès qu'on y entrait on se sentait réjoui par l'abondante lumière tombant des verrières ménagées dans la toiture. Le long des murailles s'étalaient, dans un rapprochement pittoresque, des gravures sur bois tirées d'ouvrages imprimés chez M. Hallon. Les portraits d'hommes d'État fraternisaient avec des figures hindoues ; une forêt vierge reposait sur une forêt de cryptogames. Insectes, oiseaux volaient sans querelles, et de cette variété de figures et d'objets se dégageait une sorte de gaieté.

— Si je décorais l'atelier de composition de tableaux de maîtres, disait M. Hallon, les ouvriers les couvriraient d'images sur bois.

Mais à peine, apprentis et ouvriers occupaient-ils leurs places respectives, que le tableau devenait vivant. On assistait non pas à la création du livre, puisque l'auteur seul a le pouvoir de l'enfanter, mais à sa venue au monde, et cette seconde naissance est pleine d'intérêt. Les phases par lesquelles passe un volume ne devaient être un mystère pour aucun de ses lecteurs.

Les plus jeunes enfants faisaient le triage du *pâté*, c'est-à-dire qu'ils replaçaient dans leurs cases respectives les lettres de différents caractères mélangés accidentellement.

Debout devant de hauts pupitres couverts de casiers de dimensions diverses, les compositeurs ayant sous les yeux une page de manuscrit, et tenant à la main le *composteur* de fer qui renferme six à sept lignes, cherchaient avec une rapidité merveilleuse la lettre nécessaire dans sa casse, et la saisissant par la tête la plaçaient à son rang. Dans les mains du compositeur jamais d'hésitation ; les lettres les plus en usage sont à sa portée ; non loin se trouvent les majuscules, ailleurs la ponctuation. Une coche creusée dans la longueur du plomb lui indique de quel côté est la tête de la lettre. L'ouvrier devra la saisir et la ranger, sans avoir jamais besoin de la retourner. Quand son *composteur* est rempli, il en tire les lignes imprimées, et les place dans la *galée* destinée à recevoir le paquet. Lorsque le *paquet* est suffisant on le ficelle pour prévenir un dérangement des caractères, puis on tire une première épreuve. Cette épreuve s'appelle première typographique. Chaque compositeur doit, à l'aide de cette épreuve, corriger les fautes qu'il a commises. A l'aide de ses doigts ou d'une pince, il enlève les lignes ou les lettres à corriger et les remplace. Le *correcteur* revoit ensuite le travail du compositeur, et les *placards* se trouvant suffisamment corrects, on procède à la *mise en page*. Les paquets se divisent, suivant la largeur des colonnes du journal, ou des pages du volume. Une *réglette* donne la précision à la *mise en page*. Celle-ci précède la *mise en forme*. On garnit la forme de *lingots* pour tenir lieu des écartements des pages ; on serre la forme au moyen de *coins*, puis on tire pour la seconde fois, une épreuve soumise au *correcteur* pour la lecture en seconde. La feuille est ensuite envoyée à l'auteur, qui y fait ses corrections ; elle est remise en dernier lieu au correcteur en bon à tirer, lequel, après dernière lecture, vérifie les corrections de l'auteur avant le tirage. Les correcteurs sont toujours des hommes instruits, ils doivent connaître non-seulement le français, d'une façon complète, mais encore le latin. Un grand nombre de correcteurs sont de véritables philologues, et joignent à la connaissance des langues mortes, celle de plusieurs langues vivantes. Plus d'une fois un auteur leur a dû des remarques utiles ; l'auteur ne sait pas tout, hélas ! il faut en convenir, il n'a point le temps de tout approfondir. Son sujet l'entraîne, son imagination court plus vite que son raisonnement ; et il doit s'estimer très-heureux quand le *correcteur en bon à tirer* lui signale une inadvertance, dont la critique n'eût pas manqué de faire son profit. Entre les pieds des *marbres* sur lesquels reposent les formes, les paquets, se placent des tiroirs remplis de casseaux et mille objets indispensables ; ce sont des armoires sans portes offrant toujours ce qu'elle cherche à la main active. Dans les ateliers d'imprimerie on ne parle guère ; les ordres se donnent à voix basse ; le seul bruit que l'on entende est le cliquetis des lettres de plomb heurtant le composteur de fer ; le bruit des feuilles de zinc agitées par les ouvriers s'occupant du *laminage*. Entre chaque feuille de papier est glissée une feuille de zinc, on tourne une machine, le paquet glisse sous un cylindre de fonte, et les feuilles laminées sont retirées avec une prestesse vertigineuse. Le couteau du façonnage qui rogne les feuillets produit un bruit sec, et non loin de là, fonctionnent les *machines Stanhope*, presses à bras destinées à l'impression des ouvrages tirés à petit nombre : lettres de convocation, circulaires, etc. Un tympan moelleux a d'abord été façonné pour protéger la mise en train ; une *frisquette* garantit le papier blanc, le bras de l'ouvrier saisit la poignée, le rouleau glisse sur les caractères, la page est finie.

Une fourmilière d'ouvriers s'agitait devant les casses à

côté des coupoirs et des machines. Mais on travaillait sans hâte aucune, chacun était à ses pièces, et gardait intérêt à ne pas gaspiller son temps.

Sur l'atelier d'imprimerie s'ouvrait le magasin de papier, soumis à un mouillage préalable, puis placé entre les plateaux, et mis en presse, afin d'éviter le *gordage* des feuilles. On respirait dans cette pièce une vapeur chaude, mais supportable, tandis qu'en pénétrant dans l'atelier voisin, on se serait cru dans une étuve. Des ouvriers debout devant des fourneaux rouges mêlaient dans des chaudières une mixture à l'aspect noirâtre, composée de gélatine, de colle de poisson et de caoutchouc. Ce mélange jeté dans des moules autour des *mandrins*, devait en sortir sous forme de *rouleaux d'imprimerie*, à la fois souples et résistants. Il n'est pas facile de fabriquer de bons rouleaux ; les proportions des mélanges varient suivant l'atmosphère. La fabrication des rouleaux prend plus ou moins de colle de poisson ou de mélasse, selon qu'on se trouve en été ou en hiver.

A deux pas dés mouleurs de rouleaux une puissante machine agitait une roue gigantesque, tandis que les doubles mouvements du volant et du piston produisaient une sorte d'étourdissement et d'effarement. On eût dit que la petite roue d'en haut conseillait à la roue énorme de courir en avant, tandis que les pistons et les volants menaçaient de se changer en massues.

De cette pièce brûlante, on passait dans la salle des machines. Là, l'homme prenait moins de place que le fer et le bois. La plus grande puissance se cachait dans les rouages qu'un enfant suffisait à faire mouvoir. Les courroies de transmission sifflaient, les lourdes machines haletaient. Les margeurs, debout sur des tabourets peu hauts présentaient les feuilles de papier à la saisie des cordons, ceux-ci les maintenaient contre le cylindre ; les rouleaux noirs d'encre fraîche glissaient sur les caractères, un autre enfant, placé près de la table retirait la feuille imprimée avec une régularité aussi mathématique que celle de la machine. Dans cette pièce, remplie de monstres noirs accroupis, suant et criant dans leurs membres de fer, on n'entendait d'autre cri que « gare les doigts ! » — ou « gare les mains ! » répétés par les petits margeurs. Ceux-ci lestes comme des sapajous, un peu pâles, leurs petites mains noircies d'encre, avaient des mouvements d'une prestesse incroyable. Ils souriaient parfois, quand ils regardaient le ciel à travers la grande verrière éclairant la salle des machines, ils semblaient se promettre une belle journée de dimanche au fond des bois ou tout au moins à la banlieue, afin de voir des oiseaux, des arbres, et d'oublier les lourdes machines et les grincements des poulies et des courroies.

Marcel avait suivi pas à pas la filière du travail dans la maison de M. Hallon. Après avoir balayé et rangé l'atelier pendant plus d'un mois, il procéda au triage du *pâté* ; le jour où on lui mit un composteur dans les mains, il se regarda déjà comme un homme. Il était d'une force de paléographe pour déchiffrer l'écriture des « auteurs ». Quelques-uns présentent, à chaque mot tracé par leur plume fantaisiste, la solution d'un problème à résoudre. Marcel comprenait vite ; il eut rapidement à exécuter des besognes difficiles, et s'en tira à son honneur. Les auteurs chez qui on l'envoyait porter les épreuves lui témoignèrent de l'amitié. Il leur dut une protection amicale, des conseils et des livres. Pendant les deux premières années de son apprentissage, la mère de Marcel vivait. Elle aimait son fils jusqu'à l'adoration. Aussi était-il le plus coquettement habillé de tous les apprentis : point de luxe, sans doute, mais une propreté méticuleuse, du linge blanc, une belle chevelure soignée, une cravate nouée correctement, des mains nettes. En le voyant on comprenait que la tendresse vigilante d'une femme le couvait. Hélas ! la veuve s'en alla ; la mère fut rappelée près de l'époux qui l'avait précédée dans la tombe ; Marcel resta seul. Mais, avant de mourir, la mère écrivit pour lui une sorte de réglement de vie, et lui fit promettre de l'exécuter ponctuellement. Il ne s'en écarta jamais. Ce fut sa régularité de conduite qui le signala tout d'abord à François Chanteau le contre-maître. Il était entré tout jeune, et presque ignorant, dans ce vaste atelier employant au moins une centaine d'hommes, et y était devenu un grand garçon, instruit pour son âge, et que sa volonté de se perfectionner dans le métier signalait à l'avance comme devant y conquérir tous ses grades.

11.

XXI

UN JOUR DE PAYE.

D'ordinaire, le caissier réglait la paye des ouvriers ; mais ce soir-là les imprimeurs trouvèrent au bureau M. Hallon feuilletant les notes des contre-maîtres et calculant les journées de travail.

Le chef de la maison avait connu les difficultés de la vie ; des commencements très-durs le laissaient à la fois compatissant et sévère. Il ne pardonnait pas aux débauchés, aux paresseux. Si un ouvrier lui était signalé par ses absences fréquentes et son manque d'exactitude à entrer à l'atelier aux heures réglementaires, il le reprenait doucement une première fois, l'admonestait sévèrement la seconde, et le renvoyait à la troisième faute.

On l'aimait et on le respectait : sa sévérité ne l'empêchait point d'être juste.

Les ouvriers et les apprentis quittèrent bruyamment les ateliers, et se pressèrent dans le bureau ; en voyant M. Hallon, ils se découvrirent et reprirent un peu de gravité.

La paye commença.

— Louis Hardouin ! appela le caissier.

Un homme de quarante ans, à figure énergique, s'approcha, tendit la main, et reçut le prix de ses journées. C'était un brave père de famille que l'on trouvait à l'église le

dimanche matin, et qui, l'office terminé, partait avec sa
femme et ses enfants pour une longue promenade. Tandis que les aînés s'attachaient à la jupe de leur mère, le
plus petit, à cheval sur l'épaule de Hardouin, riait de
tout son cœur, et sa figure rose collée au visage bruni de
son père, il lui disait tout bas de ces mots charmants qui
vont au plus profond de l'âme. Hardouin fit sonner l'argent
dans ses larges mains. Une expression de contentement
honnête brilla dans son regard. Il semblait dire à ses
pièces de cinq francs : « Je vous ai bien gagnées, mes
mignonnes ! mais, à votre tour, vous allez me donner
plus d'un contentement. Il y a là des soupers pour ma
chère femme, des joujoux pour les petits ! Une promenade
pour demain, et la réserve de l'avenir ! Soyez les bienve-
nues, belles pièces brillantes, on vous a conquises par le
travail, et vous nous apportez la joie par-dessus le marché. »

— Paul Rupel ! dit la voix du caissier.

Un garçon de vingt ans, vêtu avec négligence, et dont
les habits sentaient l'odeur écœurante de l'estaminet,
répondit à l'appel de son nom. Son teint était pâle, l'œil
d'un bleu de faïence paraissait endormi, un demi-sourire
dans lequel restait une sorte d'hébêtement, errait sur sa
bouche. Une pipe pendait à un des boutons de son gilet.
il s'avança en se dandinant avec moins d'assurance que
de gaucherie.

— Rupel, dit M. Hallon, je vous ai adressé, il y a trois
mois, des observations dont vous ne tenez aucun compte.
Prenez garde, vous entrez dans une mauvaise voie d'où il
devient souvent difficile de sortir. Non-seulement vous
manquez à l'atelier le lundi, mais le mardi et le mer-
credi ; vous travaillez quand vous ne trouvez plus, au fond
de votre poche, l'argent dont vous avez besoin pour entre-

tenir votre crédit chez le marchand de vin. L'abus du
tabac et de l'absinthe ruine votre santé ; vous devenez
sujet à des accidents nerveux, dont les suites peuvent
être mortelles.... Enfin , vous donnez , chez moi , un
fatal exemple. Sans doute, les hommes doués de raison
ne seront pas tentés de vous imiter, mais il se trouve à
l'atelier des apprentis, presque des enfants. Vous pouvez
les détourner de la bonne voie, et je tiens à ce qu'ils ne
trouvent pas ici un modèle de débauche et de déprava-
tion... Je ne vous adresserai plus de reproches ; à la première absence, retenez-le bien, vous serez rayé de la liste
de ceux que j'emploie dans mes ateliers.

— Qu'est-ce que ça fait au patron que ses ouvriers
boivent de l'absinthe, fument du tabac, et flânent deux
jours de plus ? Il ne paie que les heures faites chez lui.

— S'il est des maîtres semblables, répliqua M. Hallon,
je les plains. Je me regarde, non pas seulement comme
un industriel, mais comme un chef de famille. Je vous
dois le bon exemple, la protection, en même temps que
le salaire. Vous touchez le prix de votre labeur, mais je
vous accorde en plus une participation dans les bénéfices
de ma maison. Je m'intéresse à vous, si vous m'êtes utile ;
vos enfants me connaissent et je les aime. Celui de mes
ouvriers qui ne veut pas de cette surveillance paternelle,
que je regarde comme un devoir, et que j'entends exercer,
peut aller chercher de l'ouvrage ailleurs.

Rupel murmura quelques paroles que M. Hallon n'entendit pas, et reçut le prix de trois journées.

— Ah ! vous voilà, mon vieil Herbé ! dit M. Hallon, toujours vaillant, malgré vos soixante-cinq ans !

— Eh oui ! monsieur, répondit en se redressant un vieillard alerte. Voyez-vous, le travail engendre le travail,
comme la paresse naît de la paresse. Je pourrais vivre de

mes petites rentes, car j'ai amassé chez vous une capital
assez rondelet... Mais je suis grand-père, et je dois songer
aux petits... Ah ! mon Dieu, j'ai amassé mes revenus
d'une façon bien simple... Je mettais chaque semaine
dans une tirelire le prix de la journée du lundi ; à la fin
de l'année, j'avais économisé de la sorte 312 francs, qui,
bien placés, me rapportèrent de l'intérêt. Au bout de
vingt ans, je me trouvais à la tête d'un capital de
20,000 francs... Mais ni flânerie, ni absinthe, ni tabac,
une ménagère économe...

— Et vous avez eu six enfants !

— Tout juste, monsieur, mais le cabaret ruine plus
que la famille. Mes enfants sont de braves ouvriers, de
bons maris, d'excellents soldats... Et la seconde généra-
tion vaudra la première, s'il plaît à Dieu.

Herbé se perdit dans la foule des travailleurs.

Chacun à son tour reçut sa paie, un conseil ou un blâme.
Les reproches étaient formulés avec justice, les conseils
donnés avec bonté. Le plus souvent, les ouvriers à qui
M. Hallon jugeait à propos d'adresser une parole sévère,
la recevaient doucement, humblement ; ils promettaient
de s'amender.

Après les ouvriers, vinrent les apprentis. Ils étaient
charmants pour la plupart, ces jeunes typographes, lestes,
l'œil exercé, la mine narquoise, un bonnet de papier
posé de travers sur une belle chevelure. C'étaient des
enfants s'exerçant à devenir des hommes. Un grand
nombre d'entre eux suivaient, le soir, des cours gratuits,
afin de s'instruire davantage et d'être un jour d'habiles
ouvriers.

Les apprentis étaient un peu les enfants gâtés de M. Hallon. De temps en temps, il leur donnait une fête dans les
ateliers, ou bien il faisait les frais d'une longue prome-

nade. Le maître avait débuté comme eux, il leur souhaitait un succès égal. M. Hallon en réprimanda plusieurs, parla à l'un de sa mère, à l'autre de ses frères, à tous de leurs devoirs ; en l'écoutant, les jeunes fronts devenaient graves, les yeux s'éclairaient d'une flamme pure, une bonne promesse fleurissait sur les lèvres qui, tout à l'heure, allaient redire une chanson.

Le tour de Marcel arriva. Il s'avança avec confiance.

— Mon cher Marcel, lui dit M. Hallon, depuis quatre ans que tu viens ici, tu n'as jamais manqué un jour d'occuper ta place. François Chanteau, mon digne contremaître, t'appelle l'*Horloge vivante*. Arrivé le premier, tu quittes ta casse le dernier. Ta conduite, comme travailleur, est exemplaire ; ce que je sais de ta vie intime augmente pour toi mon affection et mon estime. A partir de ce jour, tu cesses d'être apprenti pour devenir ouvrier. Ta paie va quadrupler, et je sais ce que vaut l'argent dans tes mains honnêtes. Enfant hier, tu deviens homme aujourd'hui. Viens m'embrasser, Marcel, tu n'as plus de père pour te bénir ce soir, mais celui que tu regrettes te suit d'en haut, il t'approuve, t'encourage, il demande ton bonheur à Dieu, le bonheur des bonnes gens, fait de droiture, de labeur et de dévouement à autrui.

Marcel se jeta dans les bras de M. Hallon. Son cœur débordait de joie. Il ne craignit point de laisser voir des larmes de contentement. Les cœurs naïfs et purs ne rougissent pas des émotions sincères.

Ouvrier ! il allait être ouvrier ! gagner six francs par jour, tout comme Herbé !

M. Hallon vit son trouble, sa joie, et se penchant vers Marcel :

— Les Robinsons vont être bien heureux, dit-il.

Marcel quitta le bureau comme un fou, gagna la maison de la rue Saint-Jacques, prit tour à tour dans ses bras Cri-Cri, Jean et Robert, puis il embrassa la mère Bonie, qui le regardait en souriant d'un air attendri.

Tandis qu'il prodiguait aux objets de son affection ces joyeux cadeaux, Friquet, qui disparaissait derrière un amas de feuillages confectionnés par lui dans la journée, Friquet lui sauta au cou et le couvrit de baisers.

— La journée est bonne pour tout le monde, dit-il; regardez le beau violon dont on m'a fait cadeau... Ce n'est pas tout, un monsieur est venu me donner une leçon de musique... La musique se lit dans les livres, comme l'écriture, tout le monde ne l'enseigne pas à coups de bâton ! Je veux étudier la musique pour accompagner les chansons de Nicole...

Sur la figure pâle de Friquet, brilla un rayon de reconnaissance et de tendresse, puis subitement il posa la main sur la poitrine en étouffant un cri.

— Ce n'est rien, dit-il, ce n'est rien ! On ne peut pas mourir, quand on est heureux !

XXII

BONS PETITS CŒURS

Angèle venait d'entrer au jardin des Tuileries où Mlle Emmy la conduisait tous les jours. Elle ne tarda pas à voir accourir vers elle ses jeunes amies portant des balles, des raquettes, des jeux de grâces, des cerceaux. La petite bande semblait fort disposée à s'amuser. Angèle portait un costume blanc très-élégant et assez court, qui semblait créé exprès pour faire valoir le fini de deux bottines bleues d'une incomparable perfection de forme. Angèle écoutait assez distraitement la causerie de ses compagnes ; elle restait sous l'inspiration d'une préoccupation évidente, et ses jolis yeux regardaient plutôt le bout de sa mignonne chaussure que les visages mutins qui l'entouraient. La pauvre reine Berthe que l'on surnommait la reine *Pedauque* eût été bien embarrassée dans des vêtements laissant voir ainsi ses pieds, mais Angèle paraissait ravie, et Cendrillon chaussant ses pantoufles de verre ne fut jamais plus satisfaite que la petite Angèle. Ses amies ne tardèrent pas à remarquer son manége, et le succès des bottines bleues devint complet.

— Les jolies bottines ! Où les as-tu trouvées ? Donne-nous l'adresse de ton chausseur...

Les mignonnes, déjà coquettes et regardant parfois les

factures de leurs mamans avaient remarqué que les cordonniers à la mode mettent au-dessous de leur nom : « chausseur » ou bien « artiste en chaussure. »

Mais Angèle, fière comme si elle avait découvert l'Amérique, répliqua en regardant ses amies avec une certaine
supériorité :

— Ce n'est pas un chausseur qui les a faites , mais un
savetier.

Il y eut alors une explosion de rires, de cris, de battements de mains. Les mignonnes se vengeaient de ne
point avoir d'aussi belles bottines, en songeant qu'elles
n'accepteraient point un savetier pour fournisseur.

Mais Angèle ne perdit pas contenance, et regardant de
haut ses jeunes amies, elle répliqua :

— Eh bien, quoi ? Savez-vous ce que c'est qu'un savetier ? C'est un cordonnier incompris.

Les fillettes cessèrent de rire, l'expression leur semblait
d'autant plus grave qu'elles ne la comprenaient pas. Angèle
résolut de frapper un dernier coup, et faisant appel à
tous ses souvenirs, elle ajouta :

— Vous avez cependant appris la fable du *Savetier* et
du *Financier* ? Est-ce que le grand La Fontaine a jamais
parlé des cordonniers ? Et chez qui Corneille allait-il faire
raccommoder ses chaussures ? chez un savetier !

— C'est vrai, murmurèrent les petites qui se regardèrent en dessous.

— D'ailleurs, mon savetier à moi, le père Grimperau,
ne ressemble nullement à ces petits vieux que l'on voit
dans des échoppes borgnes ; il se tient bien sur la rue pour
répondre aux pratiques et causer avec Margot, mais, dans
sa chambre, en arrière de la boutique, il cache son
musée... un musée renfermant des chaussures de tous
les temps, de tous les pays ! C'est cela qui est curieux.

Et puis, à côté des chaussures étranges, il y a un souvenir triste, un soulier de bébé, qui tient dans le creux de
ma main, et que le père Grimperau ne peut regarder sans
pleurer... Il est bien malheureux, allez ! Tout seul avec
Margot qui chante pour deux et sautille à travers la boutique, appelant les passants et volant, quand elle le peut,
la monnaie de son maître... Après avoir deviné l'histoire
du père Grimperau, je me suis promis de ne plus avoir
d'autre cordonnier... Je crois qu'il aime à travailler pour
les enfants, en souvenir de celui qu'il a perdu... Tenez,
riez maintenant du pauvre vieux, moi je ne peux pas, car
la vue du petit soulier bleu m'a fait pleurer... Grimperau
possédait autrefois une belle boutique, il est descendu à
l'échoppe... Quand on a du chagrin, on ne tient guère à
gagner de l'argent... Mais ce serait bien à des fillettes
comme nous de donner leur pratique au père Grimperau,
il quitterait son trou sombre pour reprendre un beau
magasin... Et quand je pense qu'il suffirait pour cela d'une
douzaine de jeunes filles allant lui faire une commande !

— Oh ! Angèle ! Angèle s'écrièrent les mignonnes, con-
duisez-nous chez le père Grimperau, la pie nous fera rire,
nous regarderons le musée , et nous commanderons des
bottines bleues semblables aux tiennes ! Angèle, tu possèdes un bon cœur ; tu as voulu nous amener à aimer ton
vieux protégé, c'est fait, Angèle, il nous chaussera toutes !

Alors Angèle battit des mains, rit et pleura ; elle joua
toute l'après-midi, avec l'entrain qui naît d'une joie légitime. Elle embrassait Mlle Emmy à l'étouffer, et, une
heure avant le moment où d'ordinaire elle quittait le jardin, elle entraîna ses amies dans la rue Saint-Jacques.

Grimperau se trouvait seul dans l'échoppe. Il tenait
entre ses jambes un vieux soulier de maçon qu'il rac-

commodait en conscience. Dans l'arrière-boutique on entendait causer sans éclats de voix. Les ouvriers travaillaient à la commande des condisciples d'Henri. Sans doute Grimperau aurait pu prendre sa part de cette besogne plus agréable que celle à laquelle il se livrait, mais il avait résolu de continuer à raccommoder les chaussures des travailleurs du quartier. Il le faisait avec soin, sachant bien que l'ouvrier n'a jamais trop d'argent, et que chaque pièce de monnaie représente une somme de fatigue...

En apercevant Angèle, le père Grimperau tira sa casquette.

— Voilà mes amies, dit Mlle Golmail, elles trouvent mes bottines si jolies, si jolies, qu'elles en souhaitent de semblables.

— Oui, des bottines bleues ! des bottines bleues !

Grimperau essuya rapidement ses paupières humides.

— Bons petits cœurs d'enfants ! murmura-t-il, ils ont pitié d'un pauvre savetier, parce que ce savetier a été père aussi, qu'il a souffert et qu'il a pleuré.

XXIII

ON SE PLIE AU JOUG

Henri ne ressemblait guère à l'écolier égoïste et paresseux que son père, sous l'influence d'une indignation légitime, était venu un jour offrir pour apprenti au père Grimperau. La conversion de l'enfant ne s'était pas opérée subitement, mais avec une lenteur qui en prédisait la durée. D'abord il travailla dans la crainte d'un châtiment corporel ; il n'oubliait point que son père avait autorisé Grimperau à le fustiger d'importance. Ensuite il ressentit la faim, et obéit à son patron afin de pouvoir satisfaire son appétit. Ce que Grimperau connaissait le mieux des *Épîtres de saint Paul* était cette phrase dont il usait fréquemment dans la conversation : « Celui qui ne travaille pas ne doit pas manger. » Mais l'impression la plus vive fut opérée sur l'esprit d'Henri par la vue des Robinsons et de leurs amis. Rapproché de ce groupe de travailleurs qui, du plus petit jusqu'à l'aîné de la bande, montaient l'échelle des salaires, Henri se jugea sévèrement. Il cessa d'accuser son père d'injustice et s'efforça de lui donner satisfaction. En devenant le compagnon de Marcel pendant de longues soirées, il se sentit gagné par la douceur fortifiante de l'adolescent. Sa conduite à l'égard de Grimperau s'améliora. Du reste, celui-ci ne tarda point à remarquer que toute allusion, si lointaine qu'elle fût, aux premières journées de son séjour chez le savetier, causait à Henri une impression pénible. Il lui arrivait souvent de changer de visage en regardant la petite cicatrice blanche que le vieillard gardait à la tempe. Henri se souvenait d'avoir, dans un accès de rébellion folle, jeté à la tête du vieillard une lourde forme de bois qui avait failli le tuer. Aussi, plus d'une fois, dans les moments où Henri retombait dans la paresse ou s'emportait contre l'obligation d'apprendre un métier manuel, le savetier porta-t-il lentement la main à son front sans rien dire. Henri comprenait cette leçon muette et reprenait paisiblement son travail. Mais ces progrès s'accomplirent lentement, comme tout progrès moral qui a besoin du regard de Dieu pour monter jusqu'à la vertu. L'âme ne se renouvelle pas tout d'un coup. Les vices que l'on tente d'arracher de son cœur semblent parfois s'y cramponner comme certaines racines dangereuses qui grandissent dans un champ et, après l'avoir envahi, résistent à la bêche et au sarclage du laboureur.

Cependant, à partir du jour où Henri étudia le latin en même temps que Marcel, un notable changement se fit remarquer en lui. La bonté du vieux savant le gagna. L'infirmité du maître toucha le cœur de l'élève ; Henri, jusqu'alors impertinent à l'égard de tous ceux qui voulaient bien lui enseigner ce qui leur avait coûté tant de peines à apprendre, devint d'une politesse affectueuse avec M. Rolier.

— Monsieur, lui dit-il, j'aurais toujours aimé l'étude du latin si on me l'avait enseigné de la sorte.

— Ce n'est pas absolument exact, dit le savant ; vous apprenez bien maintenant parce que vous avez de la bonne volonté, voilà tout. Tous les professeurs sont excellents, mais les écoliers restent souvent indociles.

— Oui, dit Henri avec conviction, et j'ai été un bien mauvais élève.

En cessant d'être paresseux, Henri devint indulgent. Les visites de sa sœur contribuèrent beaucoup à développer en lui des sentiments de compassion pour les pauvres et les déshérités. Quand il comprit que la valeur du don est doublée par le sentiment qui l'inspire, il s'accusa de n'avoir jamais réellement fait l'aumône.

La petite Nicole avait pris une ouvrière habile : elle travaillait avec un courage aimable et ne cessait de bénir le nom d'Angèle. L'invalide fumait toute la journée d'excellent tabac que sa petite fille allait chercher pour lui. Elle voulait qu'il prît chaque matin une tasse de café. Elle le soignait, elle le gâtait avec un respect tendre. Pyramide ne s'apercevait plus de la perte d'une de ses jambes et d'un de ses bras, depuis que les vaillantes mains de Nicole lui gagnaient sa vie. Aussi, il ne racontait plus seulement des histoires de batailles, mais il faisait des récits touchants sortis de sa mémoire ou de son cœur, afin de prouver que Dieu se plaît à bénir les enfants dévoués et respectueux.

Henri avait cru longtemps que les vertus morales restaient le partage des grandes personnes ; il apprenait brusquement, par des exemples quotidiens, que des enfants peuvent devenir héroïques à leur manière.

La petite Nicole, repassant de l'aube au soir pour nourrir son aïeul, était aussi grande qu'Énée sauvant Anchise des flammes.

Marcel, enfant encore et recueillant d'autres enfants pour les sauver du vice, du vagabondage, de la prison, est tout simplement un petit héros ; s'il n'est pas donné à tout le monde de se jeter dans un gouffre comme Curtius pour le salut d'une armée, chacun de nous peut offrir une part de son cœur, de son âme, pour arracher un être au désespoir.

Les grandes actions ne sont point celles dont le monde parle davantage.

Dieu pèse tout à son poids, et ce poids n'est point celui des hommes. Certains dévouements héroïques restent inconnus de tous. Henri apprit donc que l'on peut et doit se dévouer. Mais on ne le lui enseigna pas à la façon d'une leçon difficile ; il comprit, il vit pratiquer le bien sans bruit, comme si le bien était l'essence même de notre nature.

Il se montra doux à l'égard de Nicole, amical avec les Robinsons. Sa sœur lui ayant raconté comment elle s'y était prise pour procurer un professeur de musique à Friquet, Henri se jeta en pleurant à son cou.

— Je me corrigerai, lui dit-il, tu m'apprendras à devenir bon.

— Tu es en marche, Henri, le père Grimperau est content ; il affirme qu'avant trois mois tu sauras faire une paire de souliers.

— C'est encore bien long.

— Mais non, en travaillant beaucoup....

— Tu as raison ! dit Henri ; autrefois les heures se traînaient, maintenant elles me semblent souvent très-courtes.

Les semaines se passaient vite, égayées par des promenades, le dimanche. Depuis que Marcel gagnait de grosses semaines, il voulait que les enfants s'instruisissent et s'amusassent avec lui.

Il y a tant et de si belles choses à voir, dans ce Paris ! Marcel entraînait donc les Robinsons et leurs voisins tantôt au musée de Cluny où ils trouvaient une merveilleuse exposition d'objets d'art du moyen âge, tantôt au Louvre ou au Luxembourg. Pyramide se fit un jour leur guide et les emmena à l'Hôtel des Invalides. Il fallait voir comme les derniers venus dans ce palais des vieux braves saluaient le vétéran qui avait laissé deux de ses membres sur nos champs de bataille.

— Je ne les regrette pas ! disait-il souvent, la patrie est une mère assez grande, assez noble, assez sainte, pour que rien ne nous arrête quand il s'agit de la défendre. Morbleu, mes petits ! regardez-moi ces camarades, est-ce qu'ils se plaignent d'être écloppés ? Ils ont rempli leur devoir ; ils marchent la tête haute, et la croix vaut bien un bras de moins !

Les Robinsons n'étaient pas loin de se figurer que les soldats avaient toujours porté le même uniforme ; Pyramide les mena un jour au musée de l'Arsenal. En voyant les hautes armures de fer, Robert et Jean ne pouvaient croire qu'elles eussent été portées jadis, et Pyramide ne put s'empêcher de dire :

— Les beaux hommes s'en vont, et c'est dommage. Il faudrait deux fantassins d'aujourd'hui pour remplir cette armure-là

Henri avait obtenu d'accompagner ses amis. Lui aussi s'instruisait en regardant, en questionnant. Ce que Marcel ignorait, il le demandait le soir à M. Rolier. L'instruction des enfants avançait rapidement, d'une façon simple et pratique. Une visite au *Conservatoire des arts et métiers* intéressa vivement les apprentis venant le soir apprendre leurs leçons chez Marcel.

— On ne se douterait pas qu'on peut si bien s'amuser le dimanche tout en s'instruisant, répétaient-ils à Marcel.

A l'heure où les enfants rentraient, ils trouvaient parfois sur leur chemin un homme abruti par l'ivresse et près de tomber dans le ruisseau avant d'être conduit au poste, ou

bien ils coudoyaient un enfant de leur âge, sale, dégue-
nillé, roulant une mauvaise cigarette, ou les mains dans
ses poches, l'air railleur, le teint blême, passer à côté des
vieilles marchandes de sucre d'orge et détourner leur attention afin de dérober une des friandises de leur éventaire.

Alors ils se serraient contre Marcel, se souvenant, les
chers Robinsons, qu'ils s'étaient trouvés exposés à tous les
dangers de la vie parisienne, à toutes les tentations qui
fourmillent sur le pavé de la grande ville, quand on a faim
et qu'on n'a plus de mère pour vous cacher dans ses bras.

Une des occupations de la matinée du dimanche était
d'écrire à l'abbé Tombelle, de lui raconter, dans la grande
lettre qu'on le priait de lire à Jeanne, ce qui était survenu
de nouveau. Bien ou mal, tout y était relaté. Si Robert
avait répondu trop vivement à Panier-Fleury, si Jean
avait joué à la marelle au lieu de raccommoder ses paniers, si Cri-Cri avait croqué une pomme à la mère Gembloux, tout cela était mis dans la lettre, sincère comme
une confession.

Aussi, le désir d'y inscrire seulement le récit de semaines bien employées, d'un service rendu, d'une prière fer-
vente engageait-il les enfants à persévérer dans la droite
voie. Le curé répondait. Il répétait que Jeanne bénissait
ses enfants ; il les encourageait ; il leur promettait d'aller
un jour à Paris, afin d'en visiter les belles églises et de
presser les orphelins dans ses bras. Robert parlait non-
seulement de lui et de ses frères, mais encore de Bijou,
le beau pigeon, à qui l'on venait de donner une compagne, et qui bientôt aurait des petits que les voisins con-
voitaient d'avance. Les aventures de Friquet devinrent
le sujet d'une longue lettre, et Henri demanda un jour si
Robert avait parlé de lui.

— Je n'aurais pas osé, répondit Robert.

12

— Et moi je vous y autorise pleinement. Si tous les pères de famille, dont les enfants se montrent indociles et paresseux, usaient de l'énergique moyen employé par mon père, il y aurait plus de jeunes gens instruits et respectueux. Quand un enfant s'insurge contre la volonté de ses parents, la coutume est d'en faire un mousse. C'est bien, sans doute, car la mer est dure et la vie de bord doit être un terrible apprentissage ; mais, outre qu'on expose l'enfant à tomber dans le désespoir, on le livre à des dangers mortels... Tandis que vous ne tuerez jamais un paresseux en lui mettant en main un rabot ou un tire-pied. Je me suis révolté sous le joug ; puis lentement il m'a semblé moins lourd, j'ai pris ma tâche en gré, je l'ai acceptée, et je puis même dire que je l'aime... Je me réjouirai certainement le jour où je rentrerai au foyer de mon père, mais j'ai mérité la leçon que je reçois.

— Bien ! bien ! dit M. Rolier, qui avait entendu Henri.

Henri se jeta dans les bras du vieux savant.

— Je dois mon changement à Grimperau, à Robert et à vous, dit-il ; et je ne saurais jamais vous témoigner assez de reconnaissance.

XXIV

CATALOGUE DU MUSÉE GRIMPERAU

Depuis un mois, Marcel se levait bien avant l'heure à laquelle il avait coutume de se rendre à son bureau. Assis à sa petite table de travail, il compulsait des livres, consultait des gravures, écrivait, effaçait, et se donnait une peine énorme pour arriver à un résultat satisfaisant. Il paraît que ce but était fort difficile à atteindre, car le pauvre Marcel, en dépit de sa bonne volonté, ne se trouvait jamais satisfait.

Le soir, c'était bien autre chose ; après avoir pris sa leçon de français, étudié la géographie, écrit une version ou un thème, en compagnie d'Henri qui faisait des progrès remarquables sous la direction de M. Rolier, Marcel ne manquait jamais d'amener la conversation sur les costumes des différents peuples, et si éloigné que fût le point de départ d'une conversation, il la ramenait invariablement à la question de la chaussure. Le père Grimperau et Henri ne s'en plaignaient pas, au contraire ; et il serait à souhaiter que les ouvriers, quel que fût leur état, se préoccupassent de la façon dont on l'exerçait jadis, des moyens employés et des progrès obtenus. A ce point de vue, les expositions rétrospectives rendent d'éminents services.

En faisant passer sous les yeux du travailleur les résul-

tats laborieux de tous les siècles, on a donné non-seulement un développement considérable à l'industrie, mais
surtout on a intéressé l'ouvrier à la besogne, parfois aride,
qu'il accomplit quotidiennement. Le résultat sera complet quand des conférenciers habiles reconstitueront
l'histoire des métiers, et s'offriront gratuitement pour
donner une conférence aux ouvriers. A côté du savant
développant le côté historique, anecdotique et vivant de
chaque objet, devraient se trouver le fabricant, le contre-
maître intelligent traitant le même sujet d'une façon
pratique, enseignant les nouvelles méthodes, expliquant
l'application des machines récemment inventées.

Ce que M. Rolier faisait dans une mansarde pour des
apprentis désireux de s'instruire, se réalisera quelque
jour, nous n'en doutons pas, grâce à l'initiative d'un
homme habile et bon. Celui qui fondera des conférences
véritablement ouvrières accomplira une grande chose.
Aimer réellement les ouvriers, c'est leur fournir le moyen
de trouver du plaisir dans l'exercice de leur travail
quotidien. Jamais les comités, les congrès et les clubs
où l'on parle politique, ne vaudront pour le bien-être, la
moralisation et la fortune des travailleurs, des réunions
où ils s'instruiraient sur leur métier et le prendraient
plus en gré, par cette raison qu'ils le connaîtraient
mieux.

Au bout d'un mois, le travail de Marcel était fini. Il
lui restait à le soumettre au vieux savant, et le typographe, profitant d'un dimanche, pendant lequel il confia
les Robinsons à Grimperau, vint très-modestement trouver M. Rolier.

— Qu'avez-vous, mon cher enfant? lui demanda le
vieux savant, votre voix est troublée, et si je voyais mieux,
je vous verrais rougir.

— C'est vrai, monsieur, j'ai écrit un petit travail, et
ans doute, cela est bien hardi à moi ; ce qui m'a poussé
à le faire, c'est le désir de causer une surprise à Grimperau... Vous le savez, monsieur, le cher homme ne con-
sent jamais à ce que je lui paye les souliers neufs et les
raccommodages des chaussures de mes enfants... Alors
j'ai songé à flatter son goût pour sa collection..,

— L'idée vient d'un bon cœur.

— Et l'exécution sera d'un écolier...

— Voyons toujours.

— J'ai écrit le catalogue du musée Grimperau ; catalogue raisonné, composé de trente articles détaillés, dé-
crits le moins mal que j'ai pu, en me souvenant de vos
leçons.

— Lis, mon garçon, lis ; le bonhomme sera bien touché de cette attention. Toute la vie nous devrions agir de
la sorte les uns à l'égard des autres... La concorde, le
bonheur régneraient partout. La fraternité n'est pas un
mot, mais un sentiment : qui garde sa dignité et la paix
de la conscience reste libre : celui qui n'a jamais commis le crime est l'égal du plus grand. Lis ton manuscrit,
Marcel.

Le typographe commença d'une voix hésitante. Plus il
avançait dans sa lecture, moins il se trouvait satisfait de
lui-même. Ses descriptions ne lui semblaient pas claires,
il jugeait ses phrases banales ; il s'en fallait de bien peu
qu'il ne se sentît découragé.

M. Rolier lui indiqua des changements de mots, rectifia
plusieurs phrases, loua divers passages et finit par se dé-
clarer très-satisfait d'un semblable résultat.

— Ce n'est pas mal, dit-il. Tu regardes bien, et ce que
l'on a minutieusement observé est d'ordinaire décrit avec
justesse. Le grand art d'écrire est en partie l'art d'étudier

12.

une question physique ou morale sous toutes ses faces. Que vas-tu faire, maintenant. ?

— Demander à M. Hallon la permission de me rendre tous les jours à l'imprimerie une heure avant l'ouverture des ateliers. Si je prenais sur mes soirées, je me priverais de vos leçons, il vaut mieux sacrifier un peu de sommeil... Dans huit jours, le catalogue sera imprimé, tiré, broché, cousu, et je pourrai le remettre à Grimperau.

Marcel obtint facilement ce qu'il souhaitait. Le contre-maître, voyant qu'il s'agissait d'un plaisir à causer à un brave homme, livra pour le titre des caractères neufs, fleuronnés et charmants. M. Hallon fit cadeau d'une main de papier de Hollande ; une couverture d'un jaune clair devait achever la toilette de la brochure.

Il fallait voir Marcel composant son catalogue, tirant lui-même ses *placards*, corrigeant ses épreuves.

Ce travail était sa joie. Il y pensait tout le jour, la nuit il en rêvait. Il se demandait ce que dirait Grimperau en voyant cette surprise. Il entendait d'avance les exclamations du savetier ; il lisait dans ses yeux, si tristes d'habitude, un remerciement venant du fond de l'âme. Et cela est si bon d'obliger, d'aller au-devant des souhaits des autres, que par avance Marcel se sentait heureux.

Enfin le catalogue satiné, broché, enveloppé de papier jaune, se trouva fini. Pendant une semaine, Marcel avait pris sur ses nuits le temps nécessaire à ce travail supplémentaire. Quand il l'eut achevé, François Chanteau, le contre-maître qui portait un vif intérêt à Marcel, lui dit :

— Mon garçon, ce serait une politesse de ta part d'offrir un exemplaire de cette brochure à M. Hallon.

— Vous croyez qu'il daignerait l'accepter ?

— Il aime ses ouvriers, il t'apprécie, suis mon conseil, tu n'auras pas à t'en repentir.

A la fin de la journée, Marcel, surmontant sa timidité, se rendit à l'appartement particulier de M. Hallon. Il fut tout de suite introduit dans le cabinet de son patron.

— Je suis bien aise de te voir, Marcel, lui dit celui-ci, m'apportes-tu des nouvelles de ta petite famille ?

— La petite famille va très-bien, monsieur, grâce à Dieu et à vous. J'ai loué pour les Robinsons un cabinet contigu à ma chambre, ils se trouvent là comme dans un paradis. J'aurais pu changer de logement, puisque ma paie est quadruplée ; mais j'ai réfléchi que l'an prochain j'aurai à solder d'assez grosses dépenses. Les enfants feront leur première communion , et je les veux vêtus comme si la mère y était. Ensuite, après cette fête, les Robinsons entreront en apprentissage. Je paierai ce qu'il faudra pour cela ; j'aime mieux donner de l'argent que de voir les petits sacrifier leur temps.

— C'est bien, Marcel, mais toi ?

— Moi, monsieur, il ne me manque rien, et je suis le plus heureux des typographes... C'est même une question de typographie qui m'amène chez vous.,. Pendant les heures matinales j'ai imprimé ceci pour un homme à qui nous avons des obligations, et si vous me permettez de vous offrir un exemplaire...

— Montre-moi la brochure, Marcel... Elle a très-bon air... Le titre est fort heureusement arrangé... Tout est net et clair dans le tirage. Personne ne t'a aidé ?

— Non, Monsieur.

— Ah ! fit M. Hallon, qui parut réfléchir ; et qui a composé le texte de ce catalogue raisonné ?

— C'est moi, Monsieur.

— Mais cet impossible, Marcel ! je trouve ici la preuve de connaissances historiques que tu ne peux posséder...

Dieu me pardonne, voici du latin... Et du grec ! trois mots grecs !

— Monsieur, dit Marcel avec un redoublement d'embarras qui était charmant à voir sur cette honnête figure, notre état est fort instructif, je compose beaucoup de volumes, et je vous assure que je les lis en les imprimant. Ensuite, le soir, pour me reposer, je suis un cours de français et de géographie, auquel M. Rolier joint le latin... Pour les mots grecs, il a bien voulu me les écrire.

— Ah çà ! demanda M. Hallon, tu veux donc devenir correcteur ?

— Que voulez-vous, Monsieur, répondit Marcel, je suis ambitieux... J'ai de la famille...

— Garde-la cette louable ambition, mon cher garçon, elle te mènera au but parce qu'elle chemine à côté de la conscience ; je te remercie de ton cadeau. Continue à apprendre le latin, tu t'en trouveras bien un jour.

Marcel quitta tout rayonnant l'atelier de son patron. Son paquet de *catalogues* sous le bras, il regagna la rue Saint-Jacques.

Panier-Fleuri l'attendait en compagnie de la mère Bonie. Une oie rôtissait devant un feu clair, emplissant le logis de parfums apéritifs.

Marcel se mit à rire en voyant les joyeux préparatifs du souper, et il demanda à Panier-Fleuri s'il était content de Robert.

— Je crois bien ! il compte comme Barême ! et pour le triage il n'a pas son pareil. Depuis six mois, il suffit à la besogne, et je me produis l'effet d'être devenu paresseux. Aussi, vous comprenez, Marcel, je l'ai augmenté depuis trois mois, si je n'en ai rien dit, c'était pour apporter une somme rondelette. Voilà quarante-cinq francs qui sont bien à Robert.., Si vous aviez aimé la partie, il m'aurait succédé.

— Vous connaissez mon idée, Panier-Fleuri, on se promène trop quand on est chiffonnier... Je veux pour Robert un état sérieux, et cet état il le choisira au printemps...

— Vous avez raison, Marcel, ramassez en attendant les pièces de cent sous.

— Elles paieront les vêtements chauds de l'hiver.

Grimperau et Henri arrivèrent et on se mit à table ; une bonne gaieté animait tous les convives. Chacun se trouvait content des autres, parce qu'il était content de soi. On ne s'imagine pas l'influence d'une bonne conscience sur le caractère.

Marcel, Henri, Friquet et les Robinsons quittèrent leurs amis pour aller prendre la leçon quotidienne. Grimperau, Pyramide et Panier-Fleuri restèrent seuls à causer près du foyer, tandis que Nicole et la mère Bonie lavaient les assiettes, et mettaient en ordre le modeste ménage.

Le lendemain était un dimanche. Au sortir de l'office, le jeune typographe prit un paquet sous son bras, traversa l'échoppe de Grimperau et entra dans l'arrière-boutique. Le savetier s'y trouvait seul ; Henri venait de rejoindre les Robinsons chez M. Rolier.

Marcel dénoua ses brochures, en prit un exemplaire, et le plaçant dans les mains du savetier :

— Lisez cela, lui dit-il en souriant.

Le bonhomme regarda la couverture, et poussa un cri de surprise en voyant imprimé en beaux caractères : CATALOGUE DU MUSÉE GRIMPERAU. Puis, suivant chaque numéro du regard, et comparant la description faite par Marcel avec l'objet renfermé dans la vitrine, il disait de temps en temps : — C'est cela, c'est bien cela ! — Puis il relevait ses grosses lunettes sur son front s'essuyait les yeux, reprenait sa lecture, et ne pouvait comprendre comment son jeune ami avait eu l'idée de rédiger ce magnifique catalogue.

Il arriva au dernier article et lut tout haut :

NUMÉRO 34 : *un soulier bleu.*

Et à côté de l'indication « Soulier bleu, » Marcel avait ajouté un grand ?.. Que savait-il, en effet, de cette chaussure d'enfant? — Rien; et le point d'interrogation semblait frapper à la porte du cœur de Grimperau comme une question amie.

Le vieux savetier le comprit. Il serra les mains de Marcel dans les siennes et lui demanda :

— Tu veux savoir l'histoire du *soulier bleu*?

— Oui, père Grimperau, et je le sens, cela vous soulagera le cœur de me l'apprendre.

Le savetier ouvrit la vitrine, y prit la chaussure mignonne, vint tomber dans son vieux fauteuil, et commença ainsi :

XXV

PIERRE QUI ROULE

Quand je me mariai, il y a de cela cinquante ans, j'é-
tais établi et possesseur d'une belle boutique de cordon-
nerie. Ma femme, ma chère Mariette, avait dix-sept ans,
moi vingt-deux. Elle était jolie, honnête, active ; je me
sentais plein de courage, et tout semblait nous sourire.
Avec quel goût Mariette rangeait l'étalage, comme elle
se montrait avenante à l'égard des pratiques. On serait
venu dans la boutique pour elle, si je n'avais possédé, je
puis bien le dire sans amour-propre, un véritable talent
dans mon état.

Nous ne désirâmes bientôt plus rien tous les deux ; un
petit enfant nous fut envoyé. Un enfant joli comme un
chérubin, avec des yeux noirs, des cheveux frisés, une
peau comme une fleur, et un pied ! un petit pied qu'un
baiser couvrait tout entier. Mariette était folle de son fils,
et je n'étais pas plus raissonnable que Mariette. Tu comprends avec quel joie, quel amour je confectionnai, pour
les petons roses, les premiers souliers qu'ils durent chausser. Je pris le plus beau cuir, mon alène la plus fine, et
tout triomphant, je portai à Mariette les deux souliers
qui auraient pu être de vrais chefs-d'œuvre, et me valoir
la maîtrise, s'il avait fallu encore subir des épreuves pour

devenir ouvrier et patron... De ces souliers-là, Marcel, il n'en reste qu'un ici... Mariette a emporté l'autre... Nous étions trop heureux, vois-tu : Dieu prend souvent des êtres qui nous sont chers, il les place dans son Paradis et promet de nous les rendre si nous méritons de les rejoindre... C'est pour cela qu'il faut être bons, les morts nous regardent du haut du ciel, et ces morts nous tendent les bras... Mariette mourut deux ans après notre mariage, et je plaçai un des soulier bleus dans son cercueil... Je restai seul avec Vital, et il fallait bien l'aimer, crois-moi, pour me résigner à vivre. Mais je ne pouvais retrouver un jour Mariette, qu'en accomplissant des devoirs sacrés, et je me résignai sans oublier jamais.

Vital devint ma pensée constante. Son bonheur fut mon unique soin. Je travaillai afin qu'il devînt riche ; hélas ! Marcel, je le gâtai ; à force de l'aimer, je l'aimai mal, et Dieu m'en a puni cruellement. Tant que Vital resta petit, sa paresse, son amour du jeu furent pour moi de l'espièglerie. Quand j'essayais de le gronder il se jetait à mon cou. Et le moyen de me montrer sévère, quand je tenais sa figure rose sur mon cou et que ses lèvres murmuraient dans un baiser : — « Père, je t'aime. » — Il grandit et ne s'amenda guère. Les voisins se plaignaient de son caractère querelleur. Avant de savoir ce que c'est que les cartes, il devint joueur. Il perdit ses billes, ses toupies... Un jour il prit vingt francs sur mon bureau, les risqua aux osselets et les perdit... La mère de l'enfant qui les avait gagnés me rapporta la pièce d'or, et j'appris que la disparition de cet argent, au lieu d'être le fait d'une erreur était le résultat d'une faute.

Cette fois je me montrai sévère. Vital pleura, promit de ne jamais recommencer et parut prendre goût au travail. Mais cette conversion n'était pas sincère, Vital avait eu peur de ma colère et me désarma par sa docilité, mais quand il me crut retombé dans ma faiblesse, il quitta de nouveau le logis pendant des après-midi entières. Je le mis en pension, il se fit renvoyer. J'essayai, encore une fois de lui apprendre mon état, il travaillait un jour sur sept. Ignorant et paresseux, il ne devait pas tarder à tomber dans la débauche.

Alors je me montrai sévère : si j'avais pardonné que l'on gaspillât mes économies, je restai inflexible sur la question d'honneur. Hélas ! Vital, loin de s'humilier, s'emporta contre moi, il me répliqua insolemment : « Il faut que jeunesse se passe ! » et pendant deux semaines je ne le revis plus. Désolé, désespéré, je courus chez mes amis, cherchant l'enfant prodigue, j'allai même à la Morgue où l'on dépose les cadavres... Je ne le trouvai nulle part... J'étais à demi mort en revenant de faire cette terrible démarche, et je rentrais à peine dans ma maison, quand Vital parut sur le seuil, hâve, défait, les habits en désordre.

Il tomba sur une chaise, et me dit : « J'ai faim, j'ai soif, je veux de l'argent ! » — Je l'entraînai dans la salle à manger, je lui servis à dîner, mais je ne plaçai que de l'eau sur la table. « — C'est du vin qu'il me faut ! — » dit-il. « — Non, lui répondis-je, car le vin te griserait et t'empêcherait de m'entendre. Il faut que tu m'écoutes ; sans cela tu pourrais te repentir de ton manque de respect et de l'oubli de tous tes devoirs. Je t'ai aimé comme jamais père ne chérit son enfant... Tu étais le seul souvenir de ma chère Mariette, une sainte, qui voit du haut du ciel l'indignité du fils et la douleur du père... Je t'ai gâté, et j'ai eu tort ; seulement, à partir de cette heure, je change de façon d'être à ton égard. Tu ne me quitteras plus ; tu ne rejoindras point les méchants conseillers qui

13

t'ont entraîné dans la voie du vice. Et si tu tentes de te révolter contre ma volonté, rappelle-toi que ton âge me permet de recourir à la loi, et qu'un mot du président du tribunal peut t'envoyer sur ma demande dans une maison de correction. »

Vital me regarda avec des yeux étincelants de colère : — « Vous ne feriez pas cela, me dit-il, vous n'oseriez pas le faire. » — « Je ferai tout pour empêcher que tu deviennes tout à fait un scélérat. » Vital s'approcha si près de moi que son visage toucha le mien. — « Je ne suis plus un enfant, me dit-il, mais un homme. Dorénavant j'agirai à ma fantaisie, et si vous mettiez à exécution le projet de me faire enfermer, avant d'être pris par les gendarmes, je vous tuerais ! oui, je vous tuerais » — « Prends garde, Vital, lui dis-je, prends garde : Dieu m'a donné le droit de te maudire. » Il poussa un éclat de rire et répéta d'une voix creuse. — « Il me faut de l'argent : » — « Pour t'enivrer, pour jouer encore ? Non, jamais, jamais ! — » C'est bien, fit-il, je sais le moyen de m'en passer, mais rappelez-vous que vous vous repentirez de ce refus. » Je voulus le retenir, le prier, j'espérais l'attendrir encore, il était si jeune ! songez donc, dix-huit ans à peine ! Mais il m'échappa, quitta la salle à manger, traversa la boutique et s'enfuit dans la rue. Courir après lui eût été provoquer un scandale, je tombai sur un siége, et je me mis à sangloter... Oh ! combien je me reprochai alors ma tendresse imprévoyante, mon impardonnable faiblesse ! Si je m'étais montré tout d'abord sévère à son égard, il eût travaillé, et le travail sauve de tout. J'avais été trop bon, un père n'a pas ce droit, j'étais coupable ; mais combien cruellement je me trouvais châtié ! Je pleurais à sanglots, m'adressant à Dieu, à ma chère morte. Le lendemain j'allai au cimetière, et là, sur la tombe de Mariette, je conjurai la mère de veil-

ler sur l'enfant : les saintes accomplissent ce que ne peuvent faire les hommes.

Six semaines se passèrent, j'attendais toujours l'ingrat.
Aucun de mes amis ne recevait sa visite. Un matin on
m'apporta un billet portant ma signature, billet qui avait
été escompté et dont le remboursement était exigible : ce
billet je ne l'avais pas signé... Comprenez-vous, Marcel ?
Il fallait payer ou dénoncer mon fils : Je fis honneur au
nom de Grimperau. Il n'y a point de nom trop modeste
quand ce nom est honorable... Je payai cette fois, et ce
fut le signal d'une débâcle. Les billets commencèrent à
pleuvoir dans mon logis. Mes économies y passèrent ; il
fallut vendre le mobilier... Rien ne me resta plus qu'un
lit et la vitrine que vous voyez... Huit jours ne s'étaient
point passé depuis que Grimperau, cordonnier, était devenu un pauvre homme, quand je reçus une lettre de
Vital. Il m'annonçait sèchement qu'il partait pour l'Amérique. Ce fut le dernier coup. Si coupable qu'il fût, j'espérais encore le revoir et goûter la joie de lui pardonner...
Il n'est jamais revenu...

—Vous a-t-il donné de ses nouvelles ? demanda Marcel.

— Jamais, non plus ! Alors le découragement s'empara
de moi... J'avais souhaité devenir riche pour lui seul...
Si je restais sans enfant, que m'importait d'être pauvre ?
J'acceptai complétement mon malheur. Je trouvai presque une sorte de contentement dans l'excès de ma misère.

Je changeai de quartier, je louai cette échoppe, et je
devins savetier. Le travail ne me manqua pas. Mes occupations me rapprochaient des pauvres, des ouvriers, je
trouvais une grande douceur à les obliger. Quand on me
connut, on m'aima. Plus d'une fois ma tristesse a provo-
qué la sympathie, mais je gardais mon malheur comme
un avare cache sa cassette. Qu'aurais-je pu dire sans l'ac-

cuser, lui, l'oublieux, l'ingrat ! Je tâchais souvent de chasser de mon souvenir les scènes terribles qui avaient précédé son départ ; je me le représentais tout petit, quand ses pieds roses chaussaient les souliers bleus que je pouvais enfermer dans ma main.

Alors je me sentais plein d'indulgence, d'amour et de miséricorde. Je lui parlais comme s'il pouvait m'entendre ; je serrais sur mes lèvres le soulier d'enfant, et j'appelais Vital, et je pleurais ; oh ! comme je pleurais, mon pauvre Marcel !

Le vieux savetier pressa le petit soulier sur ses lèvres blêmes et se mit à sangloter.

— Qui sait si Vital ne reviendra pas, dit Marcel d'une voix douce. On se lasse de la vie d'aventures, Grimperau... Quelque jour, du fond des pays lointains où il s'est exilé, il se souviendra de son père, et, repentant comme l'enfant prodigue, il viendra tomber à ses pieds. Il sera vieilli prématurément, sans doute ; pauvre, car pierre qui roule n'amasse pas mousse, comme dit le proverbe, vous le serrerez dans vos bras et vous lui direz ce que dit le père de famille à cet autre ingrat dont parle l'Évangile : « Mon fils était perdu et il est retrouvé : Mon fils était mort et il est ressuscité ! On peut tuer le veau gras ! »

— Que Dieu t'entende, Marcel et qu'il te bénisse, car je sens dans ton cœur d'enfant la pitié pour ma douleur, et le vouloir de me consoler. Tu sais l'histoire du Numéro 34 du *Catalogue* du MUSÉE GRIMPERAU, ne la redis à personne ! à personne !

— Je n'en parlerai qu'à Dieu, répondit Marcel, en embrassant le vieillard.

XXVI

ANNIVERSAIRE D'ANGÈLE

Un grand mouvement régnait à l'hôtel de M. Golmail. Depuis trois jours on s'y occupait d'une réception ayant pour but de solenniser l'anniversaire d'Angèle. Un grand dîner devait réunir les amis du banquier, puis le soir, les enfants de ces mêmes amis danseraient dans le grand salon, tandisque l'orchestre serait dissimulé dans la serre.

Angèle paraissait radieuse, et M. Golmail était même un peu surpris de cette exubérance de joie chez une enfant plus silencieuse que bruyante. Au fond de son cœur il lui en voulait même un peu de se montrer si pleine d'entrain quand son frère devait manquer à cette fête. Golmail se demandait si cette Angèle, à qui jusqu'alors il n'avait pu reprocher qu'un peu d'indifférence pour les choses sérieuses, avait le cœur atteint de cette maladie horrible qui s'appelle l'égoïsme.

Dès le matin, Angèle avait trouvé sa chambre remplie de volumes de prix, de menus bijoux, de fleurs. Elle s'était jetée au cou de son père avec un élan de sincère tendresse, mais à cette date où il lui était possible de tout implorer de la bonté paternelle, et d'obtenir peut-être la grâce de Henri, elle n'avait pas même prononcé le nom de l'exilé.

Henri ne paraissait pas exister pour M. Golmail ; il ne savait rien des visites de la jeune fille chez Grimperau ; il ignorait son ingénieux complot pour donner au savetier la clientèle de ses amis. La petite fille avait gardé le silence le plus absolu sur tous les détails qui auraient pu lui attirer une louange de son père. Aussi, vers l'heure du dîner, souriante, parée, ses beaux cheveux blonds tombant sur son dos, et chaussée des fameuses bottines bleues, Angèle s'installa dans le salon, un livre à la main. Si son père avait eu la fantaisie de regarder par-dessus son épaule, il aurait acquis la certitude que la mignonne tenait le volume à l'envers, et laissait errer sa pensée dans le pays des rêves.

Les invités arrivèrent à l'heure indiquée. Angèle se vit combler de présents de toutes sortes : livres illustrés, boîtes de bonbons, bouquets, jouets merveilleux, car Angèle aimait les poupées et n'en rougissait pas, n'étant pas de ces petites personnes qui jouent à la « madame » et regardant avec dédain les amusements de leur âge. Jamais les cadeaux ne l'avaient trouvée si reconnaissante. Elle sautait de joie et battait des mains, tandis que M. Golmail soupirait en secret.

Le dîner vint faire diversion. Servi avec recherche et magnificence, il mérita les compliments des gourmets et l'approbation des connaisseurs. En dépit de son évidente satisfaction, Angèle mangea peu. Ses petits pieds trépignaient sous la table, sa jolie figure se tournait souvent du côté de la porte. Elle n'entendit point que l'on portait sa santé et devint toute rouge quand son père la rappela au sentiment de ce qui se passait autour d'elle.

On passa au salon pour prendre le café.

Angèle errait dans la vaste pièce, s'asseyant sur un meuble, se levant, allant d'une croisée à l'autre. Enfin, elle entendit un bruit de pas et de voix du côté de l'anti-chambre, et quittant sa place, elle se rapprocha vivement de son père, dont elle prit la main en la couvrant de baisers.

M. Golmail n'eut pas le temps d'adresser une question à sa fille, la porte du salon s'ouvrit à deux battants, et un laquais annonça :

— M, Rolier, M. Grimperau, M. Henri Golmail, M. Marcel.

Un cri s'échappa de la bouche du banquier. Il était très-ému et devint subitement pâle.

Henri s'avança vers son père, en suivant respectueusement le vieux professeur aveugle.

L'adolescent avait revêtu son habit de lycéen, mais il gardait sur son bras le tablier de cuir des cordonniers, et à la main il tenait un double paquet composé de cahiers et de livres, puis une serviette de serge verte semblable à celles dans lesquelles les cordonniers reportent la chaussure chez leurs clients.

— Mon père, dit Henri, je viens vous demander pardon de m'être montré un mauvais élève et presque un mauvais fils. Vous m'avez imposé une punition que vous auriez pu rendre plus sévère. J'espère en avoir profité doublement. J'ai appris depuis mon départ la valeur de l'étude et le prix du travail. M. Rolier, mon savant professeur, a bien voulu me faire recommencer le latin et le grec... Voici mes devoirs, thèmes et versions ; vous pouvez m'interroger sur mes auteurs... Quant au vieux maître que vous m'avez imposé, je lui ai donné du ligneul à retordre, mais enfin je suis parvenu à faire proprement une paire de souliers... la voici, mon père, jugez à la fois l'écolier et l'apprenti.

M. Golmail prit les cahiers et la regarda ; il saisit ensuite la paire de chaussures et la regarda avec une vive curiosité. Puis se tournant vers M. Rolier :

— Êtes-vous réellement content d'Henri ? lui demanda-t-il.

— Absolument, répondit le professeur.

— Et vous, maître Grimperau ?

— Mon Dieu, Monsieur, il est presque regrettable que vous soyez millionnaire ; l'enfant a maintenant un état au bout des doigts.

Henri se jeta dans les bras de M. Golmail et l'embrassa avec une vive tendresse.

— Tu es bon, lui dit-il, je te remercie et je t'aime... désormais tu me trouveras laborieux et docile... Seulement je te supplie de ne point me séparer de M. Rolier si tu veux que je sois bachelier dans trois ans..

— Je te le promets.

— Ensuite laisse-moi te dire que si M. Rolier m'a enseigné le latin et Grimperau l'art de faire des souliers, je dois à Marcel l'amour de ce même travail dont les autres me faisaient une loi. Les Robinsons de Paris, rangés, sobres, laborieux, sont devenus une leçon vivante. J'aurai sans doute de nombreux compagnons au collége, je souhaite garder Marcel pour ami.

Le banquier prit la main du typographe.

— Oh ! fit-il, Marcel et moi nous sommes d'anciennes connaissances ! Alors seulement M. Golmail comprit qu'Angèle connaissait le complot.

— Petite sournoise ! fit-il, déjà si profondément dissimulée.

— Plus que vous ne croyez, répondit-elle, car mes belles bottines sont l'ouvrage du père Grimperau.

Il y eut une explosion de joie générale. Henri fut entouré, félicité, Angèle avait envie de pleurer et de rire tout ensemble. Pendant ce temps, M. Golmail demandait au vieux savant s'il consentait à se consacrer à l'instruction d'Henri,

— Je suis presque complétement frappé de cécité, lui répondit M. Rolier. Quand m'arriva ce grand malheur, je n'avais point l'âge voulu pour obtenir une pension alimentaire, et je restai seul, malade, presque pauvre. Ma distraction, ma joie à été de devenir le professeur des enfants ignorants du voisinage. Je fais ma classe sous les toits à des élèves gais comme les moineaux qui s'y nichent... Aucune proposition, si avantageuse qu'elle fût, ne me déciderait à me séparer de mes chers apprentis, les Robinsons, et de leurs voisins. D'ailleurs Marcel aussi apprend le latin, et je me suis chargé d'en faire un homme instruit, utile et heureux.

— Qu'à cela ne tienne, Monsieur, Henri continuera chez vous à partager la leçon de ses amis des mansardes. Je ne vous demande que la permission de m'occuper du règlement de votre pension auprès du ministre dont j'ai l'honneur d'être l'ami.

Un mois plus tard, le digne M. Rolier apprenait qu'il toucherait régulièrement deux cents francs par mois. Le soir même, il serra Henri dans ses bras avec une vive tendresse :

— Je savais bien, dit-il, que le cœur était bon !

XXVII

L'ENCOURAGEMENT AU BIEN

Un matin du mois de juin, Marcel reçut une convocation imprimée l'invitant à se rendre à la séance de la Société d'*Encouragement au Bien* dont les réunions annuelles ont lieu au Cirque d'hiver. Un paquet de vingt billets se trouvait joint à cette lettre.

Marcel, fort surpris, tourna la lettre dans ses mains, sans rien comprendre à cet envoi. Une seule chose était certaine, la convocation à la séance, puis la faculté de distribuer autour de lui les billets qui venaient de lui être adressés. M. Rolier, questionné à ce sujet par Marcel, lui répondit :

— La Société d'*Encouragement au Bien* s'est en quelque sorte greffée sur l'Académie française. Comme l'assemblée des *Quarante*, elle distribue des prix de vertu. l'Académie les décerne en argent ; la Société d'*Encouragement au Bien* offre des médailles d'or, d'argent, de bronze, des brevets d'honneur, des couronnes civiques. Elle va chercher la vertu ignorée, les dévouements inconnus, et les signale à l'admiration de tous. Je lis déjà une objection dans tes yeux, Marcel, tu ne penses point que la vertu doive trouver son prix en ce monde, cela est vrai sans doute, mon enfant, Dieu seul la saura dignement payer, aussi ce n'est pas

seulement pour glorifier les héros modestes, les fils respectueux, les frères dévoués, les serviteurs fidèles qu'elle donne ses brevets et ses médailles. Elle a également à cœur
de montrer à tous le *Bien*, cet arbre immense étendant
ses rameaux de fleurs et de fruits sur le monde. L'exemple est contagieux quand il s'agit de vertu aussi bien que
s'il s'agit de vice. Si le mal enfante le mal, comme l'abîme
attire l'abîme, la vertu invite à la vertu. Il est moralisant
de montrer celle-ci dans toutes les classes de la société,
car toutes ont, indépendamment des prescriptions de la
morale générale, des devoirs spéciaux à remplir. J'approuve fort pour mon compte une société basée sur la
diffusion du bon exemple, et je me ferai un grand bonheur d'assister à cette fête.

— Alors, monsieur, je serai doublement heureux de
m'y rendre. Je distribuerai mes vingt billets autour de moi
et nous passerons tous une excellente journée.

— Oui, mon enfant, répondit M. Rolier avec une douceur attendrie, meilleure encore que tu ne crois.

Le 10 Juin, depuis l'aube, la mère Bonie était debout ;
avant de songer à sa toilette, elle s'occupa de celle des
enfants. Les Robinsons émerveillés virent étaler devant
eux des vêtements neufs, des souliers brillants, des crava-
tes élégantes. Avec un soin d'aïeule, la vieille femme lissa
leurs cheveux blonds, et quand elle les vit joyeux, propres,
le sourire aux lèvres, elle reporta sa pensée vers Jeanne,
la pauvre Jeanne qui ne pouvait les regarder que du haut
du ciel.

Le tour de Friquet vint ensuite. Par suite d'un arrangement que Marcel ne comprit pas d'abord, ce fut le professeur de violon qui vint prendre l'ancien élève de Vaurien. Le père Pyramide revêtit son uniforme pour la circonstance, y attacha sa croix d'honneur, et descendit

l'escalier, appuyé sur le bras de Nicole. Grimperau les attendait en bas avec Panier-Fleuri.

Un groupe d'enfants ne tarda pas à les rejoindre avec leurs familles : Mathias le gâcheur, François l'apprenti serrurier ; Louis Joblin, devenu ouvrier menuisier ; Benoît, qui montait déjà proprement une pendule ; Claude Royan, Jacquet. Tous avaient une figure respirant la bonne humeur, mêlée à une sorte de mystère. Peut-être en savaient-ils long sur ce qui allait se passer. Les Robinsons parurent accompagnés de la mère Bonie ; Marcel conduisait M. Rolier. A deux pas de la maison de la rue Saint-Jacques se trouvait une file de fiacres, attendant comme s'il s'agissait d'une noce.

La mère Bonie s'approcha de l'une d'elles, en ouvrit la portière, et dit à Marcel :

— Monte dans celle-ci avec ton professeur et deux des Robinsons ; ton ami, M. Golmail a envoyé des voitures pour tout le monde.

Mais Marcel ne le voulut point ainsi, il exigea que Pyramide et Nicole prissent place dans le même fiacre que lui ; la mère Bonie se chargea des orphelins de Jeanne ; Grimperau partagea un coupé avec Panier-Fleuri et la Gembloux, et les voitures prirent solennellement la file.

Sur le pas de leurs portes, les petits commerçants regardaient passer les Robinsons et leurs amis ; on faisait à Marcel des signes d'amitié ; la fête n'était pas seulement dans la maison de Marcel, elle descendait dans la rue Saint-Jacques, elle gagnait le quartier.

Le ciel était d'un bleu pur, les voitures des marchandes de fleurs roulaient ; une foule parée circulait sur les places, affluait sur les boulevards.

Il y avait longtemps que Marcel et ses amis n'avaient parcouru les grandes voies parisiennes. A mesure qu'ils approchaient du Cirque d'hiver la foule augmentait, se dirigeant vers un même point. Un bruit de voitures, de portières retentissait au loin ; des mâts ornés de banderoles, des écussons, des drapeaux, décoraient la façade du cirque ; des sergents de ville maintenaient les masses d'invités arrivant de tous les côtés, et au milieu de ce bruit, de ce mouvement, s'agitaient des jeunes gens que leur rosette de ruban vert faisait reconnaître pour les commissaires de la fête.

L'un d'eux s'avança au-devant de Marcel, prit la lettre que l'enfant lui tendait, et lui servit de guide jusqu'à la salle.

M. Rolier et les Robinsons l'accompagnèrent seuls ; mais à peine le typographe se trouva-t-il dans la salle qu'il aperçut à quelques pas, sur les gradins de l'amphithéâtre, la mère Bonie, Nicole, Grimperau, Panier-Fleuri et le groupe des petits voisins.

La piste du cirque, partagée en deux, présentait une énorme estrade couverte de tapis, munie d'un bureau pour les orateurs et d'une table immense surchargée de boîtes de maroquin renfermant des médailles, des livres magnifiques et des couronnes de feuillage.

Dans la galerie supérieure avaient pris place les musiciens de la garde de Paris. La seconde moitié de la salle, garnie de banquettes de velours, se trouvait déjà comble. Marcel était placé entre un vieillard ayant les allures d'un vieux serviteur, et une sœur de Saint-Vincent-de-Paul. Devant lui, derrière lui se pressaient des femmes élégantes, des frères des écoles, des soldats, des femmes du peuple, des marins, la plupart avaient la poitrine couverte de médailles de sauvetage, de décorations multiples.

Les musiciens commencèrent une marche triomphale, et l'on vit s'avancer sur l'estrade le président de la Société, les membres du comité, le secrétaire perpétuel. Celui-ci s'assit à un bureau spécial. Le président ouvrit la séance en indiquant l'objet de la réunion, puis le secrétaire général prit la parole. C'était un vieillard à la chevelure d'un blanc d'argent, tombant sur ses épaules en boucles épaisses, son visage respirait la bonté, et s'animait des flammes jeunes et vives du regard. Il parla de la vertu avec enthousiasme, de la bonté avec attendrissement.

« Je ne vous convoque ici que pour admirer et pleurer, dit-il. Tous ceux qui vont venir recevoir notre médaille l'ont vaillamment gagnée. Vous vous étonnerez peut-être qu'ils l'aient tardivement reçue ; mais les fruits de la vertu ne deviennent des fruits d'or que si on leur laisse le temps de mûrir aux branches de l'arbre éternel.

« Ne croyez jamais ceux qui vous crient : la vertu s'en va ! pas plus que ceux qui crient : la poésie est morte ! Tant qu'il restera sur notre globe une mère, l'amour maternel subsistera ; tant que vous verrez un soldat en France, vous pouvez affirmer l'honneur militaire. Partout où vous trouverez une croix et où vous porterez un drapeau, vous ressusciterez la religion et la patrie, vous trouverez des héros et des martyrs ! Rien ne meurt de ce qui est grand, rien ne s'affaiblit de ce qui est saint ! car toute vertu descend de Dieu pour se fondre en lui ; et l'immortalité de l'âme est la preuve même de l'immortalité du génie, de la bravoure et de la vertu.

« Nous allons récompenser des médecins ayant bravé la contagion pour arracher des malheureux à la mort ; des serviteurs qui, non contents de ne plus recevoir de gages de leur maîtres tombés dans l'infortune, les ont nourris pendant plus de vingt années ; des soldats qui, depuis leur entrée au régiment, ont régulièrement adressé à leur vieux parents le sou quotidien de leur paie ; des

millionnaires qui ont prodigué leur fortune pour fonder
des crèches, des ouvroirs, des hospices ; des instituteurs
devenus les pères de leurs élèves ; des enfants que leur
malheur ou le malheur des autres fit subitement hommes.
Nous leur offrirons nos couronnes, vous leur donnerez
votre sympathie, vos applaudissements et vos fleurs. »

Le secrétaire général commença l'appel des lauréats. En
effet, toutes les classes de la société se trouvaient confon-
dues ; l'égalité de la vertu rapprochait la grande dame de
l'ouvrière, le magistrat du travailleur. A chaque récit d'un
trait héroïque les bravos se faisaient entendre. Des dépu-
tations des Ecoles de Paris et des divers pensionnats don-
naient le signe d'un généreux enthousiasme. Beaucoup
de femmes s'essuyaient les yeux, et si les hommes ne
pleuraient pas, une émotion profonde se trahissait néan-
moins sur leur visage.

Un grand nombre de médailles venaient d'être décernées,
quand le secrétaire général reprit la parole :

« Je vais, dit-il, vous raconter l'histoire d'un enfant
resté orphelin à douze ans. Sans autre guide que le souvenir d'une mère adorée, sans autre force que la volonté,
il parvint à se suffire, et mena une conduite exemplaire.
Beaucoup d'autres peut-être seraient capables de l'imiter, mais après quatre années de cette existence modèle,
notre apprenti trouva l'occasion de se montrer héroïque,
et cette ocasion, il la saisit sans songer seulement qu'il
y eut du mérite à faire ce qu'il faisait. Un soir, trois enfants venus du fond de la Bretagne, se trouvent seuls sur
le pavé de Paris, l'apprenti les rencontre, les emmène, et
du jour où les petits malheureux ont couché sous son
toit, ils sont adoptés ! Ils vécurent du gain précaire de
l'apprenti, de ce qu'eux-mêmes tirèrent d'industries diverses ; ils étaient trop jeunes pour entrer en apprentis-

sage ; et cependant à la fin de chaque journée de gros
sous honnêtement gagnés tintaient au fond de leur poche.
Ils venaient à bout de faire sortir de l'argent du pavé,
ce champ de récolte du Parisien pauvre ; ils ne men-
diaient pas ; le travail est de tous les âges, et celui qui les
élevait ne voulait rien devoir, pour lui comme pour eux,
qu'à un labeur incessant. On appelait ces orphelins,
les Robinsons de Paris, et l'apprenti leur frère aîné, leur
père d'adoption, était connu sous le nom de Marcel... »

Jusqu'à ce moment, en dépit de certains détails très-
frappants de ressemblance, le typographe n'avait pu croire
qu'il s'agissait de lui.

Quand on prononça son nom, il sentit un frémissement
dans ses membres et regarda avec une sorte d'effroi les
Robinsons souriant à deux pas de lui.

Certes, ils étaient dans la confidence, les petits Bretons !
Mais comme ils avaient gardé le secret ! quelle traîtrise !
Et Marcel qui ne se doutait de rien... Il ne serait pas venu.
Il avait presque honte, et baissait la tête. Lui, qui, depuis
quatre ans, faisait sa vie de la vie des Robinsons, se trou-
vait intimidé par le récit de son existence de dévouement.

Le secrétaire perpétuel reprit :

« Les enfants de Marcel, car ce sont bien ses enfants,
ont continué à s'instruire ; le père adoptif leur faisait la
classe le soir en revenant de son imprimerie. Il les grou-
pait, eux, leur voisins, leurs amis, et leur répétait ce qu'il
venait d'apprendre. Depuis quatre ans, Marcel est pour
eux un modèle vivant, une providence visible. Jamais le
petit ménage ne s'est vu grevé par les dettes, si le pain
est souvent resté rare, les cœurs sont toujours demeurés
unis. Depuis, une pauvre créature a été adoptée encore ;
Friquet est venu agrandir la famille. Il sont cinq maintenant dans ce ménage d'enfants. Marcel est ouvrier ; encore

quelques jours et les Robinsons entreront en apprentissage ; avant deux ans peut-être Friquet deviendra un artiste, et vous l'entendrez aujourd'hui... La *Société d'encouragement au bien* décerne une médaille d'argent à Marcel Langlois. »

Le typographe se leva, il chancelait ; lui qui n'avait pas tremblé en passant sur la planche de Nicole afin de sauver Friquet, n'avait plus la force d'avancer. Autour de lui s'élevaient les félicitations, éclataient des bravos, son nom était sur toutes les lèvres ; les enfants des écoles se penchaient pour le voir, les mères le désignaient du geste, et lui restait immobile, confus et tremblant. Alors les Robinsons se levèrent, le saisirent et l'entraînèrent vers l'estrade. Marcel la gravit sans garder conscience de ce qu'il faisait, et se trouva devant le président. Celui-ci lui adressa de flatteuses paroles auxquelles Marcel répondit d'une voix émue :

— C'est si simple ! si simple ce que j'ai fait !

Les Robinsons se jetèrent dans ses bras, le couvrirent de baisers, et Friquet que le piano dérobait aux regards vint à son tour demander et recevoir sa part de caresses. Marcel ne s'en défendait plus, il pleurait.... La salle croulait sous les applaudissements, et tandis que Marcel regagnait sa place avec les Robinsons, Friquet s'avançait sur l'estrade.

Son émotion se traduisait par une extrême pâleur, mais Friquet souhaitait faire honneur à Marcel ; et il saisit son archet d'une main ferme.

Il avait choisi l'air que Vaurien lui enseignait jadis à coups de bâton.

La façon dont il attaqua la première phrase : *Une fièvre brûlante...* était déjà d'un artiste. Friquet joua d'une façon saisissante, inspirée, et quand il eut fini, au moment où le public l'applaudissait, il s'avança du côté de Marcel en abaissant son violon avec un geste touchant de reconnaissance et de tendresse.

Marcel eut tous les honneurs de cette fête. Si sa modestie en demeura surprise, son cœur connut du moins les joies pures que nous causent les sympathies des honnêtes gens. Au moment où la foule quittait la salle, Marcel fut entouré par tous ses amis, Grimperau, la mère Bonie, Pyramide, M. Rolier.

— Vous le saviez, disait Marcel d'un ton de reproche, et vous ne m'avez rien dit !

— Je crois bien, tu ne serais pas venu ! répondit Grimperau.

M. Hallon rejoignit le jeune ouvrier.

— Marcel, lui dit-il, je vous laisse le temps de recevoir les félicitations de vos amis et les caresses de vos enfants, mais je vous attends à dîner.

— Moi, monsieur ! s'écria Marcel.

— Ne nous faites pas attendre, Marcel ; à sept heures précises !

XXVIII

L'HOMME A LA CEINTURE DE CUIR

L'invitation de M. Hallon surprit grandement l'ouvrier, Cependant il en ressentit une joie sincère. Sans doute il regrettait de se séparer de ses enfants, de ses amis pendant quelques heures, mais la mère Bonie le consola en lui apprenant que pour fêter sa médaille, on préparerait le thé, et qu'on ne le servirait pas avant dix heures. Marcel redescendit à pied une partie du boulevard. Il étouffait, ce cher garçon, il avait besoin d'air ; dans une de ses mains il serrait sa médaille, l'autre s'appuyait sur le bras de M. Rolier qu'il guidait doucement. Robert tenait le diplôme avec respect ; Pyramide conseillait à Nicole de s'essuyer les yeux, car la vaillante fillette avait pleuré. Les Robinsons semblaient triomphants.

— Quelle longue lettre nous écrirons à notre mère ! dirent-ils.

La séance finit tard ; quand Marcel se trouva rue Saint-Jacques, il n'avait plus que le temps de se rendre chez M. Hallon.

Plusieurs invités se trouvaient déjà dans le salon, quand il y entra : Henri Golmail, son père, le commissaire de police que Marcel connaissait, firent au typographe un chaleureux accueil. M. Hallon adressa à son ouvrier des mots sortis du cœur. Il le quitta seulement pour aller re-

cevoir un homme de cinquante ans environ, à forte enco-
lure, au visage fleuri, qui semblait intimement lié avec
le propriétaire de l'imprimerie.

Un moment après, on passa dans la salle à manger.

M. Primel, le dernier venu, n'avait pas assisté à la fête.
Il demanda des détails, applaudit chaleureusement à la
conduite de Marcel, et dit à M. Hallon.

— J'ai toujours aimé la jeunesse et l'enfance, et si vous
me voyez aujourd'hui un des principaux éleveurs des
environs de Paris, c'est à des enfants que je le dois.

— A des enfants, Primel ! vous n'êtes pas marié.

— Oh ! c'est une histoire déjà vieille, et dont le souvenir me poursuit d'autant plus que jusqu'à cette heure je
me suis trouvé dans l'impossibilité de m'acquitter envers
mes petits bienfaiteurs.

— Contez-nous cette histoire, monsieur, dit le banquier.

— Je ne demande pas mieux... A force de la raconter
et de l'écrire dans les journaux, je finirai peut-être par
découvrir ceux qui ont fait ma fortune, et je le jure, ils la
partageront... Comme vous le dites, Hallon, je suis sans
famille, j'ai le pouvoir aussi bien qu'un autre d'adopter
des orphelins. Ce n'est pas le droit de Marcel tout seul,
j'imagine.

— Certes non, dit le jeune ouvrier, et pourvu qu'on lui
laisse les siens...

— J'habitais alors près de Reims, reprit M. Primel, et je
commençais à me livrer dans des proportions modestes,
oh ! très-modestes, à l'élevage et à la vente des bestiaux...
Il y a de cela quatre ans, par une belle soirée du mois de
juin 1871, je revenais d'une foire où j'avais fait d'assez
brillantes affaires...

— Monsieur, dit Marcel assez vivement, vous êtes bien
sûr que cette foire était à la date du 30 Juin 1871 ?

— Oui, mon jeune ami. Est-ce que cette date vous rappelle... ?

— Rien de précis, monsieur, je vous demande pardon de vous avoir interrompu, et je vous prie de vouloir bien continuer.

— Je rentrais donc chez moi, porteur de cinq cents louis, placés dans une ceinture de cuir...

Cinq cents louis! répéta Marcel, dans une ceinture de cuir...

Il s'arrêta, regarda l'éleveur, et il ajouta :

— Permettez-moi de continuer l'histoire, monsieur, si je me trompe vous me reprendrez, mais il me semble avoir déjà entendu raconter cette histoire ; la ceinture portait les initiales A. P.

— Cela est exact : Antoine Primel.

— Vous la perdîtes à une demi-lieue du village des Ajoncs ?

— Parfaitement.

— Et le maire du village, M. Moniot, vous la rendit.

— Qui vous a conté cette aventure ? demanda M. Primel avec un grand trouble... J'ai questionné, cherché, sans rien apprendre ; et si vous me mettiez sur la trace des trois enfants qui, ayant trouvé ma ceinture, la rapportèrent chez M. Moniot, au milieu d'un épouvantable orage, je vous serais éternellement redevable.

— Je ferai plus que vous aider à suivre leurs traces, monsieur, répondit Marcel, je les mettrai dans vos bras.

— Vous ?

— Oui, moi, monsieur, car ces braves enfants, les enfants de Jeanne, qui suivaient alors à pied le chemin de Paris, ne sont autres que les Robinsons, mes amis, mes enfants ! Eux dont l'adoption m'a valu tant de joie et me

procure aujourd'hui trop d'honneur. Ils vous montreront
le certificat de M. Moniot, maire des Ajoncs.

— Enfin, dit M. Primel, enfin ! je pourrai donc m'acquitter.

— Par l'affection, tant que vous le voudrez, monsieur,
mais laissez-moi vous parler en jeune père de famille.
Robert, Jean et Cri-cri sont élevés dans l'idée d'apprendre des états, de les exercer laborieusement. Venez leur
en aide plus tard, mais laissez-les ignorer que vous songez à les enrichir. Dans quinze jours chacun d'eux entrera
dans un atelier et commencera son apprentissage. Lorsque l'âge où tout homme a l'ambition de s'établir sera
venu, faites quelque chose pour eux si vous le voulez,
mais ne les rendez pas subitement riches. Quand la lutte
les aura trouvés forts, vous pourrez les récompenser.

— Il me sera dur d'attendre, répondit Primel.

— Vous les surveillerez, vous les protégerez, vous me
les laisserez jusqu'à.... jusqu'à ce que ma tâche soit finie,
et que j'en aie fait des hommes.

— Et quand embrasserai-je les Robinsons ?

— Ce soir, si vous le désirez ; nous prendrons tous le
thé chez la mère Bonie, notre providence.

M. Hallon alla chercher un petit écrin portant une date
sur le maroquin rouge.

— Cette montre vous comptera les heures de travail,
mon cher Marcel. Vous vous êtes montré, selon l'expression de François Chanteau, une horloge vivante, c'est bien
le moins que vous l'entendiez sonner l'heure de la récompense.

Marcel regarda sa belle montre à répétition avec une
joie sincère. Il en para tout de suite son gilet et remercia
son patron avec une bonne grâce reconnaissante.

— Ainsi, dit M. Primel, c'est convenu, je vous accompagne, vous me présentez comme un ami, mais je ne suis encore pour personne L'HOMME A LA CEINTURE DE CUIR. Quand le moment sera venu, vous me direz ce que je dois faire pour vos enfants, et je le ferai. A une condition ajouta Primel, c'est qu'au lieu de trois, j'en aurai quatre. Vous n'avez plus de père, vous ne refuserez pas d'être aimé par un brave homme.

En effet, M. Primel accompagna Marcel chez lui, mais si les Robinsons comprirent vite que l'invité de Marcel serait un ami pour eux, ils ne se doutèrent jamais qu'ils avaient près d'eux, à table, L'HOMME A LA CEINTURE DE CUIR.

TROISIEME PARTIE

Les jeunes Ouvriers

Depuis quelque temps, Marcel se trouvait sous le coup d'une lourde préoccupation. Robert, Jean, et Cri-cri devaient songer à apprendre un état : et le jeune garçon restait perplexe. Il résolut de consulter M. Rolier, et amenant un soir chez lui les trois Robinsons, il exposa au vieux savant son embarras au sujet de ses jeunes protégés.

— La question est grave, Marcel, répondit M. Rolier. On ne choisit qu'une fois un état dans la vie, et ceux qui en essayent plusieurs, tour à tour, courent risque de ne réussir dans aucun. Il faut donc hésiter avant de prendre une décision dont dépendent à la fois le bonheur et la fortune. Sans doute, il faut consulter son goût, mais en se gardant de prendre la fantaisie d'une heure pour une vocation. Tes enfants sont intelligents, ils doivent, et tous les hommes doivent, en général, choisir un état exigeant le développement des forces intellectuelles plutôt qu'une dépense d'énergie musculaire. Les débardeurs qui démembrent les vieux bateaux, les forts de la halle, les portefaix gagnent sans doute de bonnes journées, mais un accident les prive à jamais de cette force dont ils étaient fiers et qui formait leur gagne-pain. Que deviendra un homme dans l'âge moyen de la vie qui, incapable de continuer à soulever des fardeaux, ne connaît en outre aucun état ? Se fier à ses muscles est un mauvais calcul.

— Du reste, reprit Marcel, les enfants sont sains et bien portants, mais ils ne ressemblent guère à des athlètes.

M. Rolier reprit :

— La seconde considération est de choisir entre divers états ceux qui présentent le moins de chômage. Le lundi et les chômages sont la ruine de l'ouvrier. Certains métiers élégants d'apparence, séduisent les jeunes gens. Ils les adoptent sans réfléchir, parce qu'un ami est dans la « partie ». Peut-être, aussi, la prévision de certains jours de repos ne les effraye-t-elle pas trop. Donc, des parents raisonnables, tout en consultant le goût de leur enfant, doivent repousser tous les états s'appuyant sur une mode nouvelle qui peut être éphémère. Je ne souhaiterais pas davantage voir Jean, Robert et Cri-Cri, dont la première instruction est assez soignée, devenir *geindres* ou maçons. Je sais que l'on aura toujours besoin de pain, et qu'il faudra sans cesse réparer les maisons ou en bâtir ; mais les boulangers subissent de grosses fatigues ; leur poitrine souffre du rude métier de la nuit, et des variations de l'atmosphère. Quant aux maçons, aux couvreurs, tu connais les dangers qu'ils courent. Un échafaudage insuffisant, une corde mal nouée, un regard jeté dans la rue, et voilà un homme broyé sur le pavé.

— Ne parlons pas de cela, monsieur, j'en frémis d'avance.

— Mais, dit M. Rolier, il serait bien aussi de demander l'avis des intéressés ; s'ils choisissent mal, nous tenterons de leur prouver en quoi ils ont tort, et ils seront, je l'espère, assez raisonnables pour nous croire. Voyons, Robert, as-tu parfois songé à la question que nous nous posons aujourd'hui ?

— Certainement, répondit Robert.

— Et le résultat de tes réflexions ?

— Est que, sauf votre avis, monsieur, et la volonté de Marcel, j'aimerais à devenir menuisier.

— Eh ! mais, dit M. Rolier, le choix me semble bon, le travail du menuisier demande de l'activité sans exagération ; il entretient les forces physiques dans une juste mesure, sans obliger le travailleur à faire abstraction de son intelligence. Un bon menuisier doit connaître le dessin linéaire, et tu ne travailles pas mal en ce genre ; le calcul, et, s'il tient à progresser, le dessin proprement dit. Je ne crois pas d'ailleurs que tu doives te borner à la grosse menuiserie dont l'ébénisterie est le perfectionnement. Pour devenir bon ébéniste, il est nécessaire de se sentir un peu artiste, d'étudier les meubles des diverses époques, de comprendre les styles divers de l'ameublement, et de les composer entre-eux ; enfin apprendre la nature des arbres, chercher des combinaisons de tons, des effets de nœuds ; innover le plus possible, viser à des succès d'exposition qui mettent un homme en vue ; étendre ses connaissances de telle sorte qu'il puisse assortir des ferrures et des bronzes aux meubles qu'il confectionne, et ne pas placer une serrure Louis XV à un meuble Renaissance. Que penses-tu de l'idée de ton ami, Marcel ?

— Je l'approuve beaucoup. Je ne passe jamais devant une boutique de menuisier sans y jeter un regard. Les longs établis garnis d'outils, les hautes planches debout le long des murailles, les rubans souples jetés à terre, tout me semble vivant. Quand Robert aura travaillé pendant une année chez un menuisier, nous le placerons ensuite dans un atelier d'ébénisterie. Il faudra toujours des lits, des tables et des bureaux.

— Merci, Marcel, dit Robert, et tu verras quel bon ouvrier je deviendrai.

— Et toi, Jean ? demanda M. Rolier.

Jean rougit, et parut hésiter à répondre.

— Voyons, reprit Marcel, tu ne songes pas à devenir découpeur de crêtes de coq, vernisseur de pattes de dindons, ou pêcheur en chambre.

— Certes, répondit Jean, mais vous allez peut-être me désapprouver, et cependant je souhaite être mécanicien.

— Hum ! fit M. Rolier, qui dit mécanicien pense souvent *inventeur*. Écoute, mon enfant, le génie de la mécanique est une chose rare, une vocation qui a ses grands hommes, et qui compte beaucoup de martyrs. Tu es adroit, et je reconnais que tu possèdes l'instinct des rouages, des courroies et des poulies. Il n'y a point de mal à cela, tu devras seulement redouter de glisser sur la pente, et de chercher l'inconnu, au lieu de poursuivre la production quotidienne. Commence donc par apprendre la serrurerie, comme ton frère débute par être menuisier ; tu deviendras mécanicien plus tard. Je ne t'interdirai pas de chercher des perfectionnements, d'innover, de fouiller les livres, de compulser des ouvrages spéciaux, de visiter assidûment le palais des Arts et Métiers ; je souhaite seulement que le rêve ne t'entraîne pas trop loin.

— Je vous le promets, répondit Jean ; je me contenterai de chercher des serrures à secret pour les meubles de Robert, et des combinaisons de coffres-forts.

— Accordé ! voici déjà un mécanicien et un menuisier dans la famille.

Marcel regarda Cri-Cri.

— A ton tour, lui dit-il.

— Monsieur, dit le petit garçon, il me semble vous avoir entendu dire que les enfants devaient de préférence apprendre l'état de leur père.

— Oui, mon ami, pour cette raison qu'ils se familiarisent vite avec la vue des outils, avec le travail quotidien.

— Je n'ai plus de père, reprit Cri-Cri, mais depuis que je suis à Paris, sauf les heures où j'ai servi de commis à la Gembloux, j'ai regardé Grimperau fabriquer des souliers ou raccommoder des bottes. Il me semble que ce travail ne me déplairait point. Grimperau m'aime beaucoup; quand Henri quittera Grimperau, il sera bien aise de m'avoir; je lui parlerai du petit « Soulier bleu ».

— Entre chez le père Grimperau, il t'enseignera le métier à fond, et t'aimera par-dessus le marché.

— Eh bien! s'écria Marcel, me voici tout à fait content. Vous avez choisi comme je l'eusse fait moi-même, et ce soir, à l'heure où vos petits camarades viendront chez la mère Bonie, vous leur annoncerez votre détermination.

— Et j'y joindrai diverses réflexions dont, j'espère, ils feront leur profit, ajouta M. Rolier.

II

LA POÉSIE DES CHOSES

— Mes enfants, dit le soir le savant aux jeunes apprentis groupés autour de son fauteuil, ce qui manque en général aux ouvriers, c'est l'amour de leur état. Ils accomplissent leur besogne comme si elle ne les intéressait pas, ou s'ils l'achèvent proprement, afin de ne point recevoir de reproches, c'est que le salaire diminuerait en proportion de la mauvaise exécution du travail. Mais agir de la sorte n'est pas réellement aimer son état. Voyez Marcel : il place la typographie au dessus de tous les métiers, et vous trouverez chez lui des volumes traitant des caractères creusés dans le granit chez les peuples anciens, des biographies des inventeurs et des perfectionnements de l'imprimerie, des spécimens de livres anciens, des traités sur la fonderie des caractères, l'écriture et la miniature. Il ne se borne point à perfectionner ce qu'il fait tous les jours, il en cherche les origines. Marcel a la passion de son état. La vue d'un ouvrage soigneusement imprimé, bien tiré, lui cause un véritable plaisir. Il a des notions de brochage et de reliure. Rien de ce qui tient à son métier ne lui semble inutile. Vous devriez l'imiter en cela. Chaque état possède des côtés curieux, intéressants, que l'ouvrier doit connaître, sous peine de demeurer un manœuvre.

14.

On doit connaître la source, les développements du métier qu'on exerce. Un bon maçon a besoin de posséder des notions d'architecture. Mathieu, s'il veut devenir entrepreneur, apprendra la géométrie pratique.

Jadis les hommes qui prenaient le titre de « maçons » étaient capables d'exécuter des œuvres admirables. Grâce à la justesse de coupe de leurs pierres, ils ont élevé des voûtes hardies, de grandes arcades et surtout des tours merveilleuses.

Ils choisissaient minutieusement leurs pierres, et veillaient avec un soin spécial à la fabrication de leur ciment. On le composait alors de chaux, de sable et de tuileaux, dans une proportion qui, pour n'être pas toujours celle de Vitruve, n'en restait pas moins excellente.

Les dimensions des murs, de ces « maçons » du moyen âge, sont le dernier mot de la géométrie pratique.

Pour être un ouvrier complet, Mathieu, tu ne devras point te borner à connaître l'emploi du *fil à plomb*, de la *règle* et du *niveau* pour les plans verticaux ; il faudra encore étudier les calibres des diverses courbures. On dit que ce qu'il y a de plus rare et de plus cher chez un maçon, c'est *sa sueur*. Je te conseille cependant de ne point regarder à la fatigue, si tu veux devenir un bon ouvrier d'abord, puis un entrepreneur passable. Embrasse tour à tour les diverses branches de ton métier, sache faire une *épure*, procéder à l'application du tracé géométrique de cette forme sur la pierre ; apprends à tailler celle-ci suivant le dessin indiqué ; sois capable d'être ton propre *appariteur* et de mettre ensuite toi-même cette pierre à sa place, ce qui est vraiment œuvre de maçon. Choisis de préférence les travaux qui te fourniront le moyen d'avancer dans le métier, en exerçant ton intelligence. Garde sous tes yeux, dans ta chambre, des fragments de moulures, des dessins de monuments fameux. Il faut grandir ton esprit jusqu'au sentiment du beau. Tu comprendras plus tard combien les choses changent d'aspect à mesure qu'on les approfondit davantage. Si j'étais plus jeune et si j'avais de bons yeux, mes enfants, je vous ferais des conférences sur les métiers que vous exercerez, et je parviendrais à vous les faire aimer.

— Monsieur, dit Robert, parlez-nous un peu menuiserie, s'il vous plaît.

— Et d'abord, je t'apprendrai que menuisier vient de *minutarius* : qui travaille le menu bois. L'état que tu as choisi est l'art de polir, de tailler, d'ajuster les différentes espèces de bois pour de menus ouvrages, comme les portes, les croisées, les diverses sortes de revêtements de bois dans l'intérieur des appartements. Au moyen âge, on appelait ces travaux les œuvres de « petite cognée » ; — la « grande cognée » s'occupait des charpentes. Au fond, l'art de l'ébéniste ne l'emporte sur celui du menuisier que par le fini dont les bois qu'il emploie sont susceptibles. Tu devras donc successivement apprendre de ton maître à connaître les différences essences de bois, à les assembler, à les profiler et à les joindre pour en faire des lambris. Mais quand tu connaîtras le chêne, le sapin, le tilleul, le noyer, l'orme, le frêne, l'aune, le charme, le bouleau, le châtaignier, l'érable, le cormier, le peuplier et le tremble, dont l'emploi est fréquent dans la menuiserie, je veux que tu te rendes compte de leur forme, de leur feuillage, de leurs fruits, de leurs fleurs. Il faudra que tu connaisses les chenilles qui en dévorent les feuilles, les insectes qui en menacent l'aubier. J'exigerai que tu saches à quel pays nous les devons. Et lorsque tu deviendras ébéniste, c'est-à-dire quand tu auras franchi le premier degré du métier, tu liras assez de volumes de voyages pour me dire quelle est la patrie de l'acajou, du courbaril et des arbres des îles entrant dans la fabrication des meubles de luxe. Autant que vous le pouvez, du reste, mes enfants, quel que soit votre état, rapprochez-vous de la nature qui repose, tout en nous donnant des leçons.

Robert, tu crois l'état de menuisier facile parce que tu as vu de très-jeunes enfants faire courir le rabot sur une planche, mais combien resteras-tu de mois avant de savoir faire des *assemblages cassés*, des assemblages en *queue d'aronde*, à *clefs*, à *onglet*s en autre coupe, en *emboîture*? Successivement te passeront dans les mains l'*équerre*, la *fausse équerre* ou *sauterelle*, le *maillet* le *marteau* ; le *trusquin*, pour tailler les parallèles tu auras besoin de *compas*, de *tenailles*, de *scies à chevilles*. Il te faudra une boîte à *recoller*, des ciseaux, des gouges, des limes, des râpes, des scies, enfin, la grande pièce indispensable, l'établi. Aime-le, ce bloc de bois si solide sur ses pieds lourds, aime les outils de ton travail ; que le soin avec lequel tu les rangeras soit déjà un indice de zèle, d'ordre et de bon vouloir. L'ouvrier négligent qui jette ses outils dans un coin, soignera toujours moins sa besogne que le travailleur qui les pose tour à tour dans un ordre symétrique. On met du goût en toute chose, et l'amour de ce que l'on fait se trahit dans les plus infimes détails. Mais surtout, cher enfant, lis et dessine. L'histoire de l'ameublement et du mobilier s'apprend comme tout le reste.

— Soyez tranquille, Monsieur, répondit Robert, Marcel m'a fait comprendre ce qu'il doit à l'étude, je ne l'oublierai pas.

— Et moi, Monsieur, dit en riant Nicole, que pourriez-vous m'apprendre sur mon métier de blanchisseuse.

— Mais, pas mal de choses, répondit M. Rolier avec bienveillance.

Tu ne penses pas, j'espère, que de tout temps il a existé des blanchisseuses de fin ?

— Ah! fit Nicole avec stupéfaction.

— D'abord, reprit M. Rolier, à l'origine des temps, les femmes, moins paresseuses, lavaient elles-mêmes leurs robes et leur voiles. La toile n'existait pas en France, il y a plusieurs siècles, et les dégraisseurs et les teinturiers avaient plus de besogne que les blanchisseuses. Au moyen âge, les femmes élégantes faisaient passer au safran leurs fines guimpes de batiste, et la blanchisseuse se servait d'une sorte d'empois odorant. Tu vois, Nicole, que ton métier est loin d'être en progrès. Sans reproche, le linge que tu rends à tes pratiques sent l'amidon cuit ou cru, au lieu d'exhaler une fine odeur d'iris. Sous Louis XIII et Louis XIV, les chemises des gentilshommes qui dépassaient les hauts-de-chausses et retombaient mollement sous l'habit, n'étaient point roidies par l'empois On fendait les manches pour laisser passer la batiste, mais cette batiste on la voulait souple et non pas dure comme un cartonnage. Si j'étais à ta place, Nicole, j'aurais deux ou trois beaux volumes sur l'habillement en France, et au lieu du vilain indigo qui te sert à bleuter le linge, je tâcherais de ramener la mode du safran.

— Et l'imprimerie, Monsieur, demanda Marcel, qu'en direz-vous de bon ?

— Oh! je ne suis point en peine, mon ami, tu possèdes le premier des moyens de réussir dans ton métier, tu l'aimes. Je te rappellerai seulement qu'un ouvrier instruit devient correcteur, et qu'un grand nombre de correcteurs sont devenus des littérateurs remarquables : Hégésippe Moreau, Béranger, Michel Masson, Champfleury, Balzac ont travaillé dans des imprimeries.

Rétif la Bretonne, un romancier d'autrefois, n'écrivit jamais les manuscrits de ses livres, il les composait à mesure. Sa fantaisie allait si loin que, dans le but de faire valoir davantage sa pensée, il lui arriva souvent d'employer des caractères différents, suivant le caprice de son imagination ou le besoin de mettre en relief quelques unes de ses idées. L'italique, le n° 8, le normand, les majuscules, il faisait tout servir à l'interprétation de sa pensée.

— Par exemple, Monsieur, s'écria Jean, je crois que vous ne trouverez pas grand'chose à me dire sur l'état que j'ai choisi.

— Et pourquoi cela, mon ami? quand ce ne serait que de t'apprendre que serrurier vient de *sera*, mot latin, et de *scrare* fermer.

— Mais vous connaissez donc tout les états, Monsieur?

— Je n'en sais aucun à fond; je possède sur tous des notions générales. Chacun devrait comme moi en apprendre assez pour juger un travail que l'ouvrier lui rapporte. Si j'avais eu des enfants, je les aurais voulus alertes d'esprit, habiles de leurs mains. On s'intéresse à tout ce que l'on connaît. J'ai voulu savoir l'historique de chaque métier, et quand j'avais mes yeux; cette science m'a rendu plus d'un service. Il résultait de ces notions spéciales que les ouvriers soignaient la besogne commencée par moi. Il leur plaisait de discuter les conditions du travail avec un homme qui n'y était pas complétement étranger. Je vous donne à vous, mes enfants, qui faites partie de la classe des travailleurs, le conseil de vous élever dans une proportion utile jusqu'à l'art et souvent jusqu'à la science. Je voudrais que les enfants appelés par la fortune de leurs parents à jouir d'une grande aisance se fissent un devoir et un plaisir de s'occuper de travaux manuels. Le grand

Condé jardinait avec talent et marcottait lui-même ses œillets, ce qui ne l'empêchait point de gagner des batailles et de suspendre des drapeaux conquis aux voûtes de Notre-Dame. Enfin, souvenir qui me ramène vers toi, Jean, Louis XVI connaissait admirablement la serrurerie et se reposait des obligations de la royauté en fabriquant des coffrets, des serrures. Il avait une véritable forge à Versailles.

Tu me demandais tout à l'heure si je connaissais tous les états, mon cher Jean; non, mais je sais cependant qu'une serrure est une machine composée d'une boîte appelée *palastre* et de l'intérieur de laquelle sortent un ou plusieurs pênes, par l'action d'une clef ou d'un bouton qui y est fixé, et au moyen de *ressorts, gâchettes* ou *gardes*, qui ne permettent d'agir qu'à la clef qui s'y rapporte, et fait que le pêne chassé du palastre se loge dans la gâche. Il y a encore les serrures à ressort, lesquelles se ferment en tirant la porte; les serrures à *pêne dormant*, qui ne peuvent s'ouvrir et se refermer qu'au moyen d'une clef, faute d'un ressort maintenant le pêne hors du palastre. Et que sais-je encore? La serrure à double tour, la serrure Triffière, la serrure à combinaisons, à pompe. Il fut un temps, mes enfants, où les huttes de clayonnage de nos pères se fermaient à l'aide d'une cheville de bois; et cependant, Marcel, tu peux voir dans le second acte de la *Mostellaria* de Plaute, que, de son temps, on faisait usage de la serrure lacédémonienne. Autrefois, l'art des batteurs de fer était un grand honneur, et le fer forgé occupait une grande place dans l'ornementation des palais, des églises, des hôtels. J'ai vu à Anvers un puits en fer forgé par Quentin Metsys qui devint un des plus habiles peintres de la Flandre. Une petite ville de Bretagne, Josselin, possède une chaîre en fer forgé d'un superbe travail. Le chœur de Saint-Sernin, de Toulouse, est entouré de grilles admirables terminées par des bouquets de fleurs de lis. Les ferrures des portes, les heurtoirs, les girouettes de toits, les bas de fer supportant des lanternes, et ces lanternes elles-mêmes étaient jadis des œuvres d'art. On revient un peu à cette ornementation ; seulement la machine a remplacé le bois, et beaucoup de détails s'obtiennent au moyen du découpage. On peut devenir un grand artiste en martelant le fer, mon cher Jean, surtout si comme toi on joint à ce métier le goût et les aptitudes nécessaires à la mécanique.

— Oh ! Monsieur ! dit le petit Benoît, moi qui nettoie tous les jours des roues d'horloge, je vous assure que ce n'est guère amusant.

— Encore une fois, Benoît, ton ennui provient seulement de cette raison, que tu ne portes pas intérêt à ton travail. Tu négliges de te rendre compte des progrès de l'horlogerie. Il te semble que les montres ont existé de tout temps. Si tu songeais à ce qu'il a fallu de recherches ingénieuses pour arriver au résultat obtenu. Songe donc que l'homme est parti de ce point : l'ombre de l'astre s'allongeant et se raccourcissant sur le sol, pour arriver aux instruments de précision servant à la marine.

— D'où vient le mot horloge ? demanda Marcel.

— De *horlogium*, horos logos, discours sur les heures... *horarium*, horaire, machine à heures eût peut-être été préférable. Je disais donc qu'on est parti de l'ombre du cadran naturel fourni par le soleil, pour arriver à d'autres méthodes pour mesurer les heures. On s'est servi de clepsydres, machines à eau, des sabliers ; les rouages sont venus ensuite, d'abord informes, mais perfectionnées suffisamment au IXᵉ siècle pour que Charlemagne pût envoyer une horloge au khalife Aroun-al-Raschid. Les hommes studieux et chercheurs du moyen âge créèrent vite des machines bizarres et charmantes. On ajouta des carillons aux horloges; on les orna de personnages animés; les *Jacquemarts* se multiplièrent dans les deux Flandres; la Suisse, elle aussi, eut ses horloges à figures. Enfin le grand chef-d'œuvre en ce genre, l'horloge de Strasbourg attira les curieux pendant des siècles. Brisée, puis rétablie par un homme aussi savant que son premier inventeur, je l'ai admirée quand j'avais mes yeux, et quand Strasbourg... Enfin, je l'ai vue avec son char du Soleil quittant à midi une caverne sombre, tandis qu'au dessus, le Christ bénissait les apôtres défilant devant lui, en s'inclinant avec respect. Au moment où saint Pierre s'avançait vers le Sauveur, un grand coq battait des ailes, un ange retournait un sablier. Vraiment, cette œuvre est admirable, et quand on songe à tous les calculs qu'elle a demandés, on reste stupéfait devant le génie de celui qui la créa. C'est seulement à partir du xiie siècle qu'on plaça les horloges au sommet des tours, d'où le son des heures se répandit au loin, et devint, pour ainsi dire, la voix du temps lui-même. Jadis on s'appliqua à créer des horloges considérables; aujourd'hui on diminue de plus en plus la dimension des montres, et les bijoux dont s'enorgueillissaient les seigneurs du temps de François Ier nous sembleraient, en raison de leur taille, fort indignes des poches de notre gilet. Si j'avais plus de temps, Benoît, je réussirais, j'en suis sûr, à t'intéresser à un travail qui te semble ennuyeux, et il en serait de même pour tous les ouvriers. Il faudrait leur apprendre l'histoire de ce qu'ils font, en même temps que l'on accoutume leurs doigts au mécanisme du métier.

En ce moment l'horloge sonna:

— Dix heures! mes enfants, séparons-nous, et à demain, vous savez que vous me trouverez toujours heureux de répondre à vos questions sur ce qui concerne la vie pratique et le travail.

III

— Monsieur, demanda Marcel le lendemain, quand les
Robinsons et les jeunes apprentis de la maison de la rue
Saint-Jacques furent groupés dans la chambre du savant,
j'entends souvent discuter au sujet de la situation des
ouvriers dans le passé ; je souhaiterais être fixé sur divers
points. Seriez-vous assez bon pour m'expliquer des mots
dont on ne fait plus guère usage : la *maîtrise*, les *jurandes* ?

— Je suis enchanté, Marcel, de te voir soulever cette
question, répondit M. Rolier. Sans y attacher une idée
politique, il serait bon que les ouvriers connussent les lois
qui les régissaient jadis. Faute de rien savoir des temps
lointains, ils répètent au hasard un certain nombre de
mots faisant partie d'un vocabulaire spécial dont le sens
général leur manque. Autrefois, mon cher Marcel, n'ouvrait pas, qui voulait, boutique sur le pavé du roi. Dans
toutes les professions se trouvaient quatre classes distinc-
tes : les maîtres, les apprentis, les compagnons et les
veuves. Les maîtres seuls avaient le droit de travailler
pour leur compte et d'employer des ouvriers. Mais l'exercice de la maîtrise exigeait un certain nombre de condi-

tions. Il fallait appartenir à la religion catholique, être
sujet du roi de France, enfant légitime.

La maîtrise avait un excellent côté : elle présentait, par
suite des épreuves exigées de ceux à qui on la conférait,
des garanties aux consommateurs ; d'un autre côté, la
production se trouvant limitée, la main-d'œuvre conservait un taux élevé. Le privilége de la maîtrise, et la concur-
rence restreinte, rendaient plus stable la situation des
maîtres. Dans ces temps-là on ne connaissait ni les grèves
ni les crises commerciales. Cependant un abus grave se
glissa dans cette institution. A côté de la maîtrise s'acqué-
rant par l'apprentissage pour se terminer par la création
du chef-dœuvre, et que l'on pourrait appeler la *maîtrise
légale*, se plaça la *maîtrise fiscale*. Les rois, les princes,
les échevinages même accordèrent le don de maîtrise, en
dispensant les favorisés de l'apprentissage et du chef-
d'œuvre, c'est-à-dire du surnumérariat et de la capacité.
Après avoir été un don gratuit, ces maîtrises d'un nouveau
genre devinrent l'objet d'un trafic et finirent par se trans-
former en ressource financière. Sous Henri III et sous
Louis XIV, les corps de métiers, pour empêcher l'introduc-
tion de nouveaux venus, achetèrent sous des noms
supposés les maîtrises royales. A partir de ce moment
deux classes de maîtres se trouvèrent perpétuellement en
lutte.

— Mais, demanda Marcel, qui jugeait entre les maîtres,
quand survenait une difficulté ?

— Les maîtres titulaires élisaient entre eux, sous la
présidence d'un magistrat, des jurés ou syndics pour
l'administration des biens de la communauté, et pour
prononcer sur les différends qui s'élevaient entre les
maîtres. Ils avaient en outre à régler le régime intérieur
des ateliers.

— A quelle époque fut abolie la maîtrise, monsieur ?

— Sous le ministère Turgot, répondit M. Rolier, le gouvernement s'empara des effets et des recettes des corporations, et s'engagea à payer leurs dettes. Mais la suppression des maîtrises causa de si grands troubles qu'on les rétablit de nouveau. Cependant elles se trouvèrent définitivement abolies en 1789, et leurs dettes furent liquidées et remboursées par le trésor public.

— Maintenant, monsieur, je sais en quoi consistait la maîtrise, reprit Marcel, et il est probable qu'aucun de nous n'y fût arrivé.

— Si mon enfant, avec une bonne conduite et du zèle, on parvenait à tout, comme aujourd'hui. Seulement, il faut convenir qu'un grand nombre d'apprentis que nous trouvons aujourd'hui dans les ateliers n'eussent point été conservés chez les anciens maîtres.

— Parlez-nous donc de l'apprentissage, monsieur, à nous qui serons apprentis dans des branches diverses.

— Je vous l'ai dit, mes amis, l'apprentissage était le premier degré de la maîtrise. L'apprenti comme le maître devait appartenir à la religion catholique et à une famille honnête. On exigeait qu'il fût sain de sa personne « ni rogneux ni rafleur », disaient les statuts. Un repris de justice ne pouvait devenir apprenti. Le nombre de chacun d'eux était limité pour chaque métier, et d'ordinaire un maître se contentait d'un apprenti. La durée de l'apprentissage était d'un à dix ans, et les maîtres exigeaient cette durée d'initiation pour les métiers qui n'eussent demandé que six mois d'exercice. Ainsi, dans le métier de bouquetier, il fallait faire quatre années d'apprentissage et deux années de compagnonnage. Dans la boulangerie, l'apprentissage durait cinq ans, puis il fallait aussi servir quatre ans avant d'être admis à faire son chef-d'œuvre, lequel consistait dans la fabrication d'un pain mollet.

— L'apprenti ne recevait-il point de salaire ?

— Il commençait par payer et on l'obligeait souvent à fournir un cautionnement. L'apprenti devait à son maître son temps et le profit de son travail ; s'il tombait malade, le maître pouvait exiger une indemnité. Un apprenti n'avait pas le droit de changer d'atelier sans perdre le temps passé chez son maître. Tout apprenti qui commettait une faute grave se trouvait à jamais chassé du métier, et réduit à l'impossibilité de travailler.

— Vous aviez raison de le dire, monsieur, ces condition étaient dures.

— Sans doute, mais elles gardaient un côté éminemment utile. On exigeait de l'apprenti le serment de veiller aux intérêts de son maître, à l'honneur de sa famille. Afin d'acquérir lui-même, plus tard, le droit de faire travailler, il devait fournir des preuves de probité, d'intelligence, prendre des habitudes laborieuses, honorer la religion, respecter le sanctuaire de la famille. Ces lois, rudes au premier acpect, protégeaient le jeune ouvrier contre le vice, et par cela même le défendaient contre la misère.

— Eh bien ! monsieur, en cela, les vieilles coutumes étaient bonnes. Aujourd'hui on limite le travail des enfants à la force de leurs bras, mais on néglige le reste.

— Quand l'apprentissage touchait à sa fin, reprit M. Rolier, le jeune garçon était admis à exécuter son chef-d'œuvre. Souvent la confection en durait plusieurs mois. Quand il était terminé, les juges et les examinateurs, assistés souvent par des officiers royaux ou des magistrats municipaux, prononçaient sur l'admission de l'apprenti. Si son œuvre ne semblait pas suffisante, l'aspirant recommençait une ou plusieurs années d'apprentissage. Quand il était admis, non-seulement il se voyait obligé de racheter son chef-d'œuvre afin d'en demeurer propriétaire, mais encore d'offrir un banquet à ses confrères et de plus, d'acquitter des droits variant de 5 à 12 livres. Au XVIIIe siècle, ces mêmes droits furent portés à un taux qui produisit la somme de 13 millions de francs pour toute la France.

— Vous nous avez parlé des fils de maîtres, monsieur, se trouvaient-ils soumis aux mêmes exigences ? demanda Marcel.

— Pas tout à fait, la durée de leur apprentissage était moins longue, et souvent on les dispensait du chef-d'œuvre.

— Que devenait, monsieur, l'apprenti travaillant en sous-œuvre, faute de pouvoir ouvrir un atelier pour son compte ?

— Il devenait *compagnon*. Le compagnon était soumis au serment, à une épreuve de capacité et à une faible redevance. Rarement il obtenait la permission de travailler en chambre pour son compte ; il se louait pour un temps plus ou moins long ou pour une besogne spéciale. Il ne pouvait quitter son maître sans le prévenir un mois à l'avance.

— Mais, monsieur, dit Marcel, il me semblait que le compagnonnage était une association, une affiliation ?

— Cette affiliation vint à la suite des exactions. Ecrasés par le monopole, les compagnons cherchèrent une force dans l'association. Ils essayèrent de la rehausser par une sorte de légende biblique ; c'est ce qui fait qu'aujourd'hui le *compagnonnage* dont l'origine fut une sorte de société de secours mutuels, semble se rapprocher de la franc-maçonnerie.

— Cette légende, monsieur, dit Marcel, voulez-vous nous la raconter ?

— Je l'abrégerai, et ce que vous en connaîtrez suffira pour vous en donner une idée exacte. Les *compagnons* font remonter leur origine à la construction du temple de Salomon. Si exagérée que soit cette prétention, elle mérite pourtant quelque considération.

Les compagnons reconnaissent trois fondateurs : Salomon, maître Jacques et le père Soubise. Si l'on en croyait les *enfants de Salomon*, le grand roi leur aurait imposé un *devoir*, une doctrine. Maître Jacques, rival d'Hiram, d'après les adeptes modernes, naquit dans une petite ville des Gaules. Il aurait eu pour père un architecte fameux, nommé Jacquin, et se serait exercé à la taille des pierres depuis l'âge de quinze ans. Parti pour un long voyage en Grèce, il aurait étudié dans ce pays l'architecture et la sculpture, et serait allé à Jérusalem où il aurait achevé deux colonnes si admirables qu'on se serait empressé de le recevoir *maître*. Après l'achèvement du temple, maître Jacques et son collègue, maître Soubise, jurèrent de ne jamais se séparer. Cependant, la jalousie du second s'accrut de l'ascendant du premier sur leurs communs disciples ; la séparation fut décidée. L'un des maîtres aborda à Marseille, l'autre se dirigea vers Bordeaux. Les adeptes de Soubise voulant assassiner Jacques, celui-ci se retira à la Sainte-Beaume ; mais trahi et livré par un misérable appelé *Jérou* ou *Jamais*, il périt frappé de vingt coups de poignard.

— Cette légende est bien sombre, dit Marcel.

— Aujourd'hui, reprit M. Rolier, les enfants de Salomon et les *compagnons étrangers* sont encore complétement divisés. Les tailleurs de pierres ne fraternisent point avec les menuisiers et les serruriers. Il existe des compagnons qui *hurlent* et des compagnons qui ne *hurlent pas* ;

des compagnons qui *topent* et des compagnons qui ne *topent pas.*

— Qu'est-ce que *hurler* et *toper* ?

— Le cri de ceux qui s'intitulent *loups* ou *loups garous* rappelle les hurlements féroces de la bête sauvage. Quant au topage, il entraîne une sorte de mise en scène. Si deux ouvriers se rencontrent sur une route, ils s'arrêtent à une vingtaine de pas l'un de l'autre, prennent une pose théâtrale et l'un dit : tope ? — Tope, répond l'autre. — Quelle vocation ? — Tailleur de pierre, et vous, le pays ? — Charpentier. — Compagnon ? — Oui, le pays, et vous ? Compagnon aussi. — Ils ajoutent une dernière question relative au *devoir* de chacun d'eux, et suivant la réponse, ils se battent ou trinquent ensemble.

— Les Robinsons n'auront guère besoin de devenir compagnons, dit Marcel.

— Mieux valent aujourd'hui les sociétés de secours mutuels, répondit M. Rolier.

— Vous avez aussi prononcé le mot de *jurandes*, reprit Marcel, auriez-vous la bonté de nous l'expliquer ?

— Bien volontiers, tu connais assez de latin pour savoir que ce mot vient de *jurare*, jurer, à cause du serment prêté par les jurés le jour de leur entrée en fonction.

Sous le régime des corporations, on appelait *jurandes* ou communautés d'arts et métiers, la charge des jurés ou syndics choisis parmi les maîtres, par leurs pairs ; ces jurés devaient veiller à l'exécution des réglements, à la conservation des intérêts communs. A cet effet, les portes de chaque atelier leur étaient ouvertes à toute heure, et pour rendre la surveillance plus facile, elles ne devaient être fermées qu'au loquet. C'était encore à eux qu'était remis la fonction de décider de la valeur du chef-d'œuvre qui conférait la maîtrise, et de s'entendre au sujet des preuves et conditions d'admissibilité des nouveaux membres. Ces jurés présidaient les assemblées, mais ils n'exerçaient aucune espèce de juridiction. Ils étaient élus pour deux années.

— De sorte, reprit Marcel, qu'on ouvre aujourd'hui un atelier, sans être obligé de remplir aucune obligation ?

— Excepté celle de payer patente.

— En quoi consiste ce droit, monsieur ?

— La patente, de *patere*, certifier, est l'acte de l'autorité publique qui assure à tout commerçant une protection particulière des lois pour tous les actes ayant rapport à son commerce. Sans un titre de patente, nul n'a le droit d'acheter ou de vendre. Cette imposition est annuelle, et presque toujours proportionnelle, elle se base sur l'importance du commerce et de la population.

J'aurais encore bien des détails curieux à te donner, Marcel, sur les anciennes *confréries des métiers*, la qualité de *Roi des merciers*, celle des visiteurs des poids et balances, du *corps* et du *Prévôt des marchands*, mais cela nous entraînerait trop loin, et m'obligerait à te faire un cours d'histoire ouvrière. Il serait sans doute infiniment utile, mais l'heure vous avertit d'aller chercher le repos. C'est assez pour ce soir de vous avoir donné une idée sommaire de la *maîtrise* et des *jurandes*, je vous enseignerai le reste plus tard.

— Merci, monsieur, dit Marcel, tous les ouvriers devraient savoir ces choses, et nul ne songe à les leur enseigner.

— Qu'ils témoignent le désir d'apprendre, répondit M. Rolier d'une voix douce, ils trouveront cent professeurs heureux de les instruire.

IV

DANS LES CHAMPS

Les jeunes ouvriers, après avoir laborieusement employé leur semaine, allaient, comme nous l'avons dit, visiter, le dimanche, les musées, les expositions, et y chercher l'origine des arts comme les essais des métiers. Mais si actif que soit le travailleur, si avide qu'il se montre d'apprendre, il est une œuvre qu'il doit regarder, étudier, admirer souvent, sous peine de perdre un des sentiments qui nous reposent davantage ; le sentiment de la nature.

L'homme a besoin de la voir, de la contempler, de s'y perdre.

L'ombre des arbres fut créée pour son front, la brise pour rafraîchir son visage. Il ne suffit pas qu'il mange le pain, il faut, pour ainsi dire, qu'il le voie croître, en se promenant dans les vastes champs dorés où les coquelicots étalent leurs fleurs pourpres, où le bluet fait briller ses étoiles bleues. L'homme est né pour les champs, sinon pour y vivre, du moins pour y aller souvent emplir ses poumons d'un air pur, reposer ses regards par l'aspect de la verdure, s'instruire aussi de mille choses qu'il ignore. Il n'a pas le droit de se désintéresser de l'œuvre de Dieu. Les oiseaux, les papillons, les fleurs,

ont leur langage, leur poésie. Ils nous instruisent en
obéissant à la loi pour laquelle ils furent formés et dont
jamais ils ne s'écartent. L'homme seul reste parfois indiscipliné. L'animal ne se révolte pas ; la plante ignore les
caprices.

Un vieux missionnaire parcourant un jour les grands
bois, bordant les rives de l'Amazone, s'écriait : — Quel
beau sermon nous adressent ces forêts ! — Le sentiment
de l'amour de la nature est chez l'homme aussi salutaire
qu'impérieux. Aussi, leur semaine finie, voyez-vous un
grand nombre d'ouvriers s'acheminer vers les environs de
Paris. Ils rentrent le soir chargés de gros bouquets de
fleurs des champs, un peu las, mais joyeux, et se promettant pour le dimanche suivant une semblable promenade.
Pendant une partie de la semaine, les fleurs sauvages leur
rappelent les buissons verts, les prés à hautes herbes, les
blés mûrissants. Ils gardent devant leurs yeux une vue
lointaine d'horizons empourprés, de couchers de soleil, de
cimes d'arbres pleines d'oiseaux, de fermes égayées par
les grands bœufs roux, les chèvres blanches, les pigeons
et les poules de la basse-cour.

La vision de ces choses sereines et douces les repose
durant les heures du travail ; l'ouvrier qui aime la campagne est, en général, simple dans ses goûts, bon père de
famille, honnête homme. Les paresseux et les mauvais
sujets vont s'enfermer dans les cabarets.

Marcel et les Robinsons aimaient donc la campagne.
Du reste, le jeune typographe se proposait un but en les
emmenant ce jour-là, hors de Paris. Robert lui avait dit
un jour :

— Quel dommage ! l'été va finir et nous n'aurons plus ni
fleurs, ni herbes dans les vases de notre cheminée.

Marcel ne répondit rien au regret exprimé par son ami,

mais le dimanche suivant les enfants partirent de fort bonne heure. Grimperau était de la partie, ainsi que Nicole et Pyramide.

La campagne était magnifique et présentait le tableau de l'abondance. Les pommiers pliaient sous leurs fruits ; les vignes étalaient leurs grappes transparentes ou sombres. Dans les potagers, on apercevait les melons verts pareils à des turbans de descendants de Mahomet oubliés sur le sol ; ou jaunes, brillant au milieu de leurs larges feuilles.

Les courges montaient à l'escalade des troncs d'arbres ; des potirons ventrus qui tous semblaient ambitionner, à la halle, les honneurs de la royauté, s'étalaient avec une molle paresse. Les jeunes gens se réjouissaient de l'aspect plantureux des choses qui les entouraient, et Pyramide disait en soupirant :

— Quel dommage! Nicole, qu'on n'ait pas besoin de blanchisseuse de fin dans les campagnes ; je me trouverais si bien sous une treille de vigne, fumant ma vieille pipe, en regardant mûrir mes poires.

— Tout arrive pour qui sait attendre, répondit Marcel ; si Nicole ne peut exercer son métier à la campagne, elle trouvera peut-être un mari assez riche pour lui donner une petite maison, grande comme rien, dans laquelle vous passerez tous vos dimanches.

Nicole fit entendre un éclat de rire.

— Vous savez bien, Marcel, que je ne me marierai jamais.

— Pourquoi cela, petite Nicole ?

— Je n'aimerai jamais personne autant que mon père, et l'idée qu'on ne le chérirait pas ou qu'on voudrait me séparer de lui...

— Mais, petite Nicole, il est de braves jeunes gens

laborieux comme vous, et qui s'estimeront très-heureux de vous dire un jour : — Priez votre père de m'adopter.

Nicole ne répondit rien et embrassa le vieux Pyramide.

Les promeneurs se trouvaient sur la lisière d'un bois ; au fond, l'aube était fraîche, une verdure épaisse croissait à côté des racines vivaces, et sur la lisière s'étalait comme une bande d'étoffe d'or, une ceinture d'herbes flexibles et dorées.

— Courons dans le bois, dit Nicole.

— Tout à l'heure, répondit Marcel. Robert m'a, l'autre jour, témoigné le regret de voir se faner les fleurs des champs dont nous aimions à égayer notre chambre. Je vais lui enseigner le moyen de se consoler un peu. Nous allons préparer nos bouquets d'hiver. Pour être privés de l'éclat des bluets et des coquelicots, ils n'en sont pas moins charmants, et d'ailleurs, notre voisine, la fleuriste, se chargera de les aviver un peu. A l'œuvre tous ! nous allons cueillir ces jolies herbes grêles, dont l'épi fait trembler la tige. Les graminées ont une délicatesse si grande que les étudier, les garder, n'est point sans intérêt. C'est notre cher savant, M. Rolier, qui m'a donné cette idée en m'enseignant les premières notions de la botanique.

— Oui, oui, répétèrent Robert, Jean et Cri-cri faisant des bouquets.

— Tenez, dit Marcel en désignant des épillets élégants d'un jaune pâle, voici trois graminées charmantes ; la science leur donne des noms difficiles à prononcer ; les ignorants, trouvant vite l'appellation qui fait image, les désignent sous le nom d'amourette, brise, tremblette.

— Et celle-ci, demanda Nicole, est-elle assez jolie ! d'un vert pâle à la base, elle devient toute rose à son sommet.

— Certes, elle est jolie, répondit Marcel, sur un pédi-

cule léger comme un fil, où se balancent des épis semblables
à des barbes de plumes. M. Rolier la nomme l'*Agrostiæ* ;
nous, qui ne sommes pas botanistes, nous la nommons
Nébuleuse. N'oubliez pas de faire provision d'*orge à crinière*, qui tantôt dresse ses épis vers le ciel, tantôt les
courbe vers le sol.

— Marcel, Marcel, dit Cri-cri, et cette herbe que l'on
dirait habillée de feutre et de velours, pouvons-nous la
cueillir et la conserver ?

— Certainement ! c'est la *queue de lièvre*, elle fera fort
bien au milieu de notre gerbe.

Puis la troupe de jeunes gens joignit à sa première
récolte la *Couche élégante*, d'une excessive légèreté, la
Lomoakié brillante, habillée d'un duvet soyeux, le *Cynarium*
au panache d'argent.

La découverte d'une herbe d'espèce nouvelle arrachait
des cris de joie aux promeneurs ; Nicole paraissait très-
fière d'avoir trouvé la première une touffe de *Pennisetum*
dont les longs épis laissaient échapper un flocon de soie
brillante.

Cri-cri revint d'une course plus lointaine avec une gerbe
qu'il partagea généreusement entre ses amis. Il apportait
des *Styles plumure* à barbes énormes, des *statices* étalant
avec orgueil leurs spirales de fleurs roses aux touffes élégantes. Dans un endroit humide, voisin d'une mare formant un lac en miniature, il avait trouvé des *héliotropes de
marais* d'un violet pâle. Quant à Robert, comme sa taille
lui permettait d'atteindre plus loin, il avait coupé des
roseaux bruns semblables à un fuseau recouvert de velours
sombre.

La moisson faite, on dîna sous les grands arbres ;
l'exercice avait doublé l'appétit ; Friquet, si pâle d'ordinaire
retrouvait les couleurs roses de la santé. On reprit le

chemin de Paris avec regret, mais en se promettant bien de revenir la semaine suivante. Ne fallait-il pas égayer pour l'hiver la chambre de la mère Bonie et la boutique de Grimperau ? On était bien un peu las, mais cette fatigue, qui est salutaire au corps, détend les nerfs et conserve l'équilibre de la santé.

A peine rentrés, les promeneurs s'endormirent, et Marcel fut obligé d'éveiller les Robinsons. Ils s'excusèrent d'avoir tant prolongé leur sommeil, puis, alertes, contents de l'emploi de la veille, ils procédèrent à leur toilette et prirent gaîment le chemin de leurs ateliers.

En route, ils trouvèrent des ouvriers portant sur leur visage fatigué les traces de la débauche de la veille : leurs blouses déchirées attestaient des batailles de cabaret ; les poignets des chemises portaient des taches de vin, prouvant que les manches avaient traîné sur des tables souillées ; ils semblaient las avant de se rendre à l'atelier, et leur visage reflétait autant d'ennui que de lassitude.

On pouvait affirmer d'avance qu'ils n'avaient pas honnêtement passé leur dimanche à la campagne, comme les Robinsons.

Pendant le jour, Friquet attacha les herbes par le pied ; et les suspendit à l'ombre afin de les faire sécher lentement. Un mois après, les chambres de tous nos amis s'égayaient de bouquets secs qui leur rappelaient cette campagne superbe qu'ils se promettaient de parcourir au printemps, quand avril aurait fleuri les pommiers.

V

PAUVRE FRIQUET

Au commencement de l'automne, le petit joueur de violon, à qui son maître prédisait un bel avenir, sentit augmenter sa faiblesse qui se compliqua bientôt de malaises dont s'effrayèrent ses amis. Friquet avait tant souffert qu'il se reprenait difficilement à vivre. En vain la mère Bonie, Grimperau et Marcel multiplièrent leurs soins, il continua à tomber dans une anémie que, ni une nourriture fortifiante, ni la tendresse qui réchauffait son pauvre cœur, ne purent vaincre. « — J'ai eu trop froid ! » disait-il souvent. Il n'avait pas seulement senti le froid qui glace la moelle des os, mais cet autre froid moral qui tue la vie dans son germe, comme les gelées d'avril détruisent le fruit dans sa fleur. Sa taille frêle se courbait de plus en plus, son regard prenait une expression d'une profondeur inquiétante ; les pommettes de ses joues se marquaient d'une tache rouge, et souvent il portait les deux mains à sa poitrine pour comprimer une vive douleur. Il toussait aux premiers froids, et l'on ne put réussir à combattre cette toux qui lui faisait un mal horrible. M. Golmail envoya son médecin ; celui-ci rassura l'enfant, lui affirma que ce ne serait rien, mais qu'il devait seulement éviter de se fatiguer. Il interdit le gaufrage et le découpage des feuilles ; il ne permit de jouer du violon qu'à de rares intervalles. Friquet se soumit docilement, pour ne point affliger ceux qui l'aimaient. Alors il demanda des livres. Il ne souhaita pas lire des voyages comme autrefois; il rechercha des volumes d'un caractère grave et triste de préférence à tous les autres.

Quand tombèrent les premiers flocons de neige, il était si faible qu'il ne quittait plus son grand fauteuil. Le soir, les enfants se réunissaient autour de lui. Souriant et doux, Friquet semblait prendre plaisir à les entendre. La leçon du maître finie, le petit musicien interrogeait M. Rolier sur les mystères de la vie future. Il aurait souhaité qu'on lui décrivît le ciel ; il en rêvait les merveilles, il en devinait les circuits. Son âme pure aspirait vers les clartés divines. Sans le confier à personne, il se sentait condamné.

— Mère Bonie, demanda-t-il un jour à la vieille femme, vous souvenez-vous de la parole du médecin que vous allâtes chercher quand Marcel m'eut apporté dans sa chambre ? Il avait parlé tout bas, et cependant je l'entendis : « — Cet enfant est bon à devenir un petit ange ! — Voilà ce qu'il vous a dit, mère Bonie, et je ne l'ai jamais oublié. J'ai pensé que Dieu me laissait un peu en ce monde afin de me prouver qu'il existe beaucoup de bons cœurs, et de m'encourager, par l'exemple du bien, à devenir meilleur moi-même. Aussi, mère Bonie, quand j'allais à l'église avec Marcel et les Robinsons, quand je voyais sur les vitraux, la Vierge sourire à son Enfant divin, je lui demandais humblement : « — Ferez-vous bientôt un ange de moi ? Je sentais le terme de ma vie s'approcher lentement, et si je pleurais en secret, à la pensée de quitter mes amis, je me réjouissais, en songeant que du haut du ciel, je les verrais encore. N'est-ce pas, mère Bonie, mes regards les suivront, je serai témoin de leurs progrès dans le bien, je verrai grandir leur bonheur ; je parlerai d'eux à Dieu, et Dieu daignera m'entendre, parce qu'il sont faibles et pauvres comme moi...

La mère Bonie tenta de chasser de l'esprit de Friquet ces pensées de mort ; elle n'y put réussir, et comprit qu'elle devait avoir, avec cet enfant résigné, la franchise de ne point recourir à d'inutiles mensonges. Elle lui parla donc de Dieu et du ciel, comme en parlent les ignorants, plutôt avec leur cœur qu'avec leur esprit. L'humble femme était une chrétienne, elle raffermit l'âme de Friquet, et lui fit trouver une sorte de douceur dans la pensée de sa foi. — « mourir, c'est revivre ! » lui disait-elle.

L'heure vint où les Robinsons ne purent garder d'illusions, Friquet allait mourir. Il ne voulut point garder le lit. Assis dans son vaste fauteuil, le dos soutenu par des oreillers, il tournait encore entre ses doigts débiles quelques tiges de feuillages. On avait groupé autour de lui les plantes envoyées par M. Golmail ; des oiseaux voltigeaient à travers la chambre, venant se reposer sur son épaule et prendre des grains de millet entre ses lèvres. Friquet souriait encore. Il n'éprouvait point de terreur à l'idée de comparaître devant le tribunal de Dieu. Il avait été pauvre, sans éprouver d'envie ; faible sans haïr. Il pardonnait et il attendait qu'on lui pardonnât.

— Voyez-vous, mère Bonie, disait-il, à mesure que ma fin approche, je retrouve plus vivante dans mon souvenir l'image de ma mère. Elle m'apparaît telle que je l'ai connue, douce et belle, mais rayonnante comme je ne la vis jamais. Ses bras se tendent vers moi, elle se penche, elle m'appelle, je la rejoindrai, comme jadis je me jetais dans ses bras.

Pendant une après-midi, Friquet dit à la mère Bonie :

— Allez chercher notre vieux curé, j'ai besoin qu'il me bénisse.

Le prêtre vint. Il entendit une confession touchante, il recueillit les espoirs pieux de cette âme d'enfant, et promit de revenir le lendemain matin.

Friquet resta silencieux le reste du jour ; le soir, il pria M. Rolier de ne point faire de classe, et demanda à Marcel d'étaler près de lui un grand carton rempli de gravures.

— Marcel, dit-il, je veux voir des anges !

Il regardait avidemment les figures ravissantes dessinées par Raphaël, Fra Angelico, l'Albane, tous les maîtres de l'Ecole mystique du moyen âge et de la renaissance. Il se fit ensuite apporter les menus objets qu'il possédait, et en remit un à chacun de ceux qu'il allait quitter. Tandis que ses amis pleuraient, Friquet souriait comme souriaient les chérubiens qu'il venait de regarder.

—Ne pleurez pas, leur disait-il, ne pleurez pas ! Si j'étais mort, il y a deux ans, sous les coups de mes persécuteurs, vous auriez pu me plaindre ; qui sait si je n'aurais pas maudit la vie ! Aujourd'hui je vais m'endormir sous le souffle de Dieu et sous vos caresses. Vous m'avez protégé, soyez bénis ! Vous m'avez vêtu, nourri, aimé, soyez bénis ! Vous m'avez enseigné le bien, votre main fraternelle m'a montré la route du devoir, soyez bénis à jamais !

Les Robinsons éclatèrent en sanglots. Marcel, assis près du chevet de Friquet, pressait sans rien dire sa main brûlante. Ses jeunes voisins ne se cachaient point pour pleurer.

Friquet passa une nuit douleureuse. Au matin le givre dessinait sur les carreaux ses fleurs brillantes, un gai soleil d'hiver laissait jouer ses rayons adoucis à travers ces guipures hivernales.

La mère Bonie groupa près de l'enfant, ses fleurs et ses feuillages, et quand le prêtre vint pour administrer le jeune mourant, il le trouva calme doux, affectueux au milieu de ceux qui l'aimaient. Tous les ouvriers de la maison avaient souhaité assister à la pieuse cérémonie. Les hommes étaient graves; les enfants se serraient contre leur mère, comprenant qu'une chose terrible et sublime allait se passer. Le prêtre adressa à l'enfant de consolantes paroles, il le remit dans les bras de Dieu et lui donna l'assurance d'une vie éternelle, pleine d'incommensurables joies.

A peine le prêtre se fut-il éloigné, que Friquet s'évanouit dans son fauteuil. La mère Bonie le souleva dans ses bras et le porta sur son lit.

VI

UNE FIÈVRE BRULANTE...

Quand Friquet retrouva le sentiment, ses yeux rencontrèrent ceux de ses camarades, et il dit à Marcel :

— Il faut passer leurs fantaisies aux malades ; apportez-moi mon violon... Marcel obéit.

Une expression de joie traversa le visage du mourant. Il saisit l'instrument avec un reste de force nerveuse, prit son archet et joua.

— Je ne sais bien qu'un air, dit-il, celui qui t'appelait à mon aide... Il est de circonstance d'ailleurs, car je me sens une grosse fièvre. Encore une fois, la dernière, Friquet commença l'air de *Richard*.

Les enfants, debout, graves et désolés, écoutaient. Ah ! pauvre cher petit musicien des rues ! Comme il trouvait des choses merveilleuses d'expression, dans cet air admirable. On eût dit qu'il le comprenait pour la première fois. Quand il l'acheva, l'archet et le violon s'échappèrent de ses mains, il retomba en arrière et poussa un long soupir. Au même moment, tous les oiseaux battirent des ailes comme s'ils saluaient la petite âme, cette colombe immortelle qui s'envolait vers les champs du paradis. Pendant une heure on entendit que des sanglots dans la chambre de la mère Bonie. Un voisin voulut bien s'occuper des formalités légales, le pauvre Marcel et les Robinsons paraissaient avoir perdu le sentiment de ce qui se passait autour d'eux.

Le soir, la mère Bonie demanda à Marcel :

— Avez-vous songé à l'enterrement ?

— Non, répondit Marcel.

— Je pense bien que vous ne laisserez pas Friquet s'en aller dans le char des indigents, et que vous voudrez pour lui une bière et un coin de terre bénite.

— En doutez-vous, mère Bonie? demanda le typographe.

— C'est que, mon enfant, il faut payer tout cela...

— Et nous n'avons plus rien, répondit Marcel, la maladie du pauvre enfant, a pris toutes les économies... Ma montre est au Mont-de-Piété... que faire, que faire ?

Marcel réfléchit un moment, puis il alla dans sa chambre, y prit un écrin, et, descendant l'escalier, il se dirigea vers l'hôtel de M. Golmail.

Le banquier se trouvait dans son cabinet quand le typographe y entra. Henri, debout à côté du bureau, soumettait à son père les dernières notes du lycée, et celui-ci approuvait du regard et de la voix. A l'aspect de Marcel, les yeux rouges, la démarche chancelante, le banquier ressentit une commotion de pitié.

— Marcel, demanda-t-il, mon cher garçon, qu'avez-vous?

— Le pauvre Friquet est mort, répondit Marcel en cachant son visage dans ses mains.

Il resta un moment étouffé par les pleurs, puis il reprit d'une voix brisée :

— Je viens vous demander un service, monsieur..., la maladie du cher petit a absorbé nos économies... Je voudrais, cependant, que tout se passât convenablement demain... Je veux une bière, un drap noir, un prêtre pour mon enfant... Je veux qu'il repose dans un terrain à lui, afin que le dimanche nous allions prier et pleurer sur sa tombe... Tout cela coûtera bien deux cents francs... C'est une grosse somme, mais nous nous priverons, monsieur, et nous vous rembourserons le plus vite possible... Je sais que vous n'exigerez point de billet, mais je vous apporte un gage... voici la médaille d'argent de la Société d'*Encouragement au bien*, gardez-la jusqu'à ce que je me sois libéré envers vous.

Marcel tira la médaille de l'écrin et la posa sur la table.

— Reprends-la ! s'écria Henri, je suis riche, et je dois...

— Non, Henri, repondit M. Golmail, ce que fait Marcel est plus digne de lui et de moi... J'accepte ce gage, mon ami, en le faisant, je crois vous honorer. Voici deux cents francs... Rappelez-vous qu'aujourd'hui et toujours ma caisse vous est ouverte.

— Merci, monsieur, merci ! s'écria Marcel, c'est si bon d'inspirer de la confiance !

— La confiance s'acquiert, Marcel, et vous méritez celle de tous les honnêtes gens.

— A demain, Marcel dit Henri.

— Oui, à demain ! répondit le typographe

Marcel sortit en courant, et alla payer à l'avance le convoi de « son enfant. »

La veillée se passa autour du lit silencieux. Deux gros cierges brûlaient à côté de Friquet dont le doux visage avait revêtu une sérénité admirable.

Au matin, on prépara sous le portail, une sorte de chapelle ardente. Dans le quartier on ne parlait que de la mort de Friquet. Afin de témoigner à Marcel l'affection dont il était l'objet de la part de tous ceux qui le connaissaient, les voisins et leurs enfants se promirent d'accompagner au cimetière le petit musicien.

Tandis qu'au millieu des sanglots des Robinsons, la mère Bonie roulait Friquet dans un suaire, un char funèbre s'arrêtait devant la porte. Mais ce qui combla d'étonnement les jeunes gens de la rue, ce fut de voir une magnifique voiture drapée de blanc, des chevaux couverts de housses et la tête coiffée de panaches de plumes. Les draperies blanches, les chandeliers d'argent de la chapelle avaient déjà surpris les travailleurs du quartier, l'arrivée du char et des voitures de deuil mit le comble à leur stupéfaction.

La veille, après le départ de Marcel, Henri avait témoigné à son père une grande surprise de ce qu'il avait prêté et non point offert à Marcel la somme dont celui-ci avait besoin, le banquier répondit à son fils :

— Marcel qui s'est privé de pain pour nourrir Friquet, n'eût pas accepté l'aumône d'une tombe. La dignité de Marcel est une de ses grandes qualités ; nous devons garder du respect pour la vertu de nos amis. Je laisserai donc ce généreux garçon commander le convoi. Moi, j'irai plus tard, je donnerai telle somme qu'il faudra. Où Marcel voulait l'indispensable, j'ajouterai du luxe. Ce petit martyr, cet humble musicien aura la pompe mortuaire d'un enfant riche. Je causerai à Marcel une surprise délicate, sans toucher à ses droits. Ce n'est rien d'offrir, Henri, il faut savoir donner.

En effet, le lendemain, les cloches de Saint-Jacques-du-Haut-Pas sonnèrent à toutes volées, les voisins se groupèrent sur le trottoir, les porteurs montèrent. Quand ils descendirent, chargés de leur fardeau, Marcel et les Robinsons les suivaient. Pyramide et Nicole étaient en deuil de leur jeune ami. Marcel portait le violon du petit musicien et le posa sur le cercueil au milieu d'un amas de bouquets blancs et de couronnes d'immortelles. Alors

16

seulement il vit le luxe déployé pour l'enterrement de Friquet. Les yeux gonflés de larmes, il regarda autour de lui, et apercevant M. Golmail, il s'avança vers le banquier.

— Dieu vous récompense, monsieur, dit-il ; vous apportez à mon chagrin le seul allégement qu'il soit possible de lui donner

Les cordons furent tenus par Henri et les Robinsons ; Marcel conduisait le deuil. A côté de lui venaient le banquier, l'homme à la ceinture de cuir, M. Hallon, la plupart des ouvriers de l'imprimerie, Grimperau, Pyramide, puis une foule compacte de voisins, d'amis empressés de témoigner à Marcel dans quelle estime profonde le tenaient tous ceux qui, depuis tant d'années, étaient les témoins de sa vie.

Les prières du prêtre accompagnèrent le cher petit ; chacun des assistants jeta sur la fosse ouverte, des fleurs et de l'eau bénite, puis la terre retomba par lourdes pelletées sur l'étroit cercueil.

Quand il eut disparu, une croix fut plantée, elle portait le nom du petit musicien sans autre indication, car nul ne savait son âge. Les couronnes d'immortelles furent posées dans les bras de la croix, et Marcel, qui avait suivi le convoi à pied, consentit à revenir en voiture ; il était à bout de forces.

Les Robinsons prirent place à ses côtés, et le voyant si bouleversé, si pâle, ils se jetèrent dans ses bras en lui disant :

— Marcel, cher Marcel, notre frère, notre père, notre seul ami, nous restons pour t'aimer, pour suivre ton exemple ! Dieu a fait de Friquet un ange, nous sommes tes enfants, serre-nous sur ton cœur !

Et le jeune ouvrier les attira sur sa poitrine, et pleura de ces larmes généreuses et saintes que Dieu conserve dans les trésors du paradis.

VII

LA MÉMOIRE DES BÊTES

Il s'était passé des jours nombreux depuis la mort de Friquet. A la violente douleur qui ébranla les cœurs des Robinsons et de Marcel, succéda une douce tristesse. On parla du petit joueur de violon, comme d'un ami parti pour un lointain voyage. Quand les adolescents priaient, il leur semblait deviner l'âme de Friquet présente au milieu d'eux. L'hiver s'écoula froid et morne. La neige blanchit les toits, la boue souilla les rues, des pluies diluviennes tombèrent. Cependant les Robinsons se levaient à cinq heures, en même temps que Marcel. S'ils se trouvaient, libres un moment avant le départ pour leurs ateliers respectifs, ils ouvraient un livre et apprenaient une page de leçon. Ceux qui ne trouvent le temps de rien faire sont les indifférents, les paressenx, pour qui le temps ne semble pas, ce qu'il est réellement, un trésor dont il ne faut pas gaspiller une parcelle. Une heure perdue ne reviendra jamais. Les Robinsons savaient cela ; durant leur trajet à l'atelier, ils lisaient encore quand le temps le permettait. Tout le jour, courbés sur leur travail, ils remplissaient leur tâche avec zèle et bon vouloir. On avait appelé Marcel l'*Horloge vivante*, à l'imprimerie Hallon, on surnomma Robert la *Morale en action*. Les vieux travailleurs éprouvaient une franche amitié pour ces apprentis courageux, sobres, un peu graves. Les mauvais sujets essayaient bien de les railler ; mais, faute de trouver de l'écho, ils furent bientôt réduits à se taire. Les dimanches furent passés dans les musées. On s'y instruisait et l'on avait chaud. Mais à peine les bourgeons gommeux et rouges se montrèrent-ils à la pointe des branches, que les Robinsons recommencèrent leurs courses dans la campagne. Jean, qui suivait le soir un cours de dessin, essayait d'esquisser les vieux arbres. Marcel poursuivait ses études de botanique élémentaire et Cri-Cri chassait des papillons que M. Rollier lui apprenait à conserver et qu'il collectionnait dans des boîtes à vitrages. Un matin d'été, les jeunes gens entendirent un voisin prononcer le mot de « fête de Neuilly ». D'habitude, les Robinsons fuyaient le bruit ; ce jour-là leur curiosité parut vivement excitée, et Marcel, qui jugeait qu'on doit récompenser les enfants de leurs efforts, prit deux pièces de cinq francs dans son gousset, invita Nicole, Pyramide, la mère Bonie et Grimperau, et la petite troupe se mit en marche vers Neuilly.

Il fut possible d'apercevoir de très-loin les banderoles et les drapeaux formant, au-dessus des arbres, des draperies flottantes. N'eût-on rien aperçu, le bruit complexe, étourdissant qui frappait les oreilles, aurait suffi pour indiquer le lieu de la fête.

Au moment où les invités de Marcel allaient s'engager dans l'avenue, le jeune homme leur dit en souriant :

— Mes amis, j'ai pour dix francs de distraction dans ma poche. On ne vient pas tous les jours à Neuilly, choisissez donc entre les chevaux de bois, les chiens savants, les baraques dans lesquelles on exhibe des sauvages. A

deux sous par spectacle, nous pouvons encore nous amuser. D'abord Robert, Jean et Cri-Cri se grisèrent, pour
ainsi dire, au son aigu des clarinettes, du tonnerre des
grosses caisses, des bruits argentins des triangles. Ils
regardaient, effarés et curieux, les tableaux immenses suspendus au-dessus des baraques foraines, dans lesquelles
on montrait le *Grand lion de mer* qui avait dévoré les dix
naufragés de *la Cybèle*.

Le prétendu lion de mer était, comme Marcel l'expliqua
à ses amis, un pauvre phoque très-doux, à l'œil presque
humain, qui se dressait sur sa queue avec une certaine
grâce et embrassait la personne la plus riche de la société.
Ils virent des sauvages manger des poulets crus, du verre
pilé, des cailloux rougis au feu. Un drame joué par des
marionnettes les amusa de tout leur cœur. Après une
brillante cavalcade sur des chevaux de bois, les Robinsons
revinrent près de leurs amis plus graves. L'invalide, ce
jour-là, avait offert son bras à la mère Bonie, et Nicole
s'appuyait sur celui de Marcel. Ils causaient en attendant
le retour des enfants, quand une voix humble, monotone,
cette voix des aveugles qui semble partout la même, et
vous remue le cœur par sa tristesse profonde, dit à côté
d'eux :

— Chrétiens charitables ne m'oubliez pas, s'il vous
plaît.

Marcel puisa dans sa poche une poignée de gros sous,
et la posa dans l'écuelle de bois qu'un caniche tenait dans
sa gueule.

— Dieu vous le rende ! répondit l'aveugle.

Avez-vous entendu ce mot sans tressaillir ? Je ne crois
pas que ce soit possible. Il y a dans ce souhait du pauvre,
une grandeur simple qui remue profondément. Le malheureux qui manque de tout nous tend la main avec con-

16.

fiance, comme s'il usait d'un droit. En effet, il n'implore pas un don ; il contracte un emprunt. Il charge d'acquitter sa dette Celui qui a promis de payer le verre d'eau donné en son nom. — Dieu vous le rende ! Après cette parole, le mendiant s'éloigne moins triste, et vous laisse le cœur rasséréné par une immuable promesse.

L'aveugle s'éloignait, suivant le caniche qui tirait doucement la corde, quand brusquement, le chien lâcha la sébile qu'il tenait entre ses dents, poussa des aboïements joyeux, et, changeant brusquement de direction, il revint vers Marcel et ses amis que les Robinsons venaient de rejoindre.

Le caniche s'élance sur Robert, le couvre de caresses jappe et bondit autour de lui, affolé de joie et de tendresse, entourant les enfants stupéfaits d'un cercle de bonds fantastiques. Les Robinsons se demandaient qui leur valait des démonstrations si affectueuses, tandis que le vieillard répétait :

— A bas, Brisque ! à bas, mon chien !

A ce nom de Brisque, Robert regarde attentivement le chien ; Jean se retourne vers l'aveugle ; un même souvenir se présente à leur mémoire. Ils se rappellent avoir rencontré sur la route des Ajoncs, un aveugle que de méchants enfants venaient de priver de son chien. Robert avait couru le redemander aux garnements, et, ne pouvant l'obtenir par une prière, il s'était bravement battu avec un petit gars du village, colère comme un dindon et mauvais comme une fourmi rouge.

— C'est Brisque ! c'est Brisque ! répète Jean en rendant ses caresses au caniche.

Robert s'approcha du mendiant, et lui demanda :

— Ne vous appelez-vous pas Martin ?

— Oui, mes enfants, car je devine à votre voix que vous

êtes jeunes..... Et il me paraît même que cette voix ne m'est pas inconnue..... Seulement elle est plus forte...

— Mais oui, père Martin, nous sommes de vieilles connaissances... Rappelez-vous la route des Ajoncs, et trois enfants s'en allant à Paris, sans sou vaillant, avec un pigeon pour toute fortune.

— Oui, oui, vous avez sauvé Brisque, vous me l'avez rendu ! Oh ! je me souviens, allez ! Et mon chien aussi, mon brave chien ! Vous l'avez défendu, pansé ; il vous reconnaît, il vous le dit par ses caresses. Les bêtes ont de la mémoire, les bêtes nous aiment ! Merci, Brisque ! Merci, mon chien, de m'avoir fourni la joie de revoir ces braves enfants !

Tandis que son maître serrait les mains des Robinsons, Brisque, qui venait de compromettre la recette de son maître, par un mouvement spontané de reconnaissance, voyant qu'il avait réussi à rapprocher ces jeunes, et déjà si vieilles amitiés, crut qu'il devait essayer de réparer le désastre ; il releva l'écuelle de bois, la plaça entre les mains de Cri-Cri, puis, cherchant à terre un à un les gros sous récoltés, il reconstitua la somme complète. Alors, satisfait, les yeux brillants, la queue frétillante, il vint se frôler contre les jambes des Robinsons. On eût dit qu'il voulait les adopter à son tour.

L'aveugle raconta ses voyages, ou plutôt il énuméra les villes par lesquelles il avait passé, car pour lui le tableau de la nature restait caché par un voile sombre. Il avait beaucoup marché, voilà tout.

— Que venez-vous chercher à Paris ? demanda Marcel.

— Vous savez, on espère toujours ! A force de demander à Dieu un miracle, on croit à la possibilité de ce miracle... J'ai fait des lieues et des lieues, cherchant autant que peut chercher un aveugle, Paul, mon petit Paul !

— L'enfant qu'on vous a volé ?

— Si vous saviez combien de fois dans les marchés, dans les foires, j'ai parcouru les groupes, prêtant l'oreille pour voir si je n'entendais pas la voix de mon enfant perdu...... Je suis aveugle, mais mon cœur voit ! Si Paul se trouvait dans cette foule, et qu'il parlât, j'irais vers lui, les bras tendus, je le reconnaîtrais, j'en suis sûr, je le reconnaîtrais !

— Et vous n'avez pas peur au milieu de cette cohue ?

— Quand le Christ était sur la terre, il guérissait les aveugles, croyez-vous qu'aujourd'hui il ne les protége pas encore ?

Les Robinsons avaient oublié les spectacles forains. La présence du pauvre homme leur rappelait, avec une douloureuse puissance, leur départ du village à l'heure où leur mère était si malade... Il leur semblait que Martin leur apportait quelque chose du pays breton. Ils tenaient serrée dans leurs mains, la main de l'aveugle, et croyaient ne plus jamais pouvoir se séparer du vieux mendiant.

Tout à coup, un bruit infernal les arracha à leur causerie : la parade de l'une des plus grandes baraques venait de commencer.

VIII

MULOT REPARAIT

Les Robinsons et leurs amis auraient bien voulu se frayer un passage à travers une foule de plus en plus compacte, mais les effets de la clarinette, du chapeau-chinois et de la grosse caisse étaient couronnés d'un succès si grand que le peuple se pressait en sens contraire autour du spectacle forain, et que force fut d'attendre la fin de l'annonce.

— Ne craignez rien, dit Marcel, nous vous protégeons. Dès que les curieux seront entrés, nous retrouverons la possibilité de circuler.

Les Robinsons se mirent alors à examiner la toile surmontant une vaste estrade occupée par l'orchestre enragé. Ce tableau représentait un ours brun d'une taille aux yeux colossale, livrant un combat acharné contre une hyène à l'aspect féroce, tandis qu'un loup au poil rouge, aux dents aiguës, hérissait ses poils et se promettait de souper avec les membres palpitants de la victime.

A l'aspect d'un homme enveloppé d'un vêtement de velours tout fané, brodé de paillettes multicolores, la grosse caisse et le chapeau-chinois se turent subitement. Le saltimbanque salua l'assistance d'un geste

circulaire, puis, élevant la voix, il commença son boni-
ment :

« Mesdames et Messieurs, dit-il, à mon retour d'un
voyage sur les rives du Zambèze, j'éprouve le besoin de
me présenter, moi et ma troupe, à l'admiration du
public enthousiaste. J'ai fait danser mon ours, *Bouton-
de-Rose* devant les Amazones du roi de Dahomey ; ma
hyène, Frisette, a soupé en compagnie des lions du
désert, et mon loup rouge a recueilli sa part de
bravos dans mes courses à travers le monde. On parle
souvent de dompteurs et de bêtes féroces, mais les
animaux de ces gens-là sont en en carton peint, et
les prétendus dompteurs ne se camperaient pas seulement en face d'un chat sauvage. Moi, je vous apparaîtrai
en présence de monstres indomptables, et ce qui constitue
le plus grand attrait de mon spectacle, c'est que mes
bêtes sanguinaires combattent, non pas seulement entre
elles, mais contre des enfants. Mademoiselle Zéphire lutte
avec la hyène farouche, et le jeune Tamino met sa tête
dans la gueule de l'ours ! Entrez, messieurs, entrez Mesdames, le spectale est palpitant. A chacune de mes repré-
sentations, les enfants intrépides risquent leur vie. Si
Bouton-de-Rose fermait ses redoutables mâchoires au
moment où Tamino a la tête dans sa gueule, Tamino
serait décapité... Je pourrais vous dire qu'une représen-
tation si dramatique vaut dix francs, cinq francs, trois
francs ! J'en aurais le droit : je ne le ferai pas. Je suis
avant tout un bienfaiteur de l'humanité. Je travaille moins
pour l'argent que pour la gloire. L'illustre Mucidor tient
à honneur de voir se presser chez lui l'élite de la société
parisienne. Je ne demande donc ni cinq, ni trois, ni deux
francs ; je me contenterai de l'offrande modeste de dix
centimes, deux sous pour voir les exercices de Mlle Zéphire

et ceux du jeune Tamino. Il faudrait être sans monnaie dans sa poche pour se priver d'une distraction semblable! Entrez! dix centimes, deux sous! Suivez le monde, en avant la musique!

L'orchestre siffla, sonna, mugit, et une foule énorme escalada l'escalier tremblant de la baraque.

Grimperau, Pyramide et leurs compagnons attendaient le moment de quitter la place, quand les Robinsons se rapprochèrent vivement de Marcel.

— Je t'en prie, grand frère, dit Jean, permets-nous d'aller voir ce spectacle.

— Non, répondit Marcel, il n'est pas bon d'assister à des scènes de ce genre. On deviendrait cruel en restant spectateur de ces luttes horribles, dans lesquelles sont en jeu la santé et la vie de pauvres enfants... J'étais loin de m'attendre à une demande semblable de ta part, mon cher Jean.

— Si tu savais, reprit Robert, tu consentirais tout de suite, et tu ne nous gronderais pas... Dans ce misérable Mucidor, nous croyons reconnaître le saltimbanque dont nous t'avons parlé... Tu te rappelles qu'une voiture jaune déposa dans la cour d'une auberge, en face de laquelle nous dînions, un dompteur, sa femme, une petite fille et un jeune garçon, Mulot, avec qui nous partageâmes notre souper... Les trois bêtes dont vient de parler Mucidor, sont bien celles dont Mulot avait une frayeur si grande. Je me souviens de l'ours, de la hyène et du loup rouge... Comprends-tu, Marcel, si nous allions revoir Mulot!

Marcel prit de l'argent dans sa poche et le tendit aux enfants.

— Allez, dit-il, je vous crois; il me paraissait impossible que mes Robinsons eussent une méchante pensée.

— Où pourrons-nous vous retrouver ? demanda Robert.

En vous attendant, nous resterons devant ce *Massacre des Innocents*, et nous abattrons des poupées de bois avec des balles de son.

Les enfants pénétrèrent dans la barque, et à force de jouer des coudes, ils parvinrent à se placer sur la première banquette. Le rideau séparant la scène de l'espace réservé aux spectateurs cachait une assez forte grille, destinée à mettre les curieux à l'abri des fantaisies des bêtes sauvages. Une ouverture, annoncée sous le titre pompeux de *Marche royale du roi de Dahomey*, précéda les exercices ; le rideau se sépara en deux et l'on aperçut une toile peinte représentant une forêt. Presque au même moment, un ours énorme parut en se dandinant sur ses lourdes pattes. Il s'avança du côté de la grille et se dressa, regardant les spectateurs en face, laissant voir ses dents aiguës. Sa taille était colossale, et l'imprudent chasseur qui l'eût rencontré dans ses montagnes natales, aurait pu se croire arrivé à sa dernière heure. Il restait là cramponné aux barreaux, quand un rugissement lui fit tourner la tête : la hyène faisait son entrée. Alors l'ours quitta sa place, et, la tête lourde, le regard fuyant, il se dirigea vers son ennemi. Elle l'attendait, dressée sur ses griffes, le dos arqué, la crinière toute droite, montrant ses gencives saignantes. L'ours se leva, quand il se crut assez près, il l'étreignit dans ses bras. Il y eut alors un effroyable concert de grommellements sourds, de rugissements féroces, auquel se mêla un hurlement terrible. Le loup rouge venait de bondir sur les deux combattants.

La musique allait toujours ; les griffes jouaient, les mâchoires s'ouvraient terribles, lorsqu'à un léger coup de sifflet qui, sans doute, était un signal, un enfant grêle, vêtu d'un costume de sauvage, bondit sur la scène. Il portait un pagne de plumes multicolores, des jambières de verroteries, des colliers nombreux ; ses cheveux, relevés en casque et traversés par une aigrette de plumes, tombaient sur son dos dont la maigreur se voyait sous le mauvais maillot de coton recouvrant ses épaules. Il avait bondi de la coulisse sur la scène, mais, arrivé en face des bêtes, le courage lui manqua, il trembla comme un fiévreux et recula contre un « portant ».

— Avance ! siffla une voix à son oreille, ou je te tue ce soir à coups de nerf de bœuf.

Les Robinsons regardaient, regardaient encore ; il leur semblait bien, dans l'adolescent grandi retrouver le petit garçon qui avait si grand peur de Bouton-de-Rose.

Ils voulurent acquérir tout de suite une certitude, et appelèrent :

— Mulot ! Mulot !

Le jeune sauvage fit deux pas du côté de la grille.

— C'est lui ! mon Dieu, c'est lui ! dit Robert. Pauvre malheureux ! Que faire pour le sauver ?

Et de la coulisse la voix sourde répéta :

— Je te tuerai ce soir, oui, je te tuerai....

Mulot tressaillit, mais il ne bougea pas. Le soir était loin, tandis que le danger était près. Jamais les bêtes n'avaient paru si redoutables ; et Mulot, que cet exercice trouvait toujours aussi tremblant, Mulot, cette fois, paraissait paralysé par l'épouvante.

Mais, brusquement, il tressauta en poussant un cri d'angoisse ; de la coulisse, Mucidor venait de l'atteindre avec sa baguette de dompteur, et le malheureux enfant bondit du côté des bêtes.

L'homme se montre parfois plus féroce que les animaux.

17

Les Robinsons tremblaient d'angoisse, et s'accrochant à la grille, ils répétaient d'une voix navrée:

— Mulot! Mulot!

Celui-ci ne paraissait pas entendre, il venait de prendre la hyène par la crinière et il essayait de l'arracher des pattes velues de l'ours, quand trois personnages nouveaux apparurent sur la scène. Cette fois les Robinsons appelèrent à l'aide, en secouant la grille, comme s'ils espéraient la briser.

IX

L'OURS, L'AVEUGLE ET L'ENFANT

Les bras tendus en avant, le visage illuminé par une expression de joie que nul mot ne saurait traduire, le vieil aveugle, Martin, s'avançait, suivi plus que soutenu par Marcel et Pyramide. L'élan de son cœur poussait en avant le jeune typographe, tandis que l'idée du danger galvanisait le vieux brave.

— Paul! mon petit Paul! s'écria l'aveugle, j'ai reconnu ta voix, tu es mon enfant, mon cher enfant volé par des misérables.

A l'aspect du mendiant, Mulot lâche subitement la crinière de la hyène. Les traits du vieillard restaient dans sa mémoire comme une image dont le temps a pâli les couleurs; mais en l'écoutant parler, en entendant son nom que nul n'avait daigné prononcer depuis de longues années, en sentant vibrer dans la voix du mendiant ces cordes du cœur qui ne trompent jamais, sonnent toujours juste et peuvent se briser, mais non mentir, Mulot se précipita dons les bras du mendiant.

Alors se passa une scène indescriptible. Mucidor, éperdu, comprenant que l'intervention de la police était inévitable, emplit ses poches de la recette de la journée, afin de pourvoir au plus pressé. Pendant ce temps, les sergents

de ville entraînaient Mucidor sur la scène afin de l'obliger
à faire rentrer les bêtes qui se déchiraient entre elles,
donnant aux spectateurs un combat sérieux entre une
hyène, un ours et un loup rouge, quand pour leurs dix
centimes ils avaient seulement droit au simulacre d'une
lutte. Nul ne pouvait se plaindre, car le public en avait
plus que pour son argent.

Pyramide protégeait la retraite de Marcel et de Martin,
et les Robinsons, sans attendre le résultat du combat des
bêtes sauvages, quittèrent leurs places et rejoignirent
leurs amis. Mulot, ou plutôt le petit Paul, serré dans les
bras du mendiant, pleurait en recevant, en lui rendant
ses caresses. L'aveugle couvrait de baisers la chère tête
blonde ; l'enfant collait ses lèvres sur les mains de l'infirme
et pour la seconde fois de la journée, Brisque, posant à
terre son écuelle de bois, jappait autour de son maître, en
poussant des aboiements joyeux ; comprenant que Paul
était de la famille, le chien lui faisait une part égale dans
ses démonstrations d'amitié.

Le premier moment d'effusion passé, l'aveugle dit, en
tournant vers le groupe d'amis qui l'entourait, son visage
ruisselant de larmes heureuses :

— Venez aussi près de moi, à côté de Paul, chers
petits Bretons, à qui je dois d'avoir retrouvé mon fils...
Si vous n'aviez pas sauvé mon chien jadis, je serais peut-
être mort de misère sur la route ; si dans votre charité
vous n'aviez pas jadis donné à Paul vos soins, un souper
et une part de votre cœur, je ne l'eusse pas retrouvé aujourd'hui. Le désir de le revoir, vous a poussés dans la
baraque de Mucidor ; resté à vous attendre, j'ai entendu
le cri de Paul, et ce cri je l'ai reconnu... Dieu double la
finesse des sens du toucher et de l'ouïe pour les malheureux qu'il prive de la vue... J'ai couru, j'ai repris mon

enfant; soyez bénis par un pauvre homme qui n'a rien que sa bénédiction à vous donner en ce monde, et qui supplie Dieu de la ratifier là-haut.

Tandis que cette scène touchante se passait à l'écart de l'avenue de Neuilly, les curieux, entassés dans la baraque de Mucidor, assistaient à un spectacle d'un tout autre genre. Nous avons dit que les bêtes affamées, exaspérées, s'étaient ruées les unes sur les autres. Leurs dents aiguës enlevaient des lambeaux de chair, les griffes sillonnaient les gueules sanglantes. De ces poitrines de fauves sortaient des cris épouvantables. Mucidor, très-ému de la scène qui venait de se passer, du départ de Mulot et de l'intervention de la police dans ses affaires, avait complétement perdu son énergie habituelle. Son regard fuyait au lieu de chercher les prunelles enflammées des fauves. Le dompteur, pris de frissons, devinait que sa puissance dominatrice était perdue. Partagé entre la terreur que ses terribles pensionnaires lui inspiraient pour la première fois, et la crainte de voir s'anéantir toute sa fortune, en laissant les bêtes s'entre-déchirer, Mucidor s'approcha de l'ours, une baguette de fer à la main, et s'efforça de le séparer du loup rouge. Un grondement formidable de Bouton-de-Rose accueillit l'intervention du dompteur. L'ours parut se souvenir qu'il pouvait, d'un seul coup, régler le compte de ses vieilles rancunes ; il lâcha le loup rouge, et se jeta les bras ouverts, autour du corps du dompteur. Il le serra avec une force musculaire dont rien ne pourrait donner la mesure, puis, le jetant sur le sol, il le pétrit sous ses larges pieds.

Les sergents de ville, le sabre au poing, se jetèrent en avant; un coup de revers abattit la tête hérissée de la hyène; les deux pattes de devant du loup rouge tombèrent sur le sol, tandis que, plongeant son arme au

défaut de l'épaule, le troisième sergent frappait mortelle-
ment Bouton-de-Rose. Sa lourde masse brune roula sur
le flanc; les yeux de la bête s'agitèrent; ses grandes
mâchoires claquèrent avec un bruit sinistre ; une crispa-
tion agita ses pattes, puis l'ours demeura immobile.

Mucidor, couvert de sang, le crâne broyé, fut trans-
porté hors de la salle, mais le misérable n'était plus
qu'un cadavre sur lequel se précipita la femme en jupe à
paillettes. Dieu s'était chargé de faire justice. La femme
du dompteur et sa fille furent immédiatement amenées
au dépôt de la préfecture de police, et pendant tout le
reste de la journée, le drame, dont la fête de Neuilly avait
été le théâtre, défraya toutes les conversations. On chercha vainement Mulot, Pyramide et l'aveugle, à qui la foule
eût souhaité faire une ovation. Ils avaient rapidement
pris le chemin de la rue Saint-Jacques, afin de causer à
loisir et de se livrer sans témoins aux démonstrations de
leur joie, et aux épanchements de leur amitié.

Naturellement Martin et Mulot furent emmenés par les
Robinsons, et une fois encore la mère Bonie eut à s'occuper
d'un petit martyr. Elle le prit dans ses bras avec cet élan
chaleureux des femmes du peuple, qui traduit si vite
l'impression de leur cœur si aisément accessible à la
pitié, et lui dit presque bas :

— Je t'aimerai bien : tu me rappelleras *l'autre*...

L'autre, c'était Friquet, le pauvre Friquet qui dormait
au cimetière. Un habillement de Cri-Cri se trouva juste
à la mesure du petit Paul, et l'enfant, décemment vêtu,
vint prendre place à la table des Robinsons. Il raconta
son histoire, triste Odyssée d'enfant volé que des misérables traînent à leur suite, qui risque sa vie pour le
morceau de pain insuffisant qu'on lui jette avec une in-

jure, et qui s'attend chaque jour à périr sous la dent des bêtes ou à mourir sous le bâton.

Au récit du petit Paul succédèrent ceux de Martin. Il avait marché, mendié, pleuré, prié... Voilà tout. Il redemandait son enfant à Dieu sans se lasser d'attendre le miracle, et le miracle venait de s'accomplir.

— Maintenant, reprit le veillard, qu'est-ce que cela me fait de tendre la main ; j'oublierai l'humiliation en songeant à toi. D'ailleurs, la foule est compatissante pour les aveugles... On leur fait la charité de bon cœur... Et souvent un bel enfant a mis dans ma main, son aumône, et a fait cadeau de son gâteau au fidèle Brisque...

— Mais, si vous désirez, dit Panier-Fleuri qui s'était invité à dîner, je vous fournirai le moyen de vivre de votre travail ; depuis que Robert apprend la menuiserie je reste sans commis, et mon commerce prenant de l'extension, je ne puis me passer d'aide. Je vous emploierai au premier triage. Sans jouir de ses yeux, on peut séparer les chiffons du fer, et le papier du verre cassé. Pendant que vous vous livrerez à ce travail du logis, j'apprendrai l'état à Mulot ; il n'est pas élégant, mais au moins il n'offre pas de danger.

Quoique Panier-Fleuri offrît tout de suite un logement à Martin et à Paul, la mère Bonie insista pour garder, l'enfant pendant un mois, assurant qu'il avait besoin de soins nombreux. Celui que les Robinsons connaissaient sous le nom de Mulot, resta donc un mois nourri, réchauffé dans cette famille d'adolescents, puis il rejoignit Martin chez le chiffonnier.

Ainsi que celui-ci l'avait prévu, l'aveugle accomplit aisément ces triages, et put vivre de son salaire et de la paie de petit Paul.

Aussi, Martin disait-il un soir à Marcel :

— Ce qui me plaît en vous, je dirai presque ce que

j'admire, c'est votre façon de rendre service. Vous n'abaissez jamais votre obligé. Vous lui cherchez, vous lui procurez du travail. Vous l'attachez à vous par des liens mille fois plus forts. Sacrifier une pièce d'argent est méritoire sans doute, mais la mendicité abaisse le pauvre, et le travail lui rend sa place dans la société. On peut confondre l'homme qui tend la main avec des paresseux indignes d'intérêt, et le travailleur a droit au respect de tous.

— Ma mère m'a toujours conseillé d'agir de la sorte, répondit Marcel, et je m'efforce de n'oublier aucune de ses instructions.

X

DANS LE DROIT CHEMIN

Le temps marchait vite pour les divers personnages de
de cette histoire, car le temps ne semble long qu'aux
fainéants. Chaque jour indiquait un progrès dans leur
instruction, un pas nouveau dans les voies diverses qu'ils
avaient embrassées ; Robert, Jean, Cri-Cri possédaient
la légitime ambition de devenir d'excellents ouvriers
chacun dans son état respectif. Rien ne leur coûtait pour
arriver à ce but. Imitant l'exemple du père Grimperau,
dont le musée leur semblait une idée excellente, ils col-
lectionnaient, dans la mesure de leurs moyens, tout ce qui
pouvait les inspirer et les instruire. Robert avait orné sa
chambre de débris de sculptures anciennes, de petits
meubles, véritables bijoux d'élégance, et qui, sans nul
doute, avaient été jadis des *chefs-d'œuvre* d'apprentis
aspirant à la maîtrise. Sa bibliothèque renfermait tous
les ouvrages capables de l'instruire sur la menuiserie,
l'ébénisterie, la sculpture. Il y avait joint des volumes de
voyages parlant de forêts riches en essences de bois étrangers. Le long des murs de sa chambre des gravures repro-
duisaient les plus beaux meubles connus. Il continuait
du reste, à visiter les musées le dimanche, prenant des

notes, crayonnant un projet, s'efforçant d'agrandir son intelligence et de monter le métier aux premiers échelons de l'art. Ces résultats étaient obtenus lentement, jour par jour, heure par heure. A mesure que Robert témoignait du zèle, il rencontrait des sympathies actives. Rien n'intéresse plus qu'un jeune homme avide de travailler, de s'instruire, de parvenir à son tour.

Henri Golmail aurait craint d'humilier les Robinsons en leur offrant des services d'argent qu'ils eussent d'ailleurs repoussés, mais il cherchait avec une bonne grâce infinie le moyen de leur être agréable. Il leur prêtait des livres aux jours de l'année où les amis éprouvent du bonheur à échanger de menus cadeaux. Il ne pouvait oublier que leur exemple l'avait corrigé de sa paresse et de son orgueil ; et s'il était plus particulièrement l'ami de Marcel que son instruction rapprochait davantage du fils du banquier, Henri n'en était pas moins affectueux, obligeant pour Jean et Cri-Cri. Jean qui dessinait avec beaucoup de goût et annonçait devoir être un mécanicien habile, travaillait sans relâche, et se grisait parfois de la lecture des grandes découvertes qui ont fait faire un pas immense à l'industrie, en remplaçant les bras de l'homme par des machines, en supprimant les distances, en promettant de rendre possible un jour la navigation dans les airs. Pendant ses loisirs, il construisait des mécanismes ingénieux destinés tantôt à la rôtisserie de la mère Bonie, tantôt au dévidage de ses laines. Il fabriqua une horloge qui, pour ne point égaler celle de Strasbourg, n'était pas moins très-curieusement exécutée. Au moment où sonnait midi, la porte d'une échoppe placée au-dessus du mécanisme s'ouvrait à deux battants, laissant voir le père Grimperau frappant à tour de bras sur la semelle récalcitrante d'un soulier, tandis que Cri-Cri tirait le ligneul des deux mains. Il va sans dire que la construction de l'horloge de Jean devint un événement dans le quartier Saint-Jacques. La procession des curieux avides de la voir devint telle que Grimperau l'accrocha pendant quinze jours dans son échoppe. Lui aussi, le digne homme avait besogné, progressé et réussi. La malice des anciens condicisples de Henri d'un côté, la bonté de cœur des amies d'Angèle de l'autre, lui ayant formé une clientèle, il ne tarda point à occuper quatre ouvriers d'une façon consécutive. Alors il se mit à faire des économies. Avec une délicatesse que seuls connaissent les pères, il dit un jour à Marcel :

— Si cela continue, je rouvrirai boutique, et le savetier redeviendra cordonnier... De cette façon, si Vital revient, comme il me retrouvera dans la même situation que jadis, il ignorera toujours que durant vingt ans, ses fautes m'ont réduit à la misère !

— Il reviendra, Grimperau, il reviendra repentant et corrigé.

— Et puis, ajouta Grimperau, Cri-Cri est presque devenu mon enfant ; il travaille avec grand cœur, et du jour où il sera passé ouvrier, je ne trouverais pas convenable qu'il continuât d'habiter une échoppe.

— Tout cela viendra à point, père Grimperau, la Providence veille sur les Robinsons de Paris ! Non pas seulement sur les trois petits que j'ai eu le bonheur d'adopter, mais sur toutes les abeilles laborieuses de la grande ruche ouvrière. Que d'institutions créées dans le but de les instruire, de les distraire ! Combien de cercles, de cours, de conférences ayant pour but leur progrès matériel, leur amélioration morale ! Ils n'ont qu'à le vouloir pour apprendre gratuitement le dessin, la musique, l'histoire, les langues vivantes. On les aime, ces chers petits ouvriers qui deviendront des hommes et seront des soldats. Voyez comme le quartier tout entier semble avoir adopté mes Robinsons...

— Ne l'a-t-il point fait tout d'abord pour vous, Marcel ?

— On me témoigne une bienveillance dont je suis parfois confus, c'est vrai.

— N'en soyez pas surpris, mon enfant. Il n'est rien de plus touchant que de voir un orphelin comme vous, suivre avec une régularité persévérante le chemin du travail. Vous n'avez pas faibli, vous n'avez jamais hésité. Le serment fait à votre mère morte vous a servi de règle inflexible.

— On m'a aidé, dit Marcel, on m'a puissamment aidé.

— Cela fait l'éloge de tous, en ajoutant au vôtre. Prêter secours à qui veut bien faire est une obligation, Marcel. Sans cesse vous vous êtes oublié pour les autres ; il fallait bien que quelqu'un songeât à vous...

— Je ne me suis point oublié. Ce que j'ai fait, j'ai été heureux de l'accomplir.

— Vous avez raison ; les grands cœurs trouvent leur récompense dans leur vertu même. Mais n'essayez pas d'atténuer votre mérite, Marcel, vous n'y réussiriez point.

— J'ai suivi tout droit mon chemin, voilà tout.

— Oui, voilà tout! Mais si simple que cela soit, cela n'en est pas moins beau, mon enfant. Si les hommes voyaient juste, ils trouveraient, même au point de vue de leur intérêt, qu'il est infiniment plus avantageux de rester honnête que de devenir fripon. Vous avez marché droit, écoutant votre cœur, cédant à la pitié, vous acheminant vers un but. Apprenti, vous avez travaillé afin d'être un jour un bon ouvrier. L'ouvrier ne s'est point reposé, il a voulu savoir le latin après avoir appris le français, et l'ouvrier devenu troisième correcteur à l'imprimerie Hallon, gagne haut la main, ses deux cent cinquante francs par mois. Sans compter que Marcel ne s'arrêtera pas en si beau chemin, et qu'il deviendra un jour correcteur en bons à tirer.

— Je crois qu'il ne faut rien exagérer, père Grimperau, même les désirs de l'ambition.

— Sans doute, mais jusqu'à présent vous n'en avez eu que de légitimes, et l'avenir prouvera ce que je vous annonce. Chaque ouvrier a le droit de dire au début de la vie : — « Je serai patron un jour ? » — Il n'a pas besoin de s'inquiéter d'un capital, les premiers fonds sont dus à son économie, l'industrie procure les seconds ; d'ailleurs, il est d'autres garanties que celles de l'argent. La bonne conduite, la régularité des mœurs valent bien un cautionnement. Tous les jours un maître cède son établissement à un ouvrier probe et laborieux. Or, l'honneur est un capital dont chacun de nous peut disposer, et qui lui devient une fortune, à la condition de ne jamais y rien dérober. L'honneur ressemble à la clef de voûte d'un édifice ; si vous la retirez, tout croule, et d'un admirable bâtiment il ne reste plus que des ruines ; si l'on a forfait à l'honneur, le repentir peut advenir, effacer même jusqu'à un certain point la faute commise, mais il ne sera guère facile de rétablir sa vie comme auparavant. Tu es donc riche, Marcel, puisque tu es jeune, vaillant, et que ta probité est inattaquable et inattaquée !

— Oh ! dit Marcel en relevant le front, cela fait du bien d'entendre de telles paroles sortir de la bouche d'un brave homme. Et ce qui me réjouit au moins autant, c'est de songer qu'à ce point de vue, les Robinsons sont aussi riches que moi !

— Tu leur as montré le droit chemin, Marcel, ils l'ont suivi.

XI

NOUVELLES ENSEIGNES

Ce fut un grand étonnement dans la rue Saint-Jacques, quand on apprit que les Robinsons allaient déménager. Ils y étaient arrivés enfants, sous la garde de Marcel ; maintenant, leur belle adolescence s'avançait vers la jeunesse robuste. On les chérissait profondément. Chaque famille du voisinage était un peu leur famille. Serviables et bons, ils avaient rendu à tous ces menus bons offices qui entretiennent les relations amicales. Du rez-de-chaussée aux mansardes de leur maison, les enfants pleuraient, et ceux qui se trouvaient trop grands pour laisser couler leurs larmes, s'enfuyaient bien loin, se demandant ce qu'ils feraient dans la grande maison qui leur semblerait si vide après le départ des Robinsons. Mais si Marcel et ses amis s'éloignaient, leur œuvre subsistait : œuvre de moralisation, d'instruction, d'exemple. Ils avaient enseigné la lecture et l'écriture à un grand nombre de petits que leur pauvreté empêchait de se rendre à l'école ; à leurs recommandations, des patrons difficiles sur le choix des apprentis, les avaient acceptés dans leurs ateliers. Les Robinsons protégeaint à leur tour, suivant chaînon par chaînon, cette admirable chaîne de la charité fraternelle, dont les anges tiennent le dernier anneau.

A la place de Marcel, et par un sentiment de vanité, bon nombre de jeunes gens se seraient éloignés du quartier où on les avait connus pauvres, reniant de la sorte un passé fécond ; mais Marcel possédait un esprit droit et une âme trempée d'une telle sorte, que si quelque chose avait été capable d'exciter en lui une sorte d'orgueil, c'eût été de rester dans le milieu travailleur témoin de ses difficiles débuts.

Depuis longtemps déjà la position de Marcel et des orphelins permettait de songer à une installation confortable; mais avant de mettre ce projet à exécution, le typographe voulut avoir les fonds nécessaires. Ne comptant rien prendre à crédit, il lui fallait accumuler des économies. Il commença par rendre à M. Golmail les deux cents francs prêtés par celui-ci pour l'enterrement de Friquet. Le banquier les reçut tranquillement, comme il les avait prêtés, remit à Marcel la médaille d'argent qui avait été le gage d'honneur de ce prêt, puis il tendit la main au typographe.

— Je suis heureux, lui dit-il, que vous soyez resté l'ami de mon fils ; vous me ferez grand plaisir en venant souvent le voir. Je sais que je vous dois le changement qui s'est manifesté dans son caractère et dans ses habitudes. Ses professeurs m'envoient sur son compte, les meilleures notes, et M. Rolier en est fort content. Ici, mon cher Marcel, le cœur, la maison, la caisse, tout vous est ouvert.

— Je le sais, répondit le jeune homme avec émotion, et je vous en remercie.

Cette dette sacrée acquittée, Marcel acheta une caisse d'épargne et se promit de déménager lorsqu'elle serait pleine.

Ce fut Nicole qui, la première, abandonna sa mansarde. Une boutique s'étant trouvée à] louer dans la rue, elle affirma à Pyramide qu'elle doublerait le chiffre de ses affaires, puis elle étala sur les genoux de l'invalide un beau billet de cinq cents francs.

— Voilà, dit-elle, pour le loyer que nous devons payer d'avance, l'achat d'une mécanique et l'agencement de la boutique.

Pyramide approuva le projet de Nicole ; Robert déclara qu'il se chargeait de fournir les planches ; Jean dessina les lettres majuscules d'une enseigne sur laquelle se lisaient en caractères jaunes : NICOLE, *blanchisseuse de fin* ; Cri-Cri colla du papier partout ; la mère Bonie apporta des bouquets pour fleurir la boutique, comme on fait d'une maison neuve ou d'un navire. Grimperau acheta un grand fauteuil rembourré, capitonné dans lequel l'invalide pourrait s'asseoir en hiver au fond de la boutique, en été sur le seuil, et se reposerait à son aise en fumant sa grande pipe de porcelaine. Ce fut une fête dans la rue que l'installation de la petite blanchisseuse. Nicole avait un air décent et posé qui devint rapidement tout à fait grave. On l'appelait la « patronne, » elle avait des ouvrières et des apprenties sous ses ordres. Elle louait ou blâmait l'ouvrage. Une pile de *livres de blanchissage*, attestant le nombre de ses pratiques, occupait un coin de la devanture. Sur le papier velouté, d'un bleu sombre, le linge, d'un blanc de neige, ressortait à merveille ; les passants s'arrêtaient devant l'étalage ; la vue seule de ce travail consciencieux invitait à entrer. Dès qu'on avait franchi le seuil, le regard embrassait les longues tables couvertes de souples couvertures, et autour desquelles s'agitaient les travailleuses. Nicole s'avançait, souriante, empressée, le vieux soldat attendri ne savait plus de quoi il devait être le plus fier, ou de sa croix ou de sa fille.

Marcel mit le comble à sa joie en lui disant :

— Père Pyramide, on vous adresserait en Chine des

remerciements publics, et vous seriez comblé d'honneurs, pour cette raison que les vertus des enfants étant regardées comme le fruit de l'exemple et des conseils des parents. Quand un fils se distingue de quelque façon que ce soit, c'est le père que le souverain loue et décore.

Mais Nicole ne quittant pas la rue, se trouva bien peu séparée de ses amis du sixième, de Marcel, à qui elle devait de savoir écrire ses notes avec une plume de magister, des Robinsons qu'elle regardait comme faisant partie de sa famille. Le déménagement de ceux-ci fut plus compliqué, et cependant, nous l'avons dit, Marcel ne s'éloigna pas du quartier. Il trouva rue d'Ulm, dans une maison paisible, un appartement suffisant et n'excédant pas ses ressources. Chaque apprenti y avait sa chambre ; la plus grande pièce servait à la fois de cabinet de travail et de salle à manger. On décida que la mère Bonie tiendrait le ménage des deux jeunes gens. M. Rolier prit sur le même carré deux pièces assez grandes : le banquier Golmail lui avait offert une chambre dans son hôtel, mais le vieux savant, s'il consentait à consacrer beaucoup de temps à Henri, ne se serait point résigné à se séparer du jeune correcteur. L'intelligence de Marcel était fille de la sienne. Il lui restait encore beaucoup de choses à enseigner au vaillant jeune homme ; d'ailleurs si la déférence de Henri était complète, cela ne pouvait cependant remplacer l'affectueuse reconnaissance de Marcel. Mais déménager n'était pas la plus grande affaire. Il fallait s'installer convenablement, et c'est en vue de cette installation que Marcel remplissait sa tirelire. Il garda dans sa chambre les meubles modestes légués par sa mère, ce mobilier si simple et d'une si grande valeur pourtant ! Ce qui le préoccupa, ce fut comme toujours la satisfaction d'autrui. Il alla voir le patron de Robert, lui expliqua sa situation, ses désirs et le fabricant qui était un brave homme, refus non-seulement de prendre le moindre bénéfice sur ce qu'il livrait, mais il fit encore don aux Robinsons d'une bibliothèque qui devait être le plus beau meuble du cabinet de travail. Les amis apportèrent leurs dons, comme on dépose des offrandes sur les nouveaux autels. Marcel ne put refuser la pendule et les lampes envoyées par Henri : Grimperau et Panier-Fleury apportèrent, le premier des rideaux en fort belle étoffe, le second des siéges commodes. Mulot offrit une belle cage pour les pigeons, et Martin un crucifix en buis qui décora l'un des panneaux.

Quand les Robinsons firent le tour de cet appartement dont les meubles leur appartenaient, quand ils se virent installés, sinon avec luxe, du moins avec un grand confortable, ils tournèrent leurs yeux vers Marcel pour lui envoyer un remerciement dans un regard.

— Frères, leur dit Marcel d'une voix grave, nous pouvons nous trouver heureux de ce bien-être, car nous l'avons loyalement gagné... Mais ce bonheur demande à être savouré en famille, entre amis, et nous pendrons demain la crémaillère.

— Oh ! la bonne idée, Marcel ! s'écrièrent en chœur les Robinsons. Qui inviterez-vous ?

— Monsieur Golmail a bien voulu accepter de s'asseoir à notre table ; monsieur Pirmil l'accompagnera ; monsieur Hallon sera des notres, puis Grimperau, Pyramide et Nicole.

— Un vrai festin ! s'écria Cri-Cri.

— La mère Bonie a promis de se surpasser, je suis sans inquiétude.

En effet, le lendemain, l'excellente femme alluma tous les fourneaux, et grâce aux conseils du maître d'hôtel de M. Golmail, elle prépara un dîner fort appétissant, servi avec goût et auquel firent grand honneur les invités de Marcel. Celui-ci remarqua plus d'une fois que M. Pirmil et le banquier échangeaient des signes mystérieux, mais il ne s'en préoccupa guère. En ce moment il songeait à remercier Dieu de l'avoir guidé, protégé. Il voyait le point de départ de sa vie, et le comparait au présent ; il éprouvrit ces battements de cœur qui ne viennent point de l'orgueil, mais d'un sentiment plus noble. Une franche gaieté présida au dîner, et l'on allait attaquer le dessert, quand, sur un signe de M. Pirmil, la mère Bonie apporta un plat soigneusement couvert.

Marcel crut à une surprise du père de Henri : ce fut M. Pirmil qui se leva.

— Il n'est pas de bon dîner sans récits, dit-il, et j'éprouve le désir de vous en faire un, d'autant mieux qu'il renferme un grand enseignement. Il y a longtemps de cela, trois pauvres petits enfants quittaient leur village pour se rendre à Paris.

— Le conte commence comme notre histoire, dit tout bas Cri-Cri.

— En cheminant, par un soir d'orage, ils suivirent une route encombrée de charrettes, de troupeaux, de piétons. Il y avait une foire aux environs, et tous les cultivateurs du pays revenaient de conclure des marchés de vente ou d'achat. L'un de ces marchands perdit, aux approches de la nuit, une ceinture de cuir renfermant une somme importante...

— Oh ! mais, c'est de plus en plus notre histoire, ajouta Cri-Cri.

— Les enfants dont je vous parle la trouvèrent et sachant bien que pour eux elle renfermait une fortune, ils l'apportèrent chez le maire du plus prochain village, et l'agriculteur qui l'avait perdue la reçut intacte des mains du magistrat.

Les trois jeunes gens se regardèrent. M. Pirmil ôta le couvercle du plat apporté par la mère Bonie, et soulevant une ceinture de cuir fauve, il demanda aux Robinsons :

— La reconnaissez-vous ?

— Oui, oui, dit Robert, elle porte un A et un B.

— C'est bien la ceinture que nous avons remise au maire des Ajoncs, le brave M. Moniot.

— Elle est encore telle que vous l'avez trouvée, Robert, gonflée de 500 pièces d'or qui, cette fois, sont bien à vous...

— Oh ! monsieur, s'écria Jean, vous n'y songez pas ! Vous ne nous devez rien ! L'honnêteté vient du cœur, il suffit que Dieu la voie, il la paiera plus tard. En remettan cette somme, au maire des Ajoncs, nous n'avons fait que strictement notre devoir.

— Cela est vrai, Jean, mais je n'ai point l'intention de payer votre probité. Il me convient de venir en aide à trois jeunes gens dont l'apprentissage s'achève ; je ne suis point un bienfaiteur, mais un débiteur. Si cette ceinture ne m'avait pas été rendue, j'étais ruiné. Vous avez fait ma fortune, je contribuerai à la vôtre. Cri-Cri succédera au père Grimperau, quand celui-ci cédera sa clientèle. Robert trouvera tout agencée une boutique de menuisier, et Jean deviendra, pour son compte, serrurier mécanicien. L'apprentissage est fini, vous voilà maîtres, avec enseigne sur rue, payant patente, établis, dignes de l'estime de tous, et pouvant, quand vous vous regardez dans un miroir, dire sans crainte de vous tromper ; voilà le visage d'un honnête garçon. Il y a longtemps qu'est formé dans ma tête le projet auquel je donne suite aujourd'hui... j'ai voulu vous laisser travailler rudement et devenir des hommes. Je suis content de vous, êtes-vous contents de moi ?

Les Robinsons se jetèrent dans les bras de M. Pirmil et Marcel s'essuya furtivement les yeux.

— Eh bien ? mon deuxième correcteur, demanda M. Hallon, j'espère que, vous aussi, vous êtes satisfait.

— Moi, monsieur ! plus que je ne peux l'exprimer, mais je n'ai pas compris...

— C'est bien simple, cependant, Gaspard passe premier correcteur, et vous prenez sa place.

— Oh ! monsieur, s'écria Marcel, combien vous êtes bon.

— Nullement, répondit M. Hallon, s'attacher des hommes intelligents, c'est se rendre service.

Le dîner se prolongea jusqu'à neuf heures. Quand elles sonnèrent, M. Pirmil se leva, remit une clef à chacun des jeunes gens, et leur dit :

— Demain, vous ouvrirez boutique, soyez aussi heureux que vous êtes honnêtes.

Les adieux furent attendris : Jean, Cri-Cri et Robert éprouvaient une joie qui les oppressait. Marcel arrivé au but qu'il se proposait, Marcel ayant fait des hommes des trois Robinsons ne goûta pas plus le sommeil cette nuit-là que ses protégés. Dès le matin, Robert courut à l'adresse indiquée : tout était vrai, l'enseigne portait : *Robert, ébéniste*. A côté on pouvait lire : *Jean Reboux, mécanicien*. Cri-Cri restait encore pour quelques mois l'apprenti de Grimperau, mais son amitié pour le vieux savetier ne lui permit pas d'envier son maître. A partir de ce jour, Marcel gagna 300 francs par mois en qualité de correcteur en second, et les Robinsons eurent leur fortune au bout de leurs bras.

XII

UN MAUVAIS NUMÉRO

La place du Panthéon se trouvait, par une belle matinée de février, encombrée d'une foule compacte et
bruyante. Les jeunes gens y dominaient. Ils se tenaient
en groupes, parlant, criant, gesticulant. Des femmes âgées,
chargées d'un petit éventaire, offraient des carrés de papier coloriés grossièrement, et portant, au milieu d'em-
blèmes divers, un numéro énorme. Elles avaient aussi
des rosettes multicolores, des rubans rouges, bleus et
blancs. Leur voix monotone et fêlée paraissait deux fois
triste en la comparant à la fièvre dont semblait animée
la jeunesse réunie près de la mairie. Il s'agissait du tirage
au sort. Les mères accompagnant leurs fils semblaient
douloureusement inquiètes ; plus d'une avait pleuré ;
beaucoup sortaient de l'église Saint-Etienne-du Mont ;
elles étaient allées prier la patronne de Paris qui fut une
héroïne, pour leur fils dont elles tremblaient, hélas ! que
l'on fît des soldats. Les pères restaient graves. Ils étouf-
faient leur émotion. Si les sentiments profonds, qui leur
tenaient au cœur, ne leur permettaient point de souhaiter le départ de leurs enfants pour l'armée, se souvenant
des épreuves subies par le pays, ils comprenaient leur

devoir et adressaient à leurs fils de mâles conseils. Il faut bien l'avouer, dans le nombre des jeunes gens venus à la mairie pour satisfaire à la loi de la conscription, un trop grand nombre sortait des cabarets. Ils avaient peine à conserver leur équilibre, et chantaient des couplets patriotiques d'une voix avinée qui en déshonorait les énergiques paroles. Le spectacle offert était donc tout à la fois grave, attendrissant et cynique. On rougissait pour ceux qui préludaient par l'ivresse à l'un des actes importants de leur vie.

Pour la quatrième fois, depuis cinq ans, les Robinsons et Marcel se retrouvaient sur cette même place. Tour à tour, chacun des braves garçons avait payé son tribut de service à l'armée durant l'année du volontariat. Cette fois, le tour de Gri-Cri était arrivé. Le jeune ouvrier cordonnier était entouré de ses frères, de Marcel, de Grimperau et de Pyramide. Le vieil invalide ne manquait jamais les séances de tirage au sort. Il rajeunissait au contact de certains enthousiasmes, il maugréait contre les débauchés précoces que le vice prit si jeunes que leurs mains de vingt ans ont peine à tenir un fusil. Il encourageait les uns, il réprimandait les autres. Sa jambe de bois et sa canne sonnaient martialement sur le pavé. Il oubliait qu'il avait perdu son bras gauche en regardant sa croix d'honneur, et si quelque brave garçon lui paraissait, heureux de s'entretenir avac un brave, il trinquait avec lui fraternellement et lui racontait les grandes batailles auxquelles il avait assisté.

Lorsque le tour de Cri-Cri fut venu de plonger sa main dans l'urne, il serra la main de Marcel avec énergie et lui dit :

— Je ne tremble pas, vous m'avez appris à ne jamais reculer devant le devoir.

Sans empressement comme sans lenteur, il tira son billet.

— Cinq ! dit-il.

— Pauvre garçon ! murmura une voix à côté de lui, quel mauvais numéro.

Pyramide entendit cette exclamation et répliqua d'une voix forte :

— Non, ce n'est pas un mauvais numéro ? Et ceux qui prononcent de semblables paroles ne sont guère français. Eh bien ! quoi ? le garçon va, pendant cinq ans, servir le pays, faut-il l'en plaindre. Il apprendra au régiment l'ordre, la discipline, la fraternité de chambrée. Il aimera son régiment, il se fera tuer s'il le faut pour son drapeau. Un mauvais numéro ! Ne faut-il pas que la France ait une armée ? Va, je t'aime bien, mon enfant, et cependant je te vois partir sinon sans regret, du moins sans crainte. non, non, à la loterie du patriotisme, tu n'as pas tiré un mauvais billet. Tu es brave et tu le prouveras à tout le monde.

Cri-Cri ne sembla pas affligé de l'idée de son départ. La pensée de se séparer de ses frères et de Marcel, de ses vieux amis, lui serrait le cœur ; mais, comme l'avait dit Pyramide, il trouvait que chaque homme doit au pays l'impôt de l'or et l'impôt du sang.

Tandis qu'il regagnait sa maison, il vit les nouveaux conscrits attacher à leurs chapeaux, à leurs casquettes des angles de papier aux couleurs criardes et décorer leurs boutonnières de rubans flottants. A demi ivres, se tenant par les bras, en longues bandes, ils couraient les rues, ou se pressaient à la porte des marchands de vin. Certainement le soir on en ramasserait une partie dans le ruisseau.

— Ceux-là sont des lâches, dit Pyramide, ils s'étourdissent ; la plupart feront de tristes soldats.

Cri-Cri rentra dans l'appartement commun ; Robert, Jean et Marcel lui-même avaient pris congé ce jour-là. Ils éprouvaient le besoin de renouer le groupe fraternel. Le soir même M. Pirmil vint visiter les Robinsons. Il offrit au jeune conscrit de ne faire qu'une année au service, et lui promit de se charger du reste.

— Je vous remercie, monsieur, répondit Cri-Cri ; sur quatre garçons ce n'est pas trop qu'il en parte un pour l'armée. Cinq ans se passent encore. Je puis répondre à l'avance de me bien conduire. L'instruction que je dois à Marcel me vaudra de franchir rapidement les premiers grades, et, sans me faire l'illusion d'emporter un bâton de maréchal de France dans mon sac, je suis certain, du moins, de revenir avec des galons. Je connais un bon état ; on me laissera certainement un peu de loisir pour travailler, et les profits du métier s'ajouteront à ma paie. Tout est pour le mieux, quand tout est dans le droit et dans l'ordre.

— Je ne vous offrirai donc que des lettres de recommandation, ajouta M. Pirmil.

— Oh ! je les accepterai avec grande reconnaissance. Je serai heureux en arrivant au régiment, que l'on sache d'avance combien je me sens disposé à faire mon devoir.

— Et si la guerre...

— La guerre ! répliqua Marcel, ah ! si cela arrivait, monsieur, ce ne serait plus seulement Cri-Cri qui se battrait, mais nous quatre, je vous le jure ! et notre élan rappellerait à Pyramide le jour où il courut se faire inscrire sur la liste des volontaires.

XIII

LE POUVOIR D'UNE MORTE

Après le dîner, Cri-Cri dit à Marcel avec une émotion profonde :

— Ami et frère, depuis le jour où tu nous as adoptés, tu t'es montré bon, dévoué et fort. Grâce à toi, rien ne nous a manqué, ni le pain, ni la tendresse... Nous savons apprécier ce que tu as fait pour nous, mais je te demande, nous te demandons tous les trois une récompense si tu es content de nos efforts.

— Laquelle ? répondit Marcel d'une voix émue.

— Depuis longtemps nous avons un unique désir, celui de revoir notre mère... Chaque année nous avons émis ce vœu, tu ne l'as pas repoussé, mais tu en as remis l'exécution... Nous étions tous si pauvres ! Il fallait gagner du pain, et tu avais raison... Mais aujourd'hui chacun de nous garde des économies ; l'avenir est assuré, moi je vais partir... Marcel, cher Marcel, accompagne-nous là-bas... Que notre mère te bénisse pour ta bonté, ton courage... Marcel, si nous sommes tes frères, n'es-tu pas aussi son fils.

— Ah ! fit Marcel en cachant son front dans ses mains, voilà ce que je craignais...

Depuis le jour où les Robinsons étaient entrés chez lui, Marcel leur avait laissé ignorer la mort de Jeanne. Grâce à la complicité du vieil abbé Tombelle, les orphelins ne se doutèrent pas de leur malheur. Chaque mois ils écrivaient à Jeanne, et chaque mois le curé leur répondait au nom de la morte, les encourageant dans le bien, leur recommandant la prière, le travail, leur disant d'aimer Dieu et d'obéir à Marcel.

Cette correspondance était la grande joie des Robinsons. Ils ajoutaient chaque jour quelques mots à leur lettre qui, à la fin du mois atteignait les porportions d'un journal. D'après le contenu de ces lettres toujours naïves et sincères, l'abbé Tumbelle répondait, conseillait, grondait même un peu. Cette direction lointaine donnée au nom de Jeanne gardait sur les enfants une influence que les jeunes gens ne répudièrent pas. Le pieux subterfuge de Marcel obtint tout le succès qu'il en attendait. Plus d'une fois les Robinsons parlèrent de la joie qu'ils éprouveraient à revoir le pauvre village ; Marcel répondait :

— Plus tard ! plus tard ! — Et les Robinsons attendaient. Tant qu'ils durent à Marcel le pain, l'habillement, le logis, ils se résignèrent à la privation de ne point retourner près de Jeanne ; mais quand les maîtres payèrent leurs salaires d'apprentis, les enfants sentirent croître leur filiale impatience. Marcel eut recours à un autre moyen :

— Jeanne est pauvre, très-pauvre, leur dit-il, mieux vaudrait lui donner par petites sommes l'argent que vous emploieriez à ce voyage...

Le sacrifice fut accepté. Toutes les semaines, la poste emporta un petit bon à l'adresse de l'abbé Tombelle.

La pensée de soulager la détresse de leur mère, soutint encore le courage des apprentis ; ils économisaient pour Jeanne ; ils se sentaient approuvés par Marcel ; les lettres du curé renfermaient de tendres encouragements. Mais du jour où la générosité de M. Pirmil donna à chacun une boutique agencée, et changea les ouvriers en patrons, les Robinsons songèrent sans trêve à partir pour le village.

Une lettre de l'abbé Tombelle fixa, du reste, une date à la réalisation de leur désir.

« Le jour où Cri-Cri tirera à la conscription, leur écrivit-il, vous serez des hommes et vous expliquerez votre souhait à Marcel. »

Les orphelins s'étaient conformés à cet ordre, et voilà pourquoi le conscrit, prenant la parole au nom de ses frères, suppliait Marcel de venir avec eux au village.

En voyant leur protecteur, leur frère, en proie à une émotion violente, les trois jeunes gens se rapprochèrent de Marcel.

— T'avons-nous fait de la peine ? demanda Cri-Cri.

— Beaucoup, puisque je me vois obligé de vous causer un violent chagrin.

— Tu nous refuses la permission de partir ?

— L'abbé Tombelle vous l'a dit, vous êtes des hommes ; je ne me reconnais plus le droit de vous imposer ma volonté.

— Mais qu'as-tu ? qu'as-tu ? demanda Jean.

— Vous voyez bien que mon secret m'étouffe ! s'écria Marcel.

— Quel secret ? demanda Jean, devenu subitement pâle.

Marcel se dirigea vers sa chambre et revint, un moment après, chargé d'une cassette qu'il posa sur la table. A l'aide d'une petite clef qui ne le quittait jamais, il ouvrit le coffret et en tira un paquet de lettres jaunies qu'il étala sur la table. Ensuite, enveloppant de ses bras ceux qu'il avait élevés, aimés, et les pressant contre sa poitrine avec la force d'une tendresse indestructible :

— N'est-ce pas, dit-il, vous savez que je vous aime.

— Oui, frère ! répondirent ensemble les Robinsons.

— Pardonnez-moi donc un mensonge qui vous a consolés... pardonnez-moi de révéler seulement la vérité à des hommes, et de l'avoir cachée à mes enfants.

— Ah ! s'écria Robert, notre mère est morte.

— Oui, répondit Marcel en gardant les trois frères enlacés, Jeanne est morte... Hélas ! elle était expirante à l'heure où vous quittiez le village... Pour ne pas vous attrister par un lugubre spectacle, elle vous envoyait à Paris, et la lettre que le curé adressait à votre oncle Malgloire l'informait qu'il avait à pleurer sa sœur...

— Morte ! répéta Robert, et nous travaillions pour la satisfaire, et ses lettres...

— C'est du haut du ciel qu'elle suivait vos progrès et vous bénissait tous trois... Les conseils de l'abbé Tombelle ont fait de vous des cœurs vaillants, des hommes honnêtes... Vous avez aujourd'hui la force de supporter le coup qui vous atteint ; il y a plusieurs années, il vous eût terrassés... Quant à l'argent adressé par vous à l'abbé Tombelle, il a servi à élever une tombe à la pauvre Jeanne et à entretenir des fleurs sur sa fosse...

Les trois frères ne répondirent pas, ils pleuraient.

— Vous pouvez donner devant moi des larmes à votre mère, dit Marcel, je n'ai jamais cessé de regretter la mienne... Mais, au milieu de votre chagrin, bénissez la puissance de cette morte dont l'image ne vous a pas quittés. C'est pour elle, c'est pour la voir heureuse, pour la sentir fière de vous que vous êtes devenus instruits et travailleurs. Elle le sait, elle le voit... Si vous ne pouvez la

18.

serrer dans vos bras, vous aurez du moins la consolation
de prier sur sa tombe, nous partirons demain pour la Bretagne et l'abbé Tombelle nous attend.

Quand le premier moment d'attendrissement fut passé,
les Robinsons demandèrent des détails sur Jeanne, et
Marcel leur lut les lettres confidentielles de l'abbé Tombelle. Ils pleurèrent plus d'une fois ; mais leur attachement pour Marcel grandit encore s'il était possible. Ils ne
pouvaient assez admirer sa prudence, sa discrétion, sa
bonté, dont il leur avait prodigué les preuves. Et tout en
reconnaissant le pouvoir sacré exercé par la morte qu'ils
pleuraient, ils comprirent que sans Marcel il n'y aurait eu
pour eux ni travail ni avenir. Ils étaient bien « ses enfants »
comme il se plaisait encore à les appeler.

Trois jours après, les jeunes gens frappaient à la porte
du presbytère où quinze ans auparavant Robert était
venu chercher le pasteur de la part de sa mère mourante.
Le vieillard dont la taille s'était courbée davantage se promenait encore dans son jardin, entouré d'une nuée d'oiseaux privés voltigeant au-dessus de sa tête vénérable. En
entendant marcher dans l'allée il se retourna, regarda les
quatre beaux jeunes gens qui s'avançaient, et demanda
avec émotion :

— Êtes-vous les fils de Jeanne ?

— Oui, répondirent les Robinsons.

— A genoux, alors, ajouta le vieux prêtre, elle m'a
chargé de vous bénir, et jamais Dieu ne ratifiera mieux
le vœu d'une pauvre mère mourante !

L'église, la cure et le cimetière se touchaient. Les jeunes
gens suivirent le pasteur dans le champ des morts. Une
tombe couverte de rosiers, et d'où s'envolèrent des oiseaux,
attira tout de suite les regards des Robinsons. Ils ne
se trompaient point ; c'était bien là que dormait l'humble

femme. Son nom brillait en lettres d'or sur une croix de bois noir qu'un saule enveloppait de son ombre. Les jeunes gens prièrent longtemps, cueillirent avec un pieux respect une fleur grandie sur ce tertre embaumé, puis ils suivirent l'abbé Tombelle qui ne permit point aux enfants de Jeanne d'accepter l'hospitalité ailleurs qu'au presbytère.

Ils y passèrent huit jours. Bon nombre de gens qu'ils connaissaient jadis au village étaient, eux aussi, allés dormir au cimetière, mais ils trouvèrent des voisins, des fermières, des enfants d'autrefois devenus des jeunes gens comme eux. On leur fit fête. On ne cessait de se récrier sur leur belle mine, leur instruction, leur air réservé et poli. Si on ne leur offrit plus, comme au départ, des piécettes et des pommes rouges, des souhaits de bonheur les accompagnèrent, des mains cordiales étreignirent leurs mains, et le curé les conduisit jusqu'à une lieue du village.

— Continuez à bien vivre, leur dit-il, les mères qui sont mortes regardent sans cesse leurs fils du haut du ciel, et le meilleur culte que nous puissions rendre aux êtres chers que nous avons perdus, est de nous montrer dignes d'eux, dignes de les rejoindre.

Le lendemain les Robinsons se retrouvaient à Paris.

XIV

DES GENS ÉTABLIS

On emploie souvent, pour désigner des familles jouissant d'une certaine aisance et méritant la considération, cette expression familière : « Ce sont des gens établis ; » c'est-à-dire des gens tenant un commerce, payant patente, honorables et honorés. Si une personne a besoin d'un témoin pour obtenir un passe-port ou constater son identité, elle doit avoir la signature ou l'affirmation d'hommes patentés, *établis*. Ce mot si simple signifie beaucoup. La plupart du temps il veut dire lutte persévérante, probité, habileté. Celui qui est établi et qui gère ses affaires ponctuellement est l'objet de l'estime générale.

Son origine est la garantie de son honneur. Être *établi* est le rêve de chaque ouvrier. Celui qui est probe, laborieux, intelligent, le réalise toujours. Dès qu'il possède quelques épargnes il ouvre boutique et travaille pour son compte. Il accepte un apprenti, et finit par chercher des auxiliaires. Dès lors il jouit d'une émancipation complète. La fortune est dans ses mains. Il peut rapidement, avec de l'ordre, du savoir-faire, une grande exactitude et beaucoup de politesse, se créer une clientèle que chaque jour voit grandir, donner de l'essor à ses affaires, remplacer la boutique par des ateliers, perfectionner les travaux exécutés chez lui, adjoindre différentes branches à son commerce, et voir poindre le jour où on le citera au nombre des grands fabricants.

Ceci n'est point un conte bleu, un rêve féerique. Nous voyons chaque jour, à Paris, commencer modestement des ouvriers, dont plusieurs années après nous constatons la situation prospère; l'ambition modérée, saine, basée sur le travail et la probité, est un noble sentiment; elle ne ressemble en rien à l'envie ; elle n'excite dans l'âme aucune jouissance mauvaise ; elle défend contre tout abaissement.

Robert et Jean étaient *établis*. La clientèle affluait dans leurs boutiques ; on savait leur histoire, on les aimait dans le quartier. Chacun se faisait un plaisir de leur venir en aide. M. Pirmil, résolu à se fixer à Paris et voulant s'y faire bâtir un hôtel plus commode que luxueux, recommanda à son architecte les Robinsons de Paris. Toute l'ébénisterie fut confiée à Robert, et Jean se chargea des ferrures. L'architecte, heureux d'avoir sous la main des garçons exacts et désireux de bien faire, ne s'en tint pas là et les associa à d'autres travaux. Au bout de trois ans Robert et Jean s'acheminaient vers l'aisance. Tandis qu'ils travaillaient de grand cœur, le jeune soldat suivait le programme qu'il s'était tracé, et tenait les promesse de l'adieu.

Fortement recommandé à son colonel, il avait su mériter son estime ; caporal au bout de six mois, puis sergent, il avait à peine eu le temps de souffrir du rude apprentissage de la vie militaire. Quelques camarades avaient bien tenté de rire de ce jeune soldat qui ne fumait pas, ne buvait pas, ne se querellait jamais avec ses camarades et qui professait pour ses supérieurs un respect

sincère. Mais l'idée de railler Cri-Cri ne fut pas de longue
durée. Les sentiments vrais s'imposent toujours. On sentait que Cri-Cri agissait par conviction, et jamais par
hypocrisie. Il était gai, et bon enfant pendant les heures
de repos ; seulement, ces heures étaient rares.

Cri-Cri avait obtenu de travailler chaque jour durant
quelques heures chez un cordonnier. Il gagnait de l'argent
et ne s'en cachait pas. Cependant il ne faisait guère valoir
la cantine, et on crut pouvoir l'accuser d'avarice ; le soup-
çon ne dura pas ; les camarades de Cri-Cri ne tardèrent
pas à s'apercevoir que le jeune soldat avait d'obscurs
clients : un aveugle, une jeune veuve chargée d'enfants,
un petit musicien pâle et amaigri ressemblant à Friquet.
Dès lors les soldats éprouvèrent pour leur camarade une
sorte de respect. Avant même d'avoir le droit de leur
commander, il jouissait d'une autorité morale incontes-
tée. Stimulés par lui, ils se rendaient aux classes du soir.
Il leur faisait répéter les arides leçons de la théorie, il
adoucissait les longues journées durant lesquelles bon
nombre d'entre eux se sentaient envahir par le mal du
pays, il rendait à tous ceux qui l'entouraient les conseils,
les exemples qu'il avait reçus jadis. Dans des lettres tou-
chantes, il racontait à Marcel, à Robert et à Jean ses efforts
pour mériter la protection, l'estime de ses chefs. Il se jurait
de ne quitter le régiment qu'avec les épaulettes, et parfois
il laissait entrevoir la possibilité d'y rester. Il continuait
ses études, apprenait avec un grand zèle l'allemand et la
géographie. Souvent, dans la chambrée, il faisait entrer
dans les cerveaux les plus rebelles les premières notions
d'une science qui nous fait comprendre la forme du globe,
ses divisions, la situation des pays divers que nous pouvons parcourir ou dont parlent les voyageurs.

Beaucoup s'ennuyèrent d'abord de ces leçons ; ils fini-

rent par les demander. Cri-Cri, qu'au régiment on appelait du nom plus sérieux d'Ives Riboux, n'eut jamais à
subir une punition. Il était de ceux dont on dit : — « Il fera
son chemin. » — Il le suivait, encouragé de loin par les
lettres de Jean qui venait d'inventer un frein destiné à
arrêter les locomotives en marche, et par Robert qui occupait dix ouvriers, et parlait d'épouser Nicole, la petite
Nicole dont Marcel portait naguère complaisamment les
paquets de linge mouillé, et qui pendant plusieurs années avait blanchi le linge des Robinsons en échange des
bons offices que lui rendait Marcel. Pyramide se faisait
bien vieux ; les changements de temps lui causaient de
cuisantes douleurs, non-seulement dans les membres qui
lui restaient, mais encore, lui semblait-il, dans ceux qu'il
avait perdus. Son unique main tremblait beaucoup. Il ne
marchait guère, et restait tout le jour assis dans la boutique de Nicole, regardant cette belle jeunesse en fleur, et
bénissant les petites mains qui gagnaient bravement sa
vie.

Sans doute Robert aurait pu épouser une fille lui apportant une dot assez ronde. Plus d'un entrepreneur
l'aurait vu avec plaisir entrer dans sa famille ; mais
Robert estimait l'argent bien moins que les qualités morales. Il connaissait les douces vertus de la petite Nicole ;
il pensait avec raison que celle qui avait été vigilante et
dévouée pour son père serait une compagne patiente,
forte, affectueuse. Cri-Cri applaudit beaucoup à la pensée
de Robert, et il fut convenu que le jeune soldat deman-
derait un congé afin d'assister à la noce de son frère.

Il tint parole, et par une belle matinée de juin, les
Robinsons vinrent chercher Nicole pour la conduire à
la mairie, puis à l'église. La petite blanchisseuse, qui
devenait la femme d'un commerçant estimé, et sur le

chemin de la fortune, se montrait heureuse sans fierté.
Les regards attendris qu'elle jetait sur Pyramide prou-
vaient qu'elle songeait plus à lui qu'à elle-même, et se
réjouissait d'entourer de bien-être sa digne vieillesse. Le
vieux brave rayonnait. Quand il conduisit à l'autel Nicole
rougissante sous son voile, il ne tremblait presque plus.
Sa croix brillait sur son vieil uniforme, et les invités ne
pouvaient assez admirer la belle tenue de Cri-Cri et la
jolie figure de Jean, le mécanicien. Les invités étaient
nombreux : les amis de Jean, de Robert, de Marcel remplissaient l'église. La jeune mariée reçut des cadeaux
qui la comblèrent de joie. MM. Pirmil, Hallou et Golmail
se montrèrent prodigues. La noce fut gaie sans dissipa-
tion ; on dîna, on ne dansa pas, et le soir, la petite Nicole,
qui venait de céder sa *blanchisserie de fin* à une honnête
fille, alla s'installer chez son mari avec le père Pyramide,
qui tirait ses grosses moustaches quand il avait une trop
grande envie de pleurer.

XV

IMPRIMERIE HALLON ET MARCEL.

Les grands événements sont rares dans la vie ; le plus souvent elle se compose d'une suite de jours qui, au premier aspect, paraissent uniformes. Cependant, si nous en étudions attentivement l'histoire, nous ne tardons pas à comprendre que chacun d'eux apporte un devoir, une joie, parfois aussi une douleur. Il est souvent plus pénible de triompher des difficultés journalières, de les vaincre à force de patience que d'accomplir une chose héroïque. Des mois peuvent s'écouler sans que nous ayons en apparence rien fait pour le bien. Mais se plier régulièrement à la loi du travail, se montrer bon et juste, ne céder ni à la colère, ni à la jalousie, suivre sa route sans déviation et sans défaillance, c'est accomplir le bien par le moyen de l'exemple.

Depuis que les Robinsons s'étaient séparés, c'est-à-dire depuis que Cri-Cri était au régiment et que Robert vivait en famille, Marcel se trouvait plus seul, mais aussi plus maître de lui-même. La société de M. Rolier le captivait à mesure qu'il s'instruisait davantage. Libre de disposer de ses heures, ayant réussi à faire des hommes utiles des orphelins placés sous sa tutelle par la Providence, Marcel

19

se jeta dans l'étude avec un redoublement d'ardeur. Il
gardait cette soif d'apprendre qui conduit à la science
vraie, et se souvenant des amicales prédictions de M. Hallon, il se promettait de les réaliser dans l'avenir.

La situation de prote qu'il avait lentement conquise,
grade par grade, comme un soldat, lui permettait sans
doute de vivre dans une large aisance et de venir parfois
en aide à Jean, quand les inventions de celui-ci exigeaient
une mise de fonds assez considérable. Mais comme le
jeune mécanicien rendait exactement les avances faites,
Marcel avait quelques économies. Autour de lui prospé-
raient tous ceux à qui il avait rendu service ou qui s'é-
taient trouvés mêlés à sa vie. Une bénédiction semblait
attachée à ce jeune homme dévoué et compatissant.
Grimperau, installé dans une superbe boutique, comptait de nouveau une clientèle élégante et riche. De
temps en temps Marcel, en furetant chez les brocanteurs,
découvrait une chaussure historique et s'empressait de
l'ajouter au *musée*. Le vieillard passait des heures de
plus en plus longues à regarder le soulier bleu, ce pauvre petit soulier que décoloraient les années. Vital ne
revenait pas, mais Grimperau continuait à l'attendre.

Le père Pyramide rajeunissait en montrant l'exercice
au premier chérubin de Nicole. C'était une petite fille
répondant au nom de Jeanne, jolie et blonde comme
Nicole elle-même.

Cri-Cri portait l'épaulette de sous-lieutenant et venait
de se décider à suivre la carrière militaire. Sa passion
pour la géographie s'accentuant de plus en plus, il venait
de demander à passer quelque temps en Afrique. Le
vrai motif qui le poussait à désirer aller à côté des
Arabes, c'est qu'il espérait trouver l'occasion de se dis-
tinguer dans une rencontre.

La mort de Panier-Fleuri affligea les jeunes gens sans les surprendre. Le vieux chiffonnier laissait à Mulot sa clientèle, et trois cents francs de rente à l'aveugle ; le reste était offert à Marcel en souvenir d'amitié.

« Je sais quel usage vous faites de l'argent, ajoutait le chiffonnier ; j'ai honnêtement gagné mes quelques billets de mille francs, puissent-ils vous servir à fonder un établissement utile. »

Marcel ne pouvait cependant se résoudre à prendre une résolution. Il se sentait la capacité nécessaire pour conduire une grande imprimerie, et depuis plus de deux ans M. Hallon lui abandonnait la sienne. Mais ce qui retenait Marcel et l'empêchait de songer avant tout à ses intérêts, c'était son attachement sincère pour le personnel de la maison. Il y avait vu entrer la plupart des ouvriers ; les correcteurs l'aimaient. Les travailleurs de l'imprimerie étaient ses amis, ses enfants. Il savait leur nom, il connaissait leur histoire ; aucun détail de leur vie intime ne lui échappait. Un lien étroit, qu'apprécient seuls les ouvriers qui vieillissent dans un atelier, soudait le prote aux typographes. Prendre à M. Hallon ses ouvriers, il n'y voulait pas songer. Quitter ces braves gens lui brisait le cœur. D'un autre côté, des offres avantageuses lui étaient faites journellement. M. Golmail et M. Pirmil offraient de le commanditer. Henri devenu avocat, Henri qui appréciait à sa valeur le père des Robinsons, suppliait Marcel d'accepter l'aide de son père. Le jeune homme demeurait indécis, tremblant de paraître ingrat s'il abandonnait M. Hallon, et comprenant d'un autre côté que l'heure était venue de prendre une décision.

Plus d'une fois, M. Hallon questionna le jeune homme sur sa préoccupation. En avouer le motif eût été mettre de l'ostentation dans son sacrifice et Marcel attendit encore.

Une après-midi M. Hallon le fit appeler dans son cabinet. Il n'y était pas seul ; une jeune fille de dix-sept ans qui sortait de pension était debout à ses côtés et lui montrait avec un naïf orgueil des volumes richement reliés et de nombreux travaux.

— C'est ma fille ! dit M. Hallon à Marcel. On lui a donné hier son dernier prix d'excellence. Elle est bonne enfant et deviendra une excellente ménagère... Allons, Marie, emporte ces volumes, suspends ces couronnes dans ta chambre et inspecte la maison en attendant le dîner ; j'ai à parler de choses graves à Marcel.

M. Hallon mit une affection toute particulière dans la façon dont il prononça le nom du prote.

Celui-ci regarda s'éloigner la jeune fille. Elle n'était point d'une beauté remarquable, mais l'ensemble de sa personne était agréable, pur comme une fleur, sain comme un fruit.

— Cela est vrai, reprit M. Hallon en s'accoudant sur son bureau et en regardant Marcel, j'ai à vous entretenir de choses graves.

— Non pas tristes, j'espère.

— Sérieuses seulement... Marcel, je me trouve assez riche.

— Je le crois, Monsieur, répondit le jeune homme ; les pauvres vous prouvent qu'ils vous savent millionnaire.

— Oh ! il manque peut-être quelque chose au million, mais on ne doit pas se montrer trop exigeant... ; d'ailleurs les anciens doivent céder la place aux jeunes... Je me vieillis, Marcel, je commence à sentir la fatigue... Un aide ne suffit plus, je désire un associé.

— Ah ! demanda Marcel avec l'expression du regret, vous cesserez de vous occuper de l'imprimerie ?

— D'une façon très-active, oui, mon ami...

— Nous le regretterons, dit Marcel ; du prote à l'apprenti, tout le monde vous chérit. Votre maison semble être la maison de chacun ; vous avez nourri les invalides du travail, fondé des caisses pour les ouvriers blessés, créé des écoles du soir ; on vous doit plus que le pain : le respect et la reconnaissance.

— Merci, merci, ami, dit M. Hallon en serrant la main du jeune homme, merci... J'espère que mon associé comprenant mon œuvre, voudra la continuer, l'agrandir... On oubliera de me regretter en le retrouvant à ma place.

— Ne le croyez pas, s'écria Marcel, cela est impossible !

— Pas de préventions, mon ami, vous vous exposeriez à mal juger celui que je m'adjoins... C'est un homme d'expérience quoique jeune, connaissant à fond le métier parce qu'il l'a pratiqué du dernier échelon au premier, un brave cœur et un esprit droit.

— Monsieur, dit Marcel d'une voix émue, je n'aurais jamais quitté votre maison si vous aviez gardé la direction des affaires... Je vous aime profondément, et, jusqu'à mes intérêts, j'aurais tout sacrifié au bonheur de demeurer près de vous... Vous abdiquez, permettez-moi de m'éloigner... Depuis deux années l'imprimerie Durand m'est offerte ; M. Golmail me commandite de cent mille francs, je puis réussir avec une avance semblable.

— Ce cher Golmail, dit M. Hallon en riant, il cherchai à vous détourner de moi ! Je m'en plaindrai, il saura ce que je pense à ce sujet.

— Ainsi que vous, Monsieur, il a la bonté de me porter un grand intérêt.

— Cent mille francs, c'est une entrée de jeu suffisante,

19.

reprit M. Hallon ; je ne voudrais pas compromettre votre avenir, Marcel ; vous réfléchirez. Soyez convaincu qu'avant tout je veux votre bonheur et, j'ajouterai, votre fortune... En attendant, je vous ai prié de passer dans mon cabinet pour lire ce projet d'association et me donner votre avis.

Le jeune homme s'assit à côté du bureau. Il semblait très-ému. Une chose le froissait vivement ; tandis qu'il sacrifiait une situation avantageuse pour rester près de son ancien patron, celui-ci se retirait sans songer à la peine qu'il allait causer à Marcel.

M. Hallon tendit une feuille de papier timbré au jeune homme.

— Tout est prêt ? demanda celui-ci.

— Mais oui, répondit M. Hallon, il ne manque que les signatures... Voulez-vous lire, mon ami ?

Marcel prit les feuillets et commença :

« PROJET D'ACTE DE SOCIÉTÉ entre MM. *Jean-Victor Hallon*, imprimeur, et *Marcel*...

Le jeune homme s'arrêta brusquement ; un nuage passa devant ses yeux ; il semblait étourdi de bonheur, il craignait de comprendre, son cœur éclatait de joie.

— Marcel..., répéta-t-il.

— Eh oui ! répondit M. Hallon, pouvais-je songer à un autre... ; tu t'es montré depuis quinze ans prote intelligent, économe et bon, prends ta place au soleil, tu l'as bien gagnée ! Je connaissais depuis longtemps les offres de Golmail, il était prêt à y faire honneur, mais je savais que tu ne pourrais me quitter ! Allons, Marcel, embrasse-moi, entre gens comme nous, cela vaut bien une signature.

Puis sonnant vivement, il tendit un papier au jeune homme qui se présenta :

— Imprimez tout de suite des entêtes de papier com-
mercial ; la raison sociale de la maison est changée ; elle
a pour nom, maintenant : HALLON ET MARCEL.

FIN

TABLE DES MATIÈRES

PREMIÈRE PARTIE

DEUXIÈME PARTIE

TROISIÈME PARTIE

FIN DE LA TABLE

Angers. — Imp. Burdin et Cie, rue Saint-Laud, 62.

LIBRAIRIE DE BLÉRIOT FRÈRES
55, Quai des Grands-Augustins, à Paris

BIBLIOTHÈQUE CHOISIE

NE CONTENANT QUE DES OUVRAGES IRRÉPROCHABLES POUVANT ÊTRE MIS
DANS TOUTES LES MAINS.

A. DE LAMOTHE.

Les Camisards, suivis des *Cadets de la Croix*, 20ᵉ édition, 3
vol. in-12 illustrés. . . . . 6 »

Les Faucheurs de la Mort, 30ᵉ édition. 2 vol. in-12 illustrés. . . . . 4 »

— Le même ouvrage en un splendide volume format royal, grand
in-8 de 360 pages, illustré de 130 gravures, caractères elzévirs,
impression de luxe, sur beau papier glacé et satiné, broché. 4 50

Les Martyrs de la Sibérie, 25ᵉ édition. 4 volumes in-12 illustrés. . . . . 8 »

Marpha. 20ᵉ édition. 2 vol. in-12. . . . . . . 4 »

Histoire d'une pipe. 12ᵉ édition. 2 vol. in-12 illustrés. . 4 »

Les Soirées de Constantinople. 5ᵉ édition. 1 vol. in-12. 2 50

Histoire populaire de la Prusse. 4ᵉ édition. 1 vol. in-12. 1 50

Les Mystères de Machecoul. 1 vol. in-12. . . 2 »

Le Gaillard d'arrière de la Galathée. 1 vol. in-12. 2 »

Légendes de tous pays. Les Animaux. 1 vol. in-12, orné
de 100 gravures. . . . . 3 »

Mémoires d'un déporté à la Guyane française. 40ᵉ édit.
1 vol. in-18. . . . . » 60

L'Orpheline de Jaumont, roman national. 16ᵉ édition. 1 vol.
in-12. . . . . 3 »

Le Taureau des Vosges, roman national. 17ᵉ édition. 1 vol.
in-12. . . . . 2 50

Aventures d'un Alsacien prisonnier en Allemagne,
roman national. 16ᵉ édition. 1 vol. in-12. . . . . 2 »

Journal de l'Orpheline de Jaumont, par MARIE-MARGUERITE,
publié par A. de Lamothe. 16ᵉ édition. 1 vol. in-12. . 1 50

L'Auberge de la Mort, roman national. 16ᵉ édit. 1 volume
in-12. . . . . 2 50

La Reine des brumes et l'Emeraide des mers, impres-
sions de voyage en Angleterre et en Irlande. 7ᵉ édition. 1 vol. in-12. . . . . 3 »

Les Métiers infâmes. 4ᵉ édition. 1 vol. in-12. . . 3 »

Le Roi de la nuit. 2 vol. in-12 . . . . . . 5 »

Les Compagnons du désespoir. 3 vol. in-12. . . 6 »

Pia la san Pietrina. 2 vol. in-12. . . . . . 5 »

Les Fils du martyr. 3e édition. 1 vol. in-12. . . . . **2 50**
Les Deux Romes, 4e édition. 1 vol. in-12 . . . . **3 »**
Le Secret du pôle. 1 vol. in-12.. . . . . **3 »**
Le Proscrit de Camargue 6e édition. 1 vol. in-12, *orné d'un*
  portrait photographié de l'auteur . . . . . **3 »**
La Fille du bandit, scènes et mœurs de l'Espagne contempo-
  raine. 1 splendide volume format royal, grand in-8 de 800 pages,
  illustré de 500 gravures, caractères elzévirs. . . . . **10 »**
Le Cap aux Ours. 1 vol. in-12. . . . . . **3 »**
Le Fou du Vésuve. 1 vol. in-12 . . . . . **3 »**
Les Secrets de l'Océan. 1 vol. in-12 . . . . . **3 »**

RAOUL DE NAVERY.

Les Idoles, 7e édition , 1 vol. in-12 . . . . . **3 »**
Les Drames de la misère, 2 vol. in-12 . . . . **6 »**
Patira, 9e édition, 1 vol. in-12 . . . . . **3 »**
Le Trésor de l'abbaye (suite de **Patira**) 8e édition, 1 v. **3 »**
Jean Canada (suite et fin de la série ayant pour titre **Patira** et
  le Trésor de l'abbaye), 8e édition, 1 vol. in-12 . **3 »**
Le Pardon du Moine, 7e édition, 1 vol. in-12 . . **3 »**
Les Chevaliers de l'écritoire, 1 vol. in-12 . . . **3 »**
Zacharie le maître d'école, 6e édition, 1 vol. in-12 . **2 »**
Les Parias de Paris, 2 vol. in-12. . . . . **6 »**
Les Héritiers de Judas. Première série : **Jude Malœuvre.**
  1 vol. in-12. . . . . **3 »**
  Deuxième série : **Le Juif Éphraïm.** 1 vol. in-12. **3 »**
  Troisième et dernière série : **Parasol et Cie.** 1 vol. in-12. **3 »**
La Route de l'abîme, 6e édition, 1 vol. in-12 . . **3 »**
Le Cloître Rouge, 5e édition, 1 vol. in-12. . . **3 »**
La Maison du sabbat, 5e édition, 1 vol. in-12 . . **2 »**
La Cendrillon du village, 10e édition, 1 vol. in-12 . **2 »**
La Fille au coupeur de paille. 10e éd., 1 vol. in-12. **2 »**
Le Capitaine aux mains rouges, 10e éd. , 1 v. in-12 **2 »**
L'Odyssée d'Antoine, 10e édition, 1 vol. in-12. . **2 »**
Comédies, Drames et Proverbes, 1 vol. in-12 . . **2 »**

  La musique se vend séparément :

Marthe et Marie-Madeleine (partition). — **A brebis ton-**
  due Dieu mesure le vent (partition). — **La Fille du roi**
  d'**Yvetot** (partition). *Chaque partition.* . . . **1 50**
Le Marquis de Pontcallec, 6e édition, 1 vol. in-12. **3 »**
La Conscience, 4e édition, 1 vol. in-12 . . . **2 »**
La Foi jurée, 7e édition, 1 vol. in-12. . . . **3 »**
L'Aboyeuse , 1 vol. in-12 . . . . . . **2 »**
La Péruvienne , 1 vol. in-12 . . . . . **3 »**
L'Accusé. 1 vol. in-12. . . . . . . **3 »**
La Fille sauvage , 1 vol. in-12 . . . . . **3 »**
Poëmes populaires. 1 vol. in-12 . . . . . **2 »**

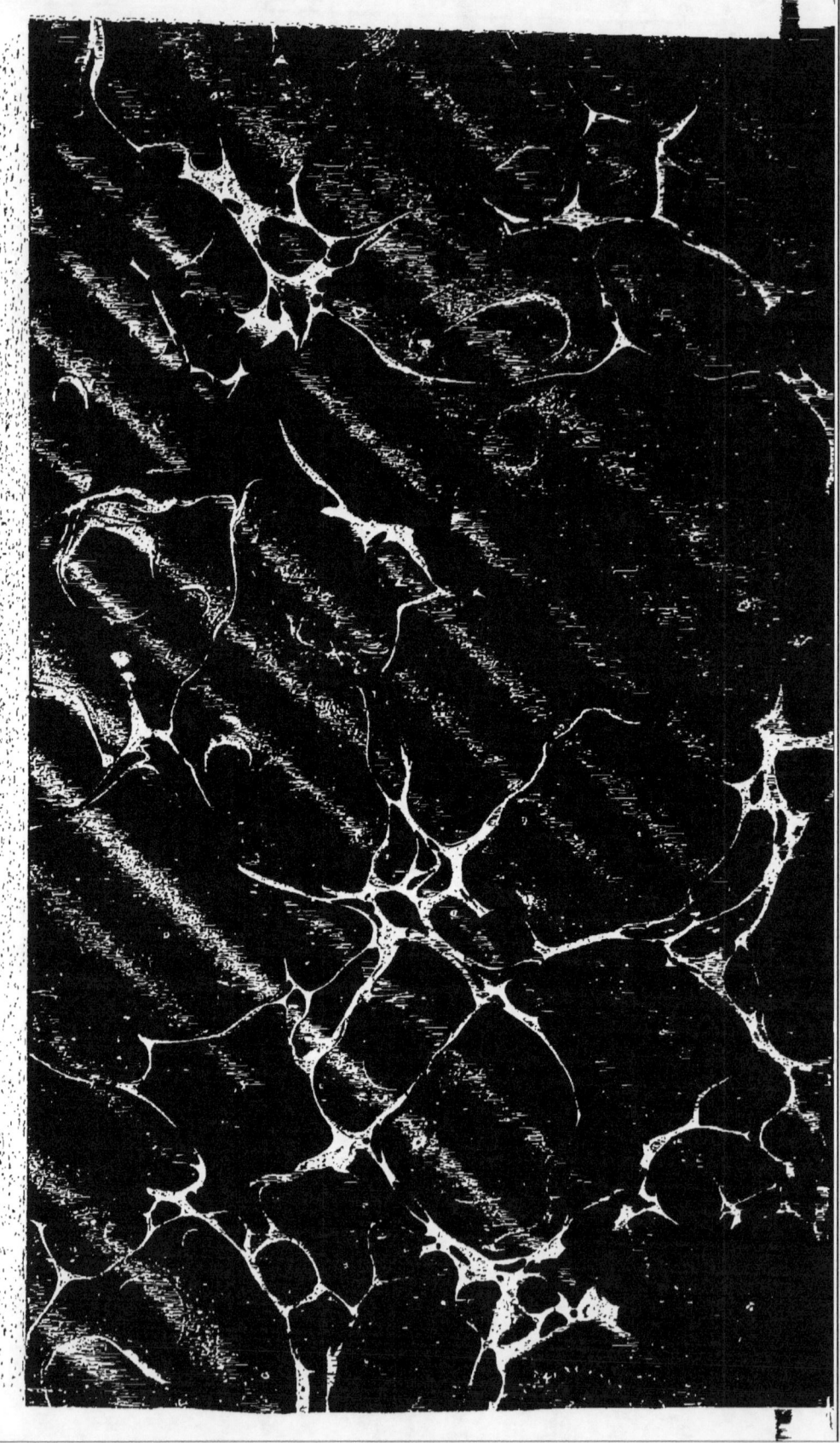

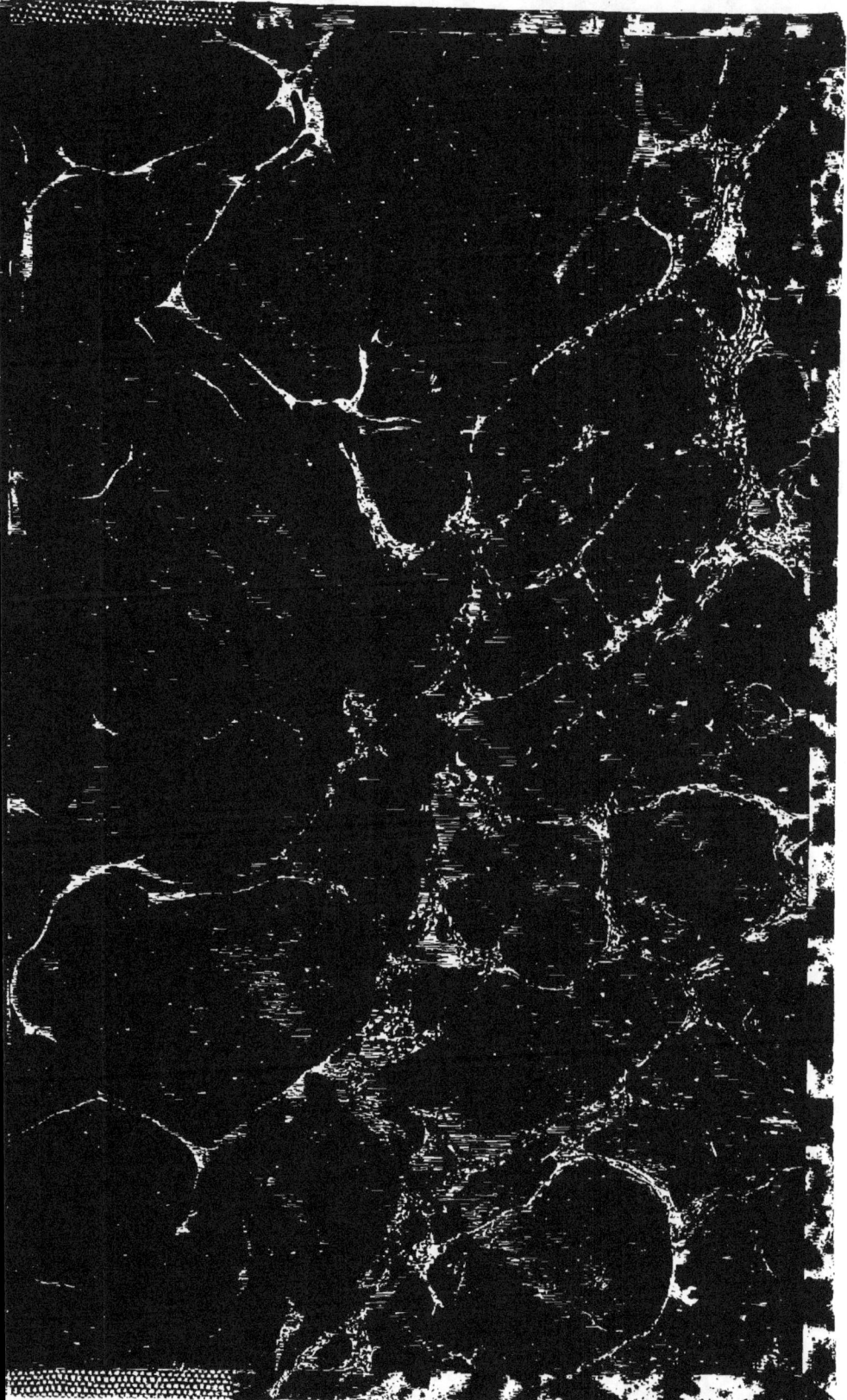

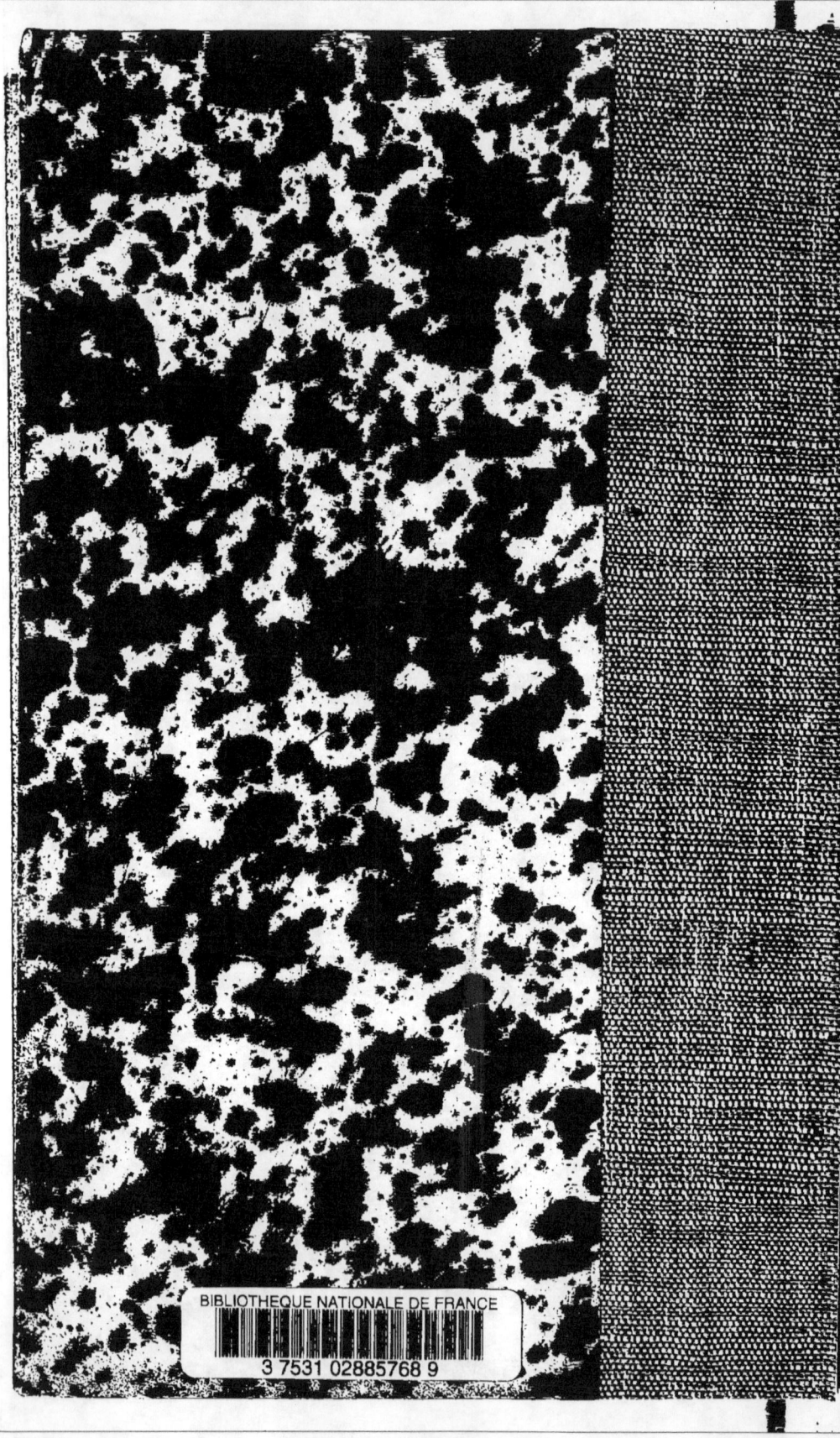